U0717925

李贺集

吴企明 ◯ 注评

凤凰出版社

呕心苦吟
虚荒诞幻

· 目录 ·

·前言·

遭受沉重的打击。原来，府试后，一些嫉妒李贺的举子，对他进行诽谤，说他应当避父亲的名讳，不该去参加礼部考试。但是李贺得到正在洛阳任职的韩愈（特意为他写了一篇《辨讳》的文章）、皇甫湜的支持和鼓励，毅然赴京应试。然而终因礼部官员听信谗言，选拔人才草率从事，「阖扇未开逢猰犬。那知坚都相草草」（《仁和里杂叙皇甫湜》），致使他名落孙山，遭遇到人生道路上的第一次挫折。

元和四年（809）春，遭谗落第的诗人，带着懊恼的心情回到家乡，过着闲居读书的生活。直到这一年的九、十月间，诗人又经洛阳西入长安，寻求政治上的出路。他先是干谒请托，终无结果，后来走「父荫得官」之路，由宗人荐引，经过考试，在元和五年（810）春天，被任命为太常寺奉礼郎。奉礼郎是个从九品的小唐德宗贞元六年（790），李贺出生于河南府福昌县的一个小山村里。父亲名叫李晋肃，是疏远的皇族，一生职位低微，仅做过陕县县令，虽然家道中落，他却是一位博雅贤达的士大夫。李贺从束发读书以来，在父母的关爱、诱导下，一直勤奋好学，广泛阅读经传史籍、诸子百家、古小说等各种书籍。知书达理的家庭和山水秀丽的故乡，陶冶了天才诗人幼小的心灵，他对祖国优秀文化遗产的广泛吸取和孜孜不倦的诗歌实践，为他后来取得较高的创作成就，奠定了坚实的基础。

唐宪宗元和三年（808），十九岁的诗人，满怀理想和希望，赴洛阳应河南府试，踏上了求取功名、期望施展抱负的人生道路。诗人凭着出众的才华，很顺利地通过府试，取得了「乡贡进士」的资格。这时，一件意想不到的事使这位刚刚踏上社会、充满理想的年轻诗人春辞官返乡，过着闲居归卧昌谷的生活。

为寻找施展政治抱负的机会，也为谋求生计，诗人在昌谷闲居一年以后，也就是元和八年（813）夏，他自家乡出发去潞州，投奔当时在潞州担任幕僚的故友张彻。可惜，他没有受到昭义军节度使郗士美的重视，在潞州度过了一年九个月的寄人篱下的生活。元和十年（815）春，他告别张彻，南下探视正在和州任职的十四兄。恰当其时，吴元济据蔡州反，对抗朝廷，宪宗调集诸道兵马进讨，淮西一带非常混乱，诗人北归之道受阻，便干脆南游吴会。他先后到达金陵、吴兴、嘉兴、绍兴、甬东等地，饱览江南风光，写下许多描写江南风物的诗篇。元和十一年（816），淮西战乱稍为缓解，李贺便北归家园。南北游历，并没有带给诗人一线希望，迭遭挫折，抱负无法施展，理想无法实现，胸中郁结的京官，「掌君臣版位，以奉朝会祭祀之礼」，官卑职微，受尽达官贵人的冷落和凌辱，过着苦闷抑郁的游宦生活。长安三载，诗人目睹耳闻藩镇、宦竖祸国殃民的罪行和贵族官僚集团穷奢极欲、荒淫无耻的腐朽生活，拓宽了视野，提高了识见。诗人结识了一批知心朋友，都是些尚未及第的举子，如沈亚之、陈商等，沉沦下位的小官吏如杨敬之、权璩等，还有虽及第尚未出仕的张彻等，他们投分契合，交往甚密，指点江山，激浊扬清。李贺在他们的影响下，写下了大量反映现实的诗篇。这是他一生中创作热情最为旺盛的时期。在长安任职期间，在政治上诗人是不幸的，在艺术上却是大幸的，人生之祸福相倚，岂不然哉！长安的现实生活，彻底打破了诗人的幻想和迷梦，他再也不堪忍受心灵被蹂躏、理想被践踏的遭际，也因身体多病，便于元和七年（812）

戴，登上帝位。宪宗执政十多年来，曾经有过多次平藩的功绩，也任用过李绛、裴度等人做宰相，取得了「中兴」的表象，但是他宠信宦官，亲近佞臣，追求神仙迷信，中唐社会黑暗腐败的现实，始终没有得到改变。

中唐前期诗坛曾一度沉寂，到了元和时代，重又出现繁荣的气象。以韩、柳为代表的古文运动和以白居易为代表的新乐府运动，都兴起在这个时期，先后涌现出白居易、韩愈、柳宗元、元稹、刘禹锡、孟郊、张籍、王建等著名诗人，他们以各自的独特风格和诗歌成就，给中唐诗坛带来蓬勃的生机。元、白等人用平易通俗的语言，反映人民疾苦，他们的诗篇被广泛传诵。韩、孟诗派各诗人，因个性、才能的差异，呈现着不同的艺术风格。此外，张、王乐府诗的优美秀巧，刘禹锡近体诗的雄浑深邃，柳宗元古体诗的清峻古峭，也都别愁闷难以消除，再加上体弱多病，旅途劳顿，他经受不住精神上、肉体上的双重折磨，匆匆走完二十七个春秋，便过早地离开了人世。

李贺短暂的一生，历经德、顺、宪三朝，而他的生活和创作活动，主要是在唐宪宗元和时期。统一强大的唐帝国，经过「安史之乱」，国势已由盛转衰，原来就很尖锐的各种社会矛盾，这时就更加突出，而藩镇割据和宦官擅权，成为中唐时代两大社会病症。面对日益激化的社会危机，一批头脑清醒的进步政治家提出了改革政治的主张，他们要求加强中央集权，革除弊政，反对藩镇割据和宦官专权，力图缓和社会矛盾，巩固封建统治。「永贞革新」，就是这种政治要求的集中表现，但在宦官、藩镇和贵族官僚集团的猖狂反扑下，惨遭失败，革新人士被贬谪，唐宪宗受宦官等腐朽势力的拥镇叛乱祸国殃民的罪行，如《猛虎行》《公无出门》诸作。（二）诗人反对宦官专权，揭露并讽刺他们扰乱朝政的罪行和无能怯懦的丑态，如《感讽五首》（其二）、《汉唐姬饮酒歌》。《吕将军歌》写道：「榼榼银龟摇白马，傅粉女郎火旗下。恒山铁骑请金枪，遥闻箙中花箭香。」把统兵宦官的丑态，刻画得淋漓尽致。（三）诗人无情揭露贵族官僚集团骄奢淫逸的腐朽生活，《荣华乐》《秦宫诗》等作品，以巨大的艺术概括力，向人们展示了一幅幅上层社会的生活图卷。《梁台古愁》《荣华乐》的结尾，诗人以十分警策的诗句，揭示了贵族官僚集团必然灭亡的命运。（四）诗人反映自身和朋友们的不幸际遇，抒发怀才不遇的苦闷和壮志难酬的激愤，如《赠陈商》《送沈亚之歌》诸诗篇，充分表现这种感士不遇的历史主题。《开愁歌华下作》描写诗人在理想具一格。而尚奇的审美趋向，是中唐时代文学艺术家共同的艺术追求，韩孟诗派尤为突出，韩愈的奇而雄，孟郊的奇而古，贾岛的奇而清，卢仝的奇而怪，正是这种时代风尚的具体表现。

李贺生活在这样的社会里、诗坛上，他的诗歌创作，就必然带着时代的印记，深受时尚的熏染。

宋人赵璘说李贺诗「多属意花草蜂蝶之间」(《因话录》)，不知赵璘读过几首李贺诗，竟然作出如此不切实际的评论。我们深入分析他所作诗歌的思想内容，真应该叹服这位年轻诗人的观察力和艺术表现力。概言之，他的诗歌具有几方面的社会意义：（一）诗人坚持中央集权、反对藩镇割据，歌颂历史上为祖国统一以及在平叛战争中作出贡献的英雄人物，作诗如《秦王饮酒》《王濬墓下作》《雁门太守行》；揭露并抨击藩愚蠢行为。《浩歌》《古悠悠行》等诗，充分肯定世上一切事物都在变化中，高山变为平地，沧海移为桑田，春秋迭代，朝暮更替，岁月消逝，人的生老病死，都是自然规律，不可抗拒。《苦昼短》《官街鼓》《神弦》等诗，否定神的存在，揭露神仙巫术的虚妄性，把讽刺的矛头指向崇信神仙、追求长生的唐宪宗。

长吉的诗歌千百年来赢得广大读者的喜爱，不仅因为它具有进步的思想内容，还因为它独具风貌，创造了神奇瑰丽的诗境，给人以无穷的审美享受，取得极高的艺术成就。第一，长吉鼓起想象的翅膀，上天入地、古往今来地展开奇思遐想，既运用超现实的的手法，也运用如实反映现实的艺术想象方式，以迥然异趣的艺术构思、大胆奇警的夸张艺术表达、奔放炽热的感情，创造出奇瑰的诗歌意境，把人们带进奇丽变幻的艺术美的与现实极度矛盾的状况下，心头郁结的忧愤，难以排遣，所以他便击剑以泄愤，饮酒以消愁。仕途蹭蹬、遭际侘傺，并未消磨诗人的锐气，他从心底深处迸发坚持理想的心声。「男儿屈穷心不穷，枯荣不等嗔天公。寒风又变为春柳，条条看即烟蒙蒙。」（《野歌》）「我有迷魂招不得，雄鸡一声天下白。少年心事当拏云，谁念幽寒坐呜呃。」（《致酒行》）（五）诗人揭示贫富不均的社会现实，反映下层百姓的痛苦生活，对劳动人民寄予深切的同情。《南园十三首》（其二）反映了封建统治阶级残酷的经济剥削；《老夫采玉歌》为「不念民生者」敲起了警钟；而比较集中体现这种思想的诗篇，是《感讽五首》（其一），通过描写官吏逼税，反映千百万劳动者的共同遭遇，具有典型意义。（六）诗人宣扬朴素唯物思想，反对神仙迷信，尖锐地嘲讽统治阶级追求长生的峭」的审美特征。他是中唐时代「苦吟」诗人中一位卓有成就的作家，追求「戛戛独造」的艺术境界，因而在他笔下，精警、奇峭、凝练而富有独创性的语言，比比皆是。长吉诗的语言又颇具音乐美，他喜欢运用双声叠韵词、叠字，繁密的韵脚，长短参差的句式，造成韵律和谐、节奏明快、旋律错落有致，音节浏亮，富有节奏感，读来朗朗上口，增加音响效果。第四，长吉诗以其犀利精警的讽刺艺术，尖锐地、准确地揭露并抨击了当时社会的丑恶事物。李贺诗长于讽刺，宋代刘辰翁评《昆仑使者》「元气」句云：「甚有风刺。」(《吴注刘评》)清人王夫之也独具只眼，指出：「长吉长于讽刺，直以声情动今古。」(《船山唐诗评选》)诗人在揭露、抨击现实生活中丑恶事物时，总是带着强烈的爱憎感情，极尽嘲笑、揶揄、讽刺之能事，笔锋辛辣，入木境界里，从而形成想象力丰富奇特的审美特征，《梦天》《天上谣》《李凭箜篌引》等诗，最具代表性。第二，长吉寓意于物，移情于景，把需要表现的思想、情感，意念和理想，含蓄蕴藉地包孕在艺术形象中，熔景物、情感、议论于一炉，构成诗味隽永的艺术意境，读者通过富有诗情画意的诗境，深切体会诗篇的题旨。《五粒小松歌》，诗人把自己受压抑、受迫害的际遇和要求摆脱困境的愿望，蕴含在姿态奇特的小松形象里，思想、艺术绾合得非常巧妙。《艾如张》用有形的捕雀罗网比作无形的社会罗网，设喻自然贴切，寓意深远含蕴。诗人笔下的「马」和「剑」的形象，寄寓着诗人施展才能、实现理想的愿望，抒写诗人怀才不遇、无人赏识的郁闷，很有艺术魅力。第三，长吉刻意锤炼语言，造语奇隽，凝练峭拔，色彩秾丽，形成诗歌语言「瑰丽奇然不同，呈现出匠心独具、风格卓异的面貌。薛雪认为：「唐人乐府，首推李、杜，而李奉礼、温助教，尤宜另炷瓣香。」（《一瓢诗话》）诚哉斯言！

毋庸讳言，李贺诗歌思想、艺术上都还存在不少弱点，这些弱点又往往与它的长处杂糅在一起，正像光泽瑰丽的宝石中出现斑斑瑕点一样。这个特征，是由诗人思想感情的复杂性决定的。诗人曾怀抱报国的豪情壮志，热情追求美好的理想世界，表现出积极的人生态度。诗人努力面对现实生活，写作关于重大社会题材的诗篇，但是当踯躅在坎坷的人生道路上、抱负无法施展、理想不断破灭时，他又陷入思想极度迷惘、苦闷之中，情绪抑郁低沉，发出低回的哀叹，如《秋来》《伤心吟》等作；他萌生生命短促、及时行乐的颓废思想，如《铜驼悲》《将进酒》等诗；他也混迹声色之中，写三分，如《荣华乐》《秦宫诗》等。《感讽五首》（其一）对县官、簿吏相继逼租、贪得无厌的丑态，作了辛辣的讽刺，揭露他们横征暴敛、欺压百姓的罪行。第五，长吉以其灵活多变的乐府诗，丰富并发展了我国乐府诗的艺术传统。他在乐府诗的继承和创新方面，做出了杰出贡献，拟古中有夺换，继承中有创新，如《猛虎行》借古题以揭露中唐时代藩镇的专横跋扈，《公无出门》用《公无渡河》古题，稍易本题字面，别出新意。他继承杜甫的「即事名篇，无复依傍」的艺术传统，写出新题乐府，如《老夫采玉歌》《宫娃歌》。他又将古人事，创为新题，如《秦王饮酒》《金铜仙人辞汉歌》，托古寓今，焕然有新意。李贺的乐府诗，着意锤炼语言，色彩秾丽，注意内心感受的抒写，题旨比较含蓄，与古乐府及唐代新乐府语言质朴、注重叙事、题旨显豁的风格迥的费解之处，又有太多的纷纭之说。因此，本书的评注工作，在博观约取、参酌众说的基础上，力求多表达一些自己的研究心得，以成一家之言，使本书兼具知识性、可读性和学术性的特点，以适应更多读者的阅读要求。笔者在努力完成出版社提出的总体编选标准以外，还想在两个方面多做些工作：首先，本书按诗篇的作年排列，体现编年的宗旨。丹纳《艺术哲学》第一章《艺术品的本质》说：「艺术家本身，连同他所产生的全部作品，也不是孤立的。有一个包括艺术家在内的总体，比艺术家更广大，就是他所隶属的同时同地的艺术宗派或艺术家家族。」我们要真正了解李贺，就只有把他放在「艺术宗派或艺术家家族」中去考察，把他放在韩愈、皇甫湜、沈亚之、陈商、王参元、杨敬之等人与李贺的交流中去考察，李贺诗歌风格的形成、创作道出一些格调平庸、挟妓宴游的篇章，如《夜来乐》《花游曲》等诗；他还感受到「老」「死」的威胁，常向幽冷凄清的景色，甚至进到墓地，去寻找灵感和诗美，好用「泣」「死」「血」「鬼」等字眼，表达沉闷、死寂的感受，如《感讽五首》（其三）、《苏小小墓》等作。王世贞曾用一个「过」字，概要地评论李贺诗歌（叶燮《原诗》引），很有见地。长吉追求秾丽、奇峭，但有时过于华美、雕琢；长吉追求含蓄蕴藉，但有时也过于晦涩难懂，如《恼公》《夜来乐》等诗。我们相信，如果假诗人以年寿，使他有更为深广的社会观察和创作实践，那么诗人的思想将会更成熟，观察和表现社会生活将更为宽广和深刻，他的缺陷和弱点也会更少一些，诗人将会取得更大的成就。

评注诗歌难，评注李贺诗歌更难。李贺诗有太多版《李长吉诗集》是个例外），也不分体式，更无时序可循，无法提供更多的诗人行踪的信息。所以评注李贺诗，笔者首先从考察他的生平交游入手，再进而论其诗作思想、诗艺，最后才完成编年的任务。

其次，评注李贺诗，加强诗歌作品的本体研究，除了联系时代、诗坛的背景，探索其题旨及深层意蕴外，笔者还致力于诗歌创作艺术规律的探索与阐发，诸如构思立意、缔象造境、结构层次、诗法技巧、典故运用、用韵特征、锤字造句等，联系各个选篇的具体情况，在「品评」文字中作较为详明的论述。笔者不同意长吉诗只有佳句、不理会章法的旧说。本书将结合若干首长篇古诗的剖析，说明长吉诗很重视起、结、转、应诸方面艺术技巧的运用，他的结构艺术造诣很高。一般评注诗作的选本，很少谈及用韵问题。笔者注意到李贺路的发展，都与「集中在他周围」的这些诗人密切相关。如果将应河南府试定在元和五年（810），就全然不顾韩愈、皇甫湜的行踪；如果将始为奉礼郎定为元和六年（811），就忽略了王参元应李愿之聘任徐州节度掌书记的事实。笔者着意将评注诗稿按写作年代编排，可以清楚地看到诗人的生平出处、交游行踪，他与「集中在他周围」的诸位诗人、亲属的亲密关系，更好地阐述他的创作道路、探知他的心路历程。笔者选评了一些关涉诗人生平交游的诗作，如《秋凉诗寄正字十二兄》《潞州张大宅病酒遇江使寄上十四兄》《出城寄权璩杨敬之》《送沈亚之歌》《仁和里杂叙皇甫湜》等篇，都是出于以上的考虑。完成这一任务，难度较大，史籍记载李贺生平极简略，李贺集历来以一种形式编排（四卷本或四卷加集外诗），既非以类相从（只有日本内阁文库藏高丽

《李贺诗解》，简称《诗解》；黎二樵批点黄陶庵评本《李长吉集》，简称《黎批黄评》；王琦《李长吉歌诗汇解》，简称《汇解》；方扶南批本《李长吉诗集》，简称《方批》；陈弘治《李长吉歌诗校释》，简称《校释》。

应命编撰本书的时间较为匆促，又限于笔者的学殖、识见，论述中定有许多疏漏、失当的地方，殷切地期望得到学界朋友和广大读者的批评指教。

本书以2007年凤凰出版社出版的《李贺集》为基础，重加审校修订而成。当笔者撰写《李贺集》时，尚未著《李贺年谱新编》，许多诗作的系年，尚待考订。因此，这次修订的工作，笔者仅仅增加了《送秦光禄北征》《江楼曲》两篇，将工作重点放在作品的系年上，对《李贺集》原有各诗的作年，作出许多新的考订。《李贺集》原有「不编年诗」子目，录十二诗，其善用古韵，喜用密韵、「柏梁体」用韵之法，尤其是换韵与章法的紧密关系，创造诗篇的音乐美。因此，结合具体例证，撷出其用韵奥妙，或许对诗意理解会有所帮助。

本书以通行的清王琦《李长吉歌诗汇解》为底本，参校《续古逸丛书》影印宋蜀刻本《李长吉文集》（简称宋蜀本）、上海涵芬楼影印瞿氏铁琴铜剑楼藏蒙古本李贺《歌诗编》（简称蒙古本）、日本内阁文库藏高丽版李贺《李长吉诗集》（简称日本内阁文库本）等。对相关异文，于「注释」中加以说明。

评注稿中引录过许多前代和近代学者的论述，对一些引录次数较多、出现频率较高的著作，采用简称之法，以省篇幅，如吴正子笺注、刘辰翁评点《李长吉歌诗》，简称《吴注刘评》；徐渭、董懋策评注《李长吉诗集》，简称《徐董评注》；曾益注《昌谷集》，别名中许多作品，已根据《李贺年谱小心变》的系年，做了修订，编入相关的年份中，取消「不编年诗」子目，只有《公莫舞歌》《梦天》《天上谣》三篇，尚无确切写作年月，姑附于《唐儿歌》之后，特此说明。

诗选

白门前

白门前，[01] 大楼喜。
悬红云，[02] 挞龙尾。[03]
剑画破，　舞蛟龙。[04]
蚩尤死，[05] 鼓逢逢。[06]

注·释

●*01*·白门：下邳城（故址在今江苏邳州）南门。据《三国志·魏书·吕布传》载，建安三年（198），曹操派兵把吕布围困在下邳城，活捉吕布后，将他绞死于白门楼前。

●*02*·红云：旗色如彤云。

●*03*·挞：往来翻击。龙尾：旗上龙尾形羽饰。

●*04*·舞：原作“鼓”，据《上之回》同句改。舞蛟龙：剑飞出匣，腾飞空中，如蛟龙舞动之状。暗用《拾遗记》颛项曳影剑的典故。

●*05*·蚩尤：黄帝时，诸侯作乱，黄帝与之战涿鹿之野，败之，事见《史记·五帝本纪》。

●*06*·逢逢：鼓声。

● *07* • 雷堕地：语出《山海经》郭璞注引《周书》，谓天狗星堕落地面，其声如雷。此喻叛乱者的失败。

● *08* • 无惊飞：海上无波浪，指天下太平。扬雄《剧秦美新》："海水群飞。"

天齐庆，　雷堕地。[07]

无惊飞，[08] 海千里。

品·评

李贺有《白门前》诗，载北宋宣城本《李贺歌诗编》"集外诗"中，宋吴正子注《李贺集》，以为此诗与卷四《上之回》重出，删之，明清以后各本均失收此诗。王琦《汇解》于《上之回》后附载本诗，并注云："当以此篇为正。"钱仲联《李贺年谱会笺》也以《白门前》为正。今以王琦《汇解》本文字录之。

将《白门前》与《上之回》两诗相较，可见题名异，首二句异，以下文字基本相同。结尾两个七言句，改为四个三言句，可以明显看出这是一诗两稿，一为初稿，一为修改稿。笔者经过反复研究，以为《上之回》是初稿，诗人琢磨原乐府旧题与诗意不合，于是改题为《白门前》，诗句也略加变动，尤其是最后两句改为四个三言句，变得更为通顺，王、钱两氏的见解是符合实际的，故本书说解《白门前》。

《白门前》诗，用《三国志》中白门楼杀吕布的典故，描写唐代元和初年平叛战争的胜利，故云"大楼喜"，白门楼前红旗翻卷，喜气洋洋。元和时期，唐王朝共取得三次平叛战争的胜利，元和元年（806），平定西川节度副使刘辟的叛乱；元和二年（807），平定镇海节度使李锜的叛乱；元和十二年（817），平定淮西节度使吴元济的叛乱。刘禹锡《城西行》"叛者为谁蔡、吴、蜀"，即指此。元和十二年，李贺已死，因此，《白门前》诗只能是反映元和初的情况。当时，刘、李被俘，被押解到长安，唐宪宗亲自登上大明宫兴安门门楼审问他们，并立即将他们处死于长安城西独柳树下。事见《旧唐书·刘辟传》《新唐书·李锜传》。中四句说，宝剑破匣飞出，像蛟龙般飞舞。杀死元凶，乃击鼓庆贺。"剑画"两句，喻写平叛将士英勇杀敌。结尾四句，叛乱者已死，海无风波，天下太平。

本诗当作于元和二年，诗人用三言句式，以短促的音节，形成强烈的节奏感，巧妙运用《三国志·魏书·吕布传》白门楼杀吕布的典故，反映元和元年、二年平叛战争后兴安楼受俘馘的情况，非常贴切。

美人梳头歌 [01]

注·释

● *01* · 本诗当作于元和三年（808）应河南府试以前，诗云："下阶自折樱桃花。"樱桃在春日开花，故知诗中所描述的李贺新婚当在该年的春天。

● *02* · 堕髻：发髻名，即倭堕髻，发髻斜欹而不堕。檀：檀木枕。

● *03* · 芙蓉：喻美人。

● *04* · 双鸾开镜：镜盖上镌着双鸾。

● *05* · 象床：象牙床。因发长，故立在象床前梳头。

● *06* · 钗：王琦疑为"鎞"字之误。鎞，俗作篦，栉发器。

● *07* · 老鸦色：头发乌黑。

● *08* · 娇慵：娇懒貌。

西施晓梦绡帐寒，
香鬟堕髻半沉檀。[02]
辘轳咿哑转鸣玉，
惊起芙蓉睡新足。[03]
双鸾开镜秋水光，[04]
解鬟临镜立象床。[05]
一编香丝云撒地，
玉钗落处无声腻。[06]
纤手却盘老鸦色，[07]
翠滑宝钗簪不得。
春风烂熳恼娇慵，[08]
十八鬟多无气力。

● *09* · 鬖髾（wǒ duǒ）：倭堕，亦作“婑婿”“婑堕”。

● *10* · 踏雁沙：喻美人行步轻巧匀缓。

妆成鬖髾欹不斜，[09]

云裾数步踏雁沙。[10]

背人不语向何处，

下阶自折樱桃花。

品·评

《美人梳头歌》是一首艳体诗，远承六朝余风，专咏美人梳头的情景，素为诗选家重视，沈德潜《唐诗别裁集》选李贺七言古诗六首，《美人梳头歌》入选其中。韦居安《梅磵诗话》称许之，曰：“《美人梳头歌》，婉丽精切，自成一家机轴。”确实，它是一首艺术造诣较高的诗作，不读它，就难以理解长吉诗“哀感顽艳”的艺术风貌。

诗篇先从美人梳头前之情状及其环境写起。首四句，写美人晓睡情景，她梦醒绣帐，发髻欹堕，半堕于檀木枕上。等到井上有人汲水，转动辘轳，发出咿呀声，才惊动了已经睡足的美人，推枕而起。“双鸾开镜秋水光”以下八句，细致描写美女起身梳头的过程，分作两层叙写。前四句，先写她开镜匣梳头，立于象床前，临镜梳节，长发细润光泽；后四句，描写她用纤手盘髻，发乌黑滑腻，连宝钗也插不住。当东风送暖、春昼困人的时节，十八岁的少女因发长而鬟多，娇懒无力。曾益云：“无力，缘多（指鬟）亦缘懒。”（《诗解》卷四）末尾四句，写美人妆成后的神情和意态，妙不可言。美人晓妆梳头后，发髻欲堕不堕，欹倾可爱，她行步缓而稳，背人不语，自羞自盼，下阶折取樱花，插带髻上。全诗以“顾影自怜”收结，与上文“双鸾开镜”“解鬟临镜”紧紧相应，语浅情深，言近意远，有不尽的情致。

这首诗，有多处不容轻忽的艺术特征。第一，全诗描写美人梳头的情景与神态，细腻生动，摹状逼真，如在眼前，直如一幅“美人梳头图”，所以刘辰翁连连发出“如画，如画”（《吴注刘评》卷四）的赞语。黄周星《唐诗快》说：“描写美人梳头，可谓曲尽其致。”他们一致肯定长吉此诗摹写逼真如见的审美特征。第二，诗思含蕴，韵味无穷。诗人描写美人梳头，既求形似，更重神韵，颇多弦外之音，写出无尽意。“春风烂熳恼娇慵”句，写深闺春怨，将梳妆人的意绪、心情，自象外托出。“背人不语向何处”句，有情无语，意态幽远，更惹人可怜。“下阶自折樱桃花”句，写梳头后美人之神情，婉曲极致。董伯英看出此诗之含蓄美，评其结尾曰：“结句如渭城波小，自折樱花，俱于本题外别出一意，愈远愈合，无限烟波。”（《协律钩玄》卷四引）第三，全诗语言“奇藻蒨艳”，色彩浓重，炼字精细，写美人晓睡，用“西施晓梦”形容之；写辘轳声，用“转鸣玉”形容之；写美人开镜，用“双鸾开镜”形容之；写美人头发，用“香鬟堕髻”“香丝云撒地”形容之，这些奇艳的语言，被徐渭称之为“语重”，并评全诗“语重而不觉其重，愈重愈妙，诸人皆不及”（《徐董评注》卷四）。炼字精细处，如“半沉檀”之“半”字，形容美人睡时鬟髻覆枕的况状；“无声腻”之“腻”字，形容美发的柔美细软；“簪不得”三字，形容美发之光溜滑润；“恼娇慵”之“恼”字，逗出美人之春怨；“欹不斜”之“欹”字，描写倭堕髻之形态，体物能得其神理，又能妙得其真趣，足见长吉的语言功夫。第四，本诗有明显的韵律特征，首二句“寒”“檀”，用上平声十四寒韵；三、四句“玉”“足”，换用入声二沃韵；五、六句“光”“床”，换用下平声七阳韵；七、八句“地”“腻”，换用去声四寘韵；第九句至第十二句“色”“得”“力”，换用入声十三职韵；第十三句至结句“斜”“沙”“花”，换用下平声六麻韵。诗人利用古体诗用韵比较自由的特点，平仄交叉用韵，不断换韵，结合“逗韵法”，创造出韵脚密集的美声效果（十六句诗，十四处用韵），与“奇藻倩艳”的语言色彩美、层次分明的结构美密切配合，形成一个非常和谐的诗美整体。总之，《美人梳头歌》细致描绘美人梳头的动作和妆成后的意态，倾心表现美人之“美”，表达自己审美过程中的喜悦心情，真是艳而不入靡、丽而不入绮、奇而不入怪，含隐而不露，真得“婉丽”之妙，自始至终给人以隽永的审美享受，启迪人们对诗意的深思，方扶南在《方批》中提出“从来艳体，亦当以此居第一流”的观点，我是很赞同的。

诗里这位美人是谁？周阆风《诗人李贺》说：“此诗写得那样的细腻入微，我断定这一定是李贺在燕尔新婚之后，以他的妻子的梳头，作为模特儿而着意描写的。”刘衍亦赞同此说，见《李贺诗校笺证异》。笔者以为周氏的推断是合理的，因为诗人倾注进自己的爱心，将温文尔雅的内美与秀发纤手的外美融为一体，精心塑造这个艺术形象，与他笔下写过的其他娇艳妖冶的歌妓形象迥然有别，如《许公子郑姬歌》《花游曲》《难忘曲》《石城晓》等诗。孤立地推断本诗是描写妻子梳头之作，似嫌突兀，如果联系李贺集中多首写到妻子的作品和诗句，抽绎出它们的内在关联，就会感到《美人梳头歌》描写妻子梳头这种推想，是合乎情理的。

河南府试十二月乐词并闰月（选四）

注·释

●*01*·宫漏：宫中的漏壶，用铜壶贮水，分层漏滴，中有标尺，以计时刻，称为漏壶。迟：白日渐长。

●*02*·幽风：正月风尚寒。短丝：初生之柳，短细如丝。

●*03*·睑：王琦《汇解》作“脸”，从宋蜀本改。睑，眼睑，上下眼皮。朝暝：曙色昏朦。

●*04*·官街：唐代称官家所筑之大街。

正月

上楼迎春新春归，
暗黄著柳宫漏迟。[01]
薄薄淡霭弄野姿，
寒绿幽风生短丝。[02]
锦床晓卧玉肌冷，
露睑未开对朝暝。[03]
官街柳带不堪折，[04]
早晚菖蒲胜绾结。

注·释

● *05* · 新翠舞衿：翠色舞衫，形容风中宫竹流翠的景象。

● *06* · 光风转蕙：雨霁日出，风和明丽，摇动蕙草，用《楚辞·招魂》成句。

● *07* · 扫蛾：描画眉毛。

● *08* · 夹城：唐代长安东城，由大明宫通往兴庆宫、曲江的通道，有双重城墙，供帝王、贵族出行时使用。

● *09* · 曲水：即曲江池及其支流，唐代时为贵族游览区，有紫云楼、芙蓉园等。

三月

东方风来满眼春，
花城柳暗愁杀人。
复宫深殿竹风起，
新翠舞衿净如水。 [05]
光风转蕙百余里， [06]
暖雾驱云扑天地。
军装宫妓扫蛾浅， [07]
摇摇锦旗夹城暖。 [08]
曲水飘香去不归， [09]
梨花落尽成秋苑。

注·释

● *10* · 离宫：古代帝王出游时的别宫。

● *11* · 金铺：门上的兽形铜制饰品，用于衔门环。

● *12* · 露花：露水凝结如花。草草：匆匆。

● *13* · 翠锦斓斑：树木经秋，其叶出现红、黄色，与绿色相杂，远望如翠锦。层道：道路高低不一，若现层次。

● *14* · 鸡人：宫中专司传唱鸡鸣的人。珑璁（cōng）：洁白貌。

九月

离宫散萤天如水，[10]
竹黄池冷芙蓉死。
月缀金铺光脉脉，[11]
凉苑虚庭空澹白。
露花飞飞风草草，[12]
翠锦斓斑满层道。[13]
鸡人罢唱晓珑璁，[14]
鸦啼金井下疏桐。

注·释

● *15* · 日脚：从云隙中射下的太阳光线，语出杜甫《羌村三首（一）》："日脚下平地。"洒洒：洒落分明的样子。

● *16* · 和气：暖和之气。

● *17* · 长日：日渐长。辞长夜：夜渐短。

十二月

日脚淡光红洒洒，[15]
薄霜不销桂枝下。
依稀和气解冬严，[16]
已就长日辞长夜。[17]

品·评

唐宪宗元和三年（808），十九岁的李贺从家乡昌谷来到河南洛阳应府试。这年正逢闰年，考官便以"十二月乐词并闰月"为题，有意考查考生的文才，于是，人间便留下李贺这首优美的组诗。

这组诗，各按月份为题，外加闰月，共十三首。各诗依不同的节令，咏物写景，也表现宫中人事，"皆言宫中，犹古《房中乐》"（方扶南《方批》评语）。诗人力求创新，不落俗套，"意新而不蹈袭"（孟昉《读李长吉十二月长辞》），着意抒写自己的灵感，充分表现出年轻诗人初试锋芒时那种意气风发、才华横溢的风采，突破应试诗的形制要求和感戴皇恩的体式风范。尽管也曾受到后人的非议，如方扶南所谓“诗亦深思，但非试帖所宜”（方扶南《方批》评语），但仍然不失为一组意新句丽的好诗。

《正月》，通过周边景物的渐变，写出春来大地的生活感受。开端迅即进入正题，云“上楼迎春”，则新春已经归来。以下诗句，全是“新春归”的细致而又具体的描写。柳条染上黄色，含芽待发，白昼渐长，淡淡的云霭烘托出原野的春姿，带有寒意的幽风吹来，但挡不住渐暖的阳晖，催发着柳条，长出细嫩的短丝。五、六句，转而写宫中美人，她睡在锦床上，玉肌感到寒冷，对着朦胧的“朝暝”，还不能睁开眼睑，极写其“春困”。姚文燮《昌谷集注》卷一云：“对朝暝，曲尽娇春之态。”所言极是。最后两句，总收全诗，说新春虽然归来，但寒气未脱，柳条还不堪攀折，菖蒲叶子尚短，还有待时日长成。全诗细致描写正月早春的景况，意含象外，脉理深细。黎简评本诗云：“一诗之中，三句说柳，首曰暗黄，次曰短丝，末曰柳带，具见细心。”（《黎批黄评》卷一）揭出本诗的艺术特征，真为细心。

《三月》，是一首歌咏阳春三月的诗。全诗总写一个“酣”字，着意渲染暮春时节的浓盛酣畅的春光。诗人采用远近、虚实交叉叠现的写景手法，形成腾挪灵动的气势，营造出十分迷人的艺术境界。“东方”两句，形容长安处处飞花，满城柳暗，春光烂漫，令人陶醉，这是从整体印象着笔。“复宫”两句，描写重宫深殿里凉风掠过竹丛，嫩绿的竹叶摇曳着，像舞女婀娜的舞姿，明净纯洁，这里写近景，就具体事物着笔。“光风”两句，描写百余里之间，春风和煦，兰香馥郁，春光融融，香雾暖云，铺天盖地，景象空旷高远，将酣春的描写，推到极致的境地。“军装”两句，由写景转而写人，穿着军装的宫女，跟随锦旗摇动的銮驾游春，人马喧阗，场面热闹，给夹城带来暖洋洋的感觉，再次渲染出春意浓盛的氛围。诗的最后两句，陡然转笔。阳春三月，曲江池畔春意正浓，但是诗人预感到春将逝去，曲水飘香，将一去不返，梨花落尽，芙蓉园便成冷落的秋苑。于是，他便采用“冷结”之法，以对立联想的艺术思维方式，由“酣春”突然写到“秋苑”，使前后诗意形成强烈的比照，凸显“酣春”的可贵、可爱，将赏春、爱春与惜春、怨春的情绪巧妙地交织起来，深细地表现出诗人心灵对大自然景物变迁的真切感受。

《九月》，描画深秋景色和宫人愁思，非常贴切。司空图说：“不着一字，尽得风流。”（《二十四诗品·含蓄》）本诗可以说是表现长吉诗含蓄美的代表作品。诗从写景切入，描写离宫夜色如水，稀疏的萤火，散落在空中，竹叶枯黄，荷花凋尽，月光冷冷地照在门环上，荒凉虚空的庭院中一片澹白。落花飞堕，凉风萧飒，树木诸色间杂，斑斓如锦。晓色朦胧之际，鸡人报晓已毕，乌鸦悲啼于井旁，稀疏的桐叶不时飘落。这一切，都是深秋季节的景物特征，渲染出浓重的深秋氛围，情致不胜萧寂，句句切合“九月”题意，正如黎简所说：“妙绝九月语。”（《黎批黄评》卷一）按李贺《十二月乐辞》写宫中景又写宫中人的模式，本诗也应如此。虽然诗中表面上看不出人物活动，但写出了离宫宫女的内心世界，她们感受到离宫月皎庭空、露寒风紧的深秋萧飒气氛，彻夜不寐，耳听更残柝罢、梧叶落、乌鸦啼，不胜悲怆。全诗情景交融，意含象外，深得含蓄美的妙谛。

《十二月》，是这组诗中最短的一首，言简意赅，包含着一个深刻的生活哲理。诗人先用两句诗，说日光淡淡，连桂树下的霜都不能消融，更不要说坚冰厚雪，极为概括地描写出严冬时节的景象。三、四句，诗笔一转，写出自己对自然气候变换的预感。他感觉到人们将要告别残冬酷寒和漫漫长夜，迎来温暖的白昼长日，所以诗人说出依稀的“和气”，必将排除“冬严”，冬日的“长夜”，必将被春天的“长日”所替代。这两句描写节令的诗句，富含哲理，蕴含着年轻诗人除旧布新、春回大地的渴望和期待。广为传诵的英国诗人雪莱名句：“如果冬天已经来到，春天还会很远吗？”（《西风颂》）李贺比雪莱早出生十个世纪，就用传统的中国诗歌表述了与之相似的艺术意想，实在令人叹为观止。

这组诗最应该着重讨论的问题是：李贺究竟在哪一年应河南府试？它是李贺一生中具有关键性的一次活动，牵涉他生平许多重大活动的定位和系年。对此，诸家异说颇多。傅经顺《李贺传论》：“元和二年，十八岁的李贺到洛阳应河南府试。”朱自清《李贺年谱》：“元和五年，是年韩愈为河南令。贺应河南府试，作《十二月乐辞》，获隽。冬举进士入京。”田北湖《昌谷别传并注》（《国粹学报》第四卷第六期）以为这组诗作于元和三年。周阆风《诗人李贺》（商务印书馆 1936 年版）以为作于元和四年。于必昌《李贺生卒年新证》（《文学评论丛刊》第七辑）以为作于元和六年（与以上四说相同的见解，恕不一一胪列）。

考定李贺何年应河南府试，主要依据李贺《仁和里杂叙皇甫湜》：“安定美人截黄绶，脱落缨裾暝朝酒。还家白笔未上头，使我清声落人后。”“安定美人”指皇甫湜，他于元和三年试贤良方正，直言极谏，的最权贵佞幸，只能回陆浑担任县尉，“还家白笔未上头”即指此事。皇甫湜遭受打击，情绪低落，终日饮酒解闷，无人为他推誉、荐引，“使我清声落人后”。此诗前半首真实地描述元和三年李贺赴河南府试的情景和皇甫湜的遭际、心态。拙著《李贺年谱新编》“元和三年”谱文云：“贺就试河南府试，作《河南府试十二月乐词并闰月》。”傅氏元和二年之说、朱氏元和五年之说、周氏元和四年之说、于氏元和六年之说，均不符合实际。

出城

雪下桂花稀，[01] 啼乌被弹归。[02]
关水乘驴影，[03] 秦风帽带垂。[04]
入乡试万里，[05] 无印自堪悲。[06]
卿卿忍相问，[07] 镜中双泪姿。[08]

注·释

● 01 • 桂花稀：喻言下第。唐人称登科为折桂。

● 02 • 啼乌：喻诗人遭谗落第而归家。

● 03 • 关水：关中之水。

● 04 • 秦风：秦地之风。出长安，就是秦地，故云。

● 05 • 试万里：黎简云："'试万里'难解，一作'诚可重'……万、可，诚、试，重、里，字形相似故误书耳。"（《黎批黄评》卷三）近是。

● 06 • 无印：无官印，因应试失败而生此感触。

● 07 • 卿卿：丈夫对妻子的爱称，语出《世说新语·惑溺》："王安丰妇常卿安丰，安丰曰：'妇人卿婿，于礼为不敬，后勿复尔。'妇曰：'亲卿爱卿，是以卿卿，我不卿卿，谁当卿卿。'遂恒听之。"忍相问：忍泪相慰问。

● 08 • 双泪姿：双眼垂泪貌。

品·评

元和四年（809）春，李贺应进士试落第，返回家乡，写下本诗。

李贺应河南府试，凭着他出众的才华，很顺利地通过府试，取得"乡贡进士"的资格。翌年正月，就要去长安应礼部试。这时，一些嫉妒李贺的举子，便对他进行诽谤，说他应当避父亲的名讳，不该去参加礼部考试。因李贺父名"晋肃"，"晋"与"进"同音，如果考进士，就犯了讳。韩愈知道这件事后，很气愤，他除了劝勉诗人应进京应考，还特意写了一篇名为《辨讳》的文章，以圣人经典和国家律令为依据，指出"避嫌名"的不合理。《辨讳》文中还提到皇甫湜是他的支持者。李贺听从韩、皇甫的劝告，进京应试，终因遭谗被毁，没有中第。

仕进道路被阻塞后的懊恼心情，使诗人带着沮丧的心绪，写下这首《出城》诗。首两句是比喻。雪下何来桂花？唐人称进士及第为“折桂”，他人折桂已尽，自己落第，故曰“桂花稀”。被弹归的啼乌，比喻自己遭受排挤而归家的遭遇。曾益评本诗：“此下第作。”“啼乌被弹，比下第。”（《昌谷集注》卷三）次两句用“关水”“秦风”，形容自己从长安东归时垂帽骑驴，踯躅在古道上的凄凉景况。五、六句，转笔写出自己入乡时的内心感受，马上要到家，重又与家人团聚，本是乐事，但是落第而回，仕途无望，无法佩带官印，实堪悲伤。结尾两句，采用从对面写来的手法，预先拟想会面后妻子的心理活动，她看到丈夫的神情，揣知他没有及第，便忍住眼泪，亲切慰问，背过身，却对镜暗自落泪。如此表达情思，委婉缠绵，富有韵味。无名氏评本诗：“才下第出都，便拟到家人相问，可见点额人心中百般轮转，无限苦恼。”（《于嘉刻本》）《出城》诗和《仁和里杂叙皇甫湜》一样，都是李贺遭谗落第后心志、神情的真实写照。

解读本诗，必然触及李贺生平事迹中有无家室的问题。有人据杜牧《李长吉歌诗叙》中“贺复无家室子弟”语，断定李贺没有结过婚。这是误解了杜牧的文意。笔者以为李贺在河南府试以前，就已经结过婚，落第后才在诗里有“卿卿忍相问”的描写。他初任奉礼郎时，接家书，得知妻子生病的消息，故有“鹤病悔游秦”的诗句。贺妻死亡的时间，大约在诗人任职长安的时期内，他在《题归梦》中用“灯花照鱼目”的形象描绘，表现自己因妻子去世、愁悒不能入睡的情景。妻子死后，他不复婚娶，未留子女，如沈子明所说“贺复无家室子弟”。我们一定要全面考察长吉诗，找出内在联系，才能作出较为可信的结论。

昌谷读书示巴童[01]

注·释

● *01* · 巴：古国名，秦置巴郡，在今四川省东部和重庆一带。李贺的书童是那里人，故称“巴童”。

● *02* · 薄：微弱。

● *03* · 垂翅：斗败的鸟常垂着翅膀逃去。垂翅客，喻失意者，诗人自嘲，语出《后汉书·冯异传》：“垂翅回溪。”

虫响灯光薄，[02] 宵寒药气浓。

君怜垂翅客，[03] 辛苦尚相从。

巴童答

注·释

●*01*·巨鼻：巴童眼中李贺的面部特征。山褐：山野人穿着的粗布衣。

●*02*·庞（máng）：一作“厖”。庞眉：双眉浓密，中间相通，即李商隐《李长吉小传》所谓之“通眉”。《尔雅·释诂》：“厖，大也。”

巨鼻宜山褐，[01] 庞眉入苦吟。[02]

非君唱乐府，　谁识怨秋深。

品·评

《昌谷读书示巴童》和《巴童答》两诗，写于元和四年（809）秋家居昌谷读书时。《昌谷读书示巴童》是李贺在家乡读书生活的真实写照，诗人遭谗落第后，心情沮丧，身体孱弱多病，终日药石伴身。诗的前两句，即景描写，秋夜里虫声扰扰，灯光昏暗，药味浓重，我——一个场屋文战失败归来的书生，正暗自伤神。三、四句，诗笔陡然一转，说只有你怜爱我这个不幸的人，还是辛辛苦苦随侍着我。自身遭际的坎坷，人情世故的浇薄，均自言外得之，婉曲深致。

《巴童答》是代拟体，借着巴童的嘴，说出自己的容貌特征和善写乐府诗的特长。巴童说李贺“巨鼻”“庞眉”，与李商隐《李长吉小传》里所记载的“长吉细瘦，通眉，长指爪”相近似。“入苦吟”，活活画出长吉低头凝神苦吟的神态，与《小传》所记载的“能苦吟疾书”是一致的。李贺很重视苦吟，《小传》记载，“恒从小奚奴，骑駏驉，背一古破锦囊，遇有所得，即书投囊中。及暮归，太夫人使婢受囊视之，见所书多，辄曰：‘是儿要当呕出心乃已尔！’”“苦吟”，确实道出诗人写诗刻苦认真的创作态度和注重苦吟的创作思想，这不仅是李贺个人的写作特性，也反映出中唐时代韩孟诗派共同的审美追求。“非君”两句，用巴童的口吻，说出自己擅长写乐府诗并能表达怨秋的深意，“怨秋”，兼指自然现象的变迁和社会生活的黑暗。李贺是唐代优秀的乐府诗作家之一，他熔铸古今，或用古乐府写时事，或写新题乐府。本诗借巴童之口，说出自己的创作长处，微露自负之意，但确也符合他的创作实际。

送韦仁实兄弟入关

注·释

● *01* · 金环：马络头上的铜环。

● *02* · 断目：目断，极目远望。

● *03* · 行槐：官道两旁一行行槐树。

● *04* · 攒攒：簇聚纷披。此句下，《文苑英华》有“君子送秦水，小人巢洛烟”两句。

送客饮别酒，　千觞无赭颜。
何物最伤心，　马首鸣金环。[01]
野色浩无主，　秋明空旷间。
坐来壮胆破，　断目不能看。[02]
行槐引西道，[03] 青稍长攒攒。[04]
韦郎好兄弟，　叠玉生文翰。

● *05* · 蒿硗（hāo qiāo）田：贫瘠多石多草的田地。

● *06* · 春声：蒙古本作“春声”，接近诗意。交关：交杂。

● *07* · 劳劳：忧怆的心情。

● *08* · 苍突：苍翠突兀。

我在山上舍，一亩蒿硗田。[05]
夜雨叫租吏，春声暗交关。[06]
谁解念劳劳，[07] 苍突唯南山。[08]

品·评

韦仁实兄弟，史家逸其行实，我们所知甚少。据李贺诗，可知韦氏兄弟也是河南宜阳人。《旧唐书·敬宗纪》，长庆四年（824），十二月癸未，“淮南节度使王播厚赂贵要，求领盐铁使，谏议大夫独孤朗、张仲方，起居郎孔敏行、柳公权、宋申锡，补阙韦仁实、刘敦儒，拾遗李景让、薛廷老等伏延英抗疏论之。”因知韦仁实也是一位刚正耿直之士。宝历元年（825），任户部员外郎兼侍御史，见《唐故大中大夫殿中少监琅琊王府君墓志铭并序》（载《隋唐五代墓志汇编·洛阳卷》）之署名。他们自家乡西行入关，谋求政治上的出路，李贺赋诗赠别，抒写他与韦仁实兄弟的情谊。

这首送别诗，开端迅即着题，写“送客”。送别时心情凄苦，故饮千杯而面无红色，“何物最伤心”句，唤起下文，载着韦氏兄弟的马匹已经驰去，马络头上的铜环鸣响，最能使送别人伤心。“野色浩无主”以下六句，描写送别地之景物，秋时天高气爽，野色辽阔，无人管领，斯人已去，空留旷野。目断远处，不胜惆怅，顿时使人心碎胆破。此时只有一行行官槐的青树梢簇聚着，伸向西去的官道上。景物描写中饱含着诗人送别时凄苦的心绪和眷恋的情思。“韦郎好兄弟”已经远去，回想起他们文笔精妙，字字如积叠的美玉，很觉惋惜，不能再和他们说诗论文，徒增伤感。

“我在山上舍”以下六句，突然运用转笔，转写自己。先写家园土地之贫瘠，次写催租吏之困扰，夜雨中，催租吏的叫骂声和舂稻声交织在一起。最后两句说，有谁能像韦仁实兄弟那样经常怜念我忧怆的心情呢？唯有苍翠突兀的南山陪伴着我。用问语收结，给人以悠然不尽的想象空间，更具含蓄美。结尾与开端遥相呼应，韦氏兄弟与自己交谊深厚，经常关爱我，所以离别时倍感伤心。全诗前十二句写伤别，后六句慨叹自己困守不遇。王琦说：“韦郎兄弟既去，我独困守田园，而受催租之扰，并无知己相劳苦，朝夕所对者，唯苍然突起之南山而已，盖言此别之后，不堪为怀也。”（《汇解》卷四）王氏对本诗确有很深的体识。

按唐制，官家有免租税兵役的特权，长吉诗描写到“催科之苦”，当时父亲李晋肃已死，自己尚未出仕，才陷入此困难，据此推断本诗当作于元和四年春长吉仕奉礼郎以前。

野歌

鸦翎羽箭山桑弓，[01]
仰天射落衔芦鸿。[02]
麻衣黑肥冲北风，[03]
带酒日晚歌田中。
男儿屈穷心不穷，
枯荣不等嗔天公。[04]
寒风又变为春柳，
条条看即烟蒙蒙。[05]

注·释

● 01 · 鸦：借指黑色。翎：鸟羽。山桑弓：用坚韧的山桑木制成的弓。

● 02 · 衔芦鸿：大雁自南返北时，常口衔芦苇，以防弓箭。

● 03 · 麻衣：唐代举子所穿，用苎、葛等衣料制成。黑肥：形容麻衣宽大肮脏。林同济《李贺诗歌集需要校勘》说“黑肥”乃“黑帔”之误，然无版本根据。

● 04 · 枯荣：指贵贱。

● 05 · 看即：随即、转眼。

品·评

陈本礼《协律钩玄》卷四云：“此咏不得意之武士也。”诗人野行，看到旷野北风中，有一个武生，麻衣黑肥，仰天射鸿，身手何等矫捷，痛饮放歌，行于田中，神情何等豪爽，麻衣冲风，又何等困顿寥落。前四句写实，描写眼前所见，后四句虚写，由这个“寒士”形象生发感慨，写出自己的议论。诗人说好男儿自当“屈穷心不穷”，遭遇虽然坎坷而志向依然高远，唱出“枯荣不等嗔天公”的诗句，向命运发出抗议，对“天公”进行呵责，人世间为什么如此贤佞不分、贵贱不等？全诗以写景收结，寓议论、抒情于景物描写中，意境深远。诗人借着柳树之枯而复荣的意象转换，融入自身的深切感受，寄寓着对未来的热情向往，憧憬着“冬尽春回”的美好理想。曾益说：“风寒，凋落时，变为春柳，枯者复荣，荣故濛濛而弄色。”（《诗解》卷四）姚文燮也说：“律转阳回，春柳枝枝皆茂，亦何时不能待耶？”（《昌谷集注》卷四）诗人深信有才能的人定会得到施展抱负的机会，“亦士不终穷也”（《昌谷集注》卷四引蒋楚珍语），腐朽的现实社会终将被理想政治所替代。诗为射鸿寒士而写，歌也唱出自己的心声。

本诗的艺术意想，与《河南府试十二月乐词并闰月》“十二月”亦相仿佛，这应该是青年诗人虽遭挫折但对社会还充满希望时的真实心态，本诗的写作年代，似乎以定于遭谗落第以后、长安任职以前的时段为宜。

自昌谷到洛后门[01]

九月大野白，　苍岑竦秋门。[02]
寒凉十月末，[03] 雪霰蒙晓昏。[04]
澹色结昼天，[05] 心事填空云。[06]
道上千里风，　野竹蛇涎痕。[07]
石涧冻波声，　鸡叫清寒晨。
强行到东舍，[08] 解马投旧邻。
东家名廖者，　乡曲传姓辛。[09]
杖头非饮酒，[10] 吾请造其人。
始欲南去楚，　又将西适秦。
襄王与武帝，[11] 各自留青春。[12]

注·释

● 01 · 门：蜀本、蒙古本作“问”。问，即到洛阳后问人，接近诗意。

● 02 · 竦秋门：高山耸峙两旁，如门阙，时值深秋，故云。

● 03 · 十月：宣城本、蒙古本作“交月”。

● 04 · 雪霰：雨雪杂下。

● 05 · 澹色：空中阴云呈惨澹之色。结：聚而不散。

● 06 · 填：填塞，指心事郁结，如满空之云。

● 07 · 蛇涎痕：雪霰沾野竹而冻结，其疤如蛇涎。

● 08 · 东舍：指长吉曾居住过的仁和里旧舍。

● 09 · 辛廖：《左传·闵公元年》中提到的晋大夫，擅占卜。此处借指旧舍附近的卖卜者。

● 10 · 杖头：《世说新语·任诞》有阮宣子挂钱杖头沽酒的故事，李贺活用此典，说杖头之钱用以卜筮。

● 11 · 襄王：楚地有襄王。武帝：秦地有汉武帝。

● 12 · 留青春：楚襄王与汉武帝都喜好文士，声名至今尚存，故云。

● *13* · 兰台：楚国台名，故址在今湖北钟祥。楚襄王游于兰台之宫，宋玉、景差随侍，见宋玉《风赋》。

● *14* · 无归魂：宋玉等人已死。

● *15* · 缃缥：缃，缃帙，用浅黄色绸制成的包书衣；缥，缥囊，用青白色绸制成的书囊。

● *16* · 蛰虫：蛰伏于书中的蠹虫。秋芸：芸草，花叶香味极浓，用以驱蠹避虫。

● *17* · 秦台：指长安朝廷。

● *18* · 负薪：采樵负薪的贫穷者。

闻道兰台上，[13] 宋玉无归魂。[14]
缃缥两行字，[15] 蛰虫蠹秋芸。[16]
为探秦台意，[17] 岂命余负薪。[18]

品·评

李贺落第归家后，闲居昌谷，直到元和四年（809）的秋天九、十月的时候，他又从昌谷再度到洛阳，仍然居住在仁和里，想寻求政治上的出路。诗人欲求仕进，但又犹豫不决，是南行投奔节镇，还是西入长安“探秦台意”呢？于是他请巫者占卜，以释胸中疑虑。为此，他写下这首《自昌谷到洛后门》。

长吉以五联诗写景，描写昌谷到洛阳道路上的景色。九月里，旷野秋高气爽，山多树木，耸峙如门阙。时交月末，雪霰杂下，晨起蒙蒙，一片昏暗。心头郁闷，如满天填满密云，道上刮起大风，野竹沾结雪霰，斑驳如蛇涎。涧里的水声凝滞，雄鸡在清晨寒冷中啼叫。无名氏评本诗开端四句说：“一起四句极尽题，眼下便好放手做出来。看‘九月’二句，是‘自’字，‘十月’二句，是‘到’字，不是泛写时序。读书先要记定题字，觑出题神，方是作家。”（《于嘉刻本》）诗人为何要费如此多的篇幅，花如此大的力气描写沿途景色呢？写景是为下文“张本”。满空密云、雪霰飞动、晓色昏蒙，既为“强行”准备了艰苦的自然环境，又衬出诗人郁闷的心胸，更为诗人游移不定、忐忑不安的心绪，创造出迷茫的艺术氛围。

“强行到东舍”以下三联，诗人叙述自己到洛阳后的情况。“强行”句，承上启下，王琦解说得很好：“道路之中，雪霰风冷若此，然不得不勉强而行。”（《汇解》卷三）李贺冒风雪到洛阳后，投宿旧舍，东邻有个卖卜者辛廖，便带了杖头钱请他卜卦。

“始欲南去楚”以下五联，诉说自己心中的疑虑，请卜卦者代为占卜。“始欲”四句，说自己既想去南方投奔楚襄王，又将西入秦，投靠汉武帝，他们两人都有喜好文士的美名。这里，诗人用了李斯的典故，《史记·李斯传》：“度楚王不足事，而六国皆弱，无可为建功者，欲西入秦，辞于荀卿。”用典很贴切，切合李贺当时的心理状态。字面上又用了杜甫《奉赠韦左丞丈二十韵》：“即将西去秦。”“闻道兰台上”以下六句，承上而言，前四句言去楚之意，但兰台之上，已无宋玉辈，书册被蠹鱼蛀坏，楚不可去。后二句言适秦之意，京城里究竟怎么样呢？难道会要自己负薪自给，长久贫困吗？正因为自己犹豫不决，所以请辛廖占卜，以决定去取。陈式曰：“兰台四句顶楚来，末一句顶秦来，章法正以参差入妙。”（姚文燮《昌谷集注》卷三引）李贺的长古，很讲究章法，于此可见一斑。本诗并没有写出辛廖占卜的结果，但从后于本诗写成的《仁和里杂叙皇甫湜》“明朝下元复西道”句看出，诗人为了寻求光明的未来，还是决定西入秦，重又踏上去长安的征途。

本诗在艺术上无多少可取之处，语言平夷，与昌谷诗“瑰诡”（严羽《沧浪诗话》）诗风大相径庭，可谓是李贺诗的别调。然而，全诗写出诗人欲求仕进却又疑虑重重、彷徨踌躇的深层心理，是我们探索诗人平生心路历程中的重要一环，所以笔者特意将它选入本书，以利窥见李贺思想的全貌。

高轩过[01]

韩员外愈皇甫侍御湜见过因而命作。

华裾织翠青如葱，[02]
金环压辔摇玲珑。
马蹄隐耳声隆隆，[03]
入门下马气如虹。
云是东京才子，文章巨公。[04]
二十八宿罗心胸，[05]
元精耿耿贯当中。[06]
殿前作赋声摩空，
笔补造化天无功。[07]

注·释

● *01*・题：蒙古本无“员外”“侍御”四字，与诗意相近。高轩：高大华贵的车轩。过：过访，拜访。

● *02*・华裾：官服，唐代依官品定不同服色。织翠：指翠色官服，韩愈当时的官阶正该服绿。青如葱：指青色官服，皇甫湜当时的官阶正该服青。

● *03*・隐耳：声音盛多盈于耳。隐，蒙古本作“殷”，明盛貌。

● *04*・巨公：有巨大成就的人。

● *05*・二十八宿：东方“苍龙”七宿、北方“玄武”七宿、西方“白虎”七宿、南方“朱雀”七宿的合称。

● *06*・元精：天之精气。耿耿：明亮貌。

● *07*・笔补造化：以诗文创作弥补造化之不足。造化，自然事物的创造和化育能力。

● *08* • 冥鸿：空中鸿雁。
● *09* • 蛇作龙：喻飞黄腾达。

庞眉书客感秋蓬，
谁知死草生华风。
我今垂翅附冥鸿，*08*
他日不羞蛇作龙。*09*

品·评

元和四年（809）九、十月间，李贺从昌谷到洛阳，仍然居住仁和里。韩愈和皇甫湜得知李贺来东都的消息后，他们一起到仁和里拜访，自有慰藉落第的意思。李贺感激之余，写下本诗，赠给韩愈、皇甫湜，答谢他们的美意，“联镳”盛事，便成为我国文学史上人所共知的佳话。

全诗十四句，押平声东韵（唯一“龙”字为二冬韵），一韵到底，句句押韵（唯第五句未押），属柏梁体。前十句均为称颂韩愈、皇甫湜，后四句写自己，前后照应，表达自己感激的心情。诗笔由眼前所见着笔，首先描写韩、皇甫的服饰、车马以及他们气宇轩昂的气概，然后再描写他们的文才，称颂他们学识渊博，识见卓绝，文学才能极高，足以“笔补造化”。诗句从外形美写到内在美，全方位称颂这两位在他生活道路上初遇挫折时给予援助的前辈。后四句转回到自己身上，诉说自己穷愁如枯草，喜逢华风，顿时意气风发，生机勃勃，增强了自信心。诗中“附冥鸿”“蛇作龙”等语，应是希望得到两公汲引、荐举的意思。答谢之意，感激之情，完美地交织在一起。

李贺《高轩过》诗脍炙人口，传诵不已。胡应麟《诗薮·内编·古体下·七言》：“唐人歌行烜赫者：……李贺《高轩过》，并惊绝一时。”全诗想象奇特，措辞精绝，警句迭见，精光煜爚。尤可注目的是，李贺运用韩体写作赠韩诗，颇具特色。韩愈、皇甫湜都喜欢效法汉代“柏梁体”用韵方法写诗，韩愈《陆浑山火一首和皇甫湜用其韵》，即用此体，皇甫湜原唱亦同。李贺《高轩过》仿此。

王定保《唐摭言》曾煞有介事地记下“联镳”事，说李贺当时仅七岁，“总角荷衣”而出迎，这则记载显然是错误的。诗中有“秋蓬”“死草”“垂翅”等语，表现遭谗落第后的颓伤情感，不应该出于小孩之口。《新唐书》不加考辨，将这段记载写入《李贺传》中，亦承其误。李贺于元和四年春（809）下第归家，九、十月间又经洛阳去长安，另谋出路，《高轩过》当作于其时。当时，韩愈尚在国子博士分司东都任上，皇甫湜尚在陆浑尉任上，所以，本诗副题定然为后人编集时，未经考订，随意将韩、皇甫后来的官职加上去，致使学界生出许多疑说。

仁和里杂叙皇甫湜 01

大人乞马癯乃寒，02
宗人贷宅荒厥垣。03
横庭鼠径空土涩，04
出篱大枣垂珠残。
安定美人截黄绶，05
脱落缨裾暝朝酒。06
还家白笔未上头，07
使我清声落人后。08
枉辱称知犯君眼，09
排引才升强絚断。10
洛风送马入长关，11
阖扇未开逢猰犬。12

注·释

● *01*·仁和里：洛阳城内仁和坊。皇甫湜：字持正，睦州新安（今浙江淳安）人。元和元年（806）进士及第，任陆浑尉，三年，登贤良方正制举，后历参李夷简、李渤、李逢吉幕，官至工部郎中，为中唐著名古文家，有《皇甫持正集》传世。蒙古本题下有“湜新尉陆浑”，朱自清以为五字乃后人所加，近是。

● *02*·大人：古人对父母的称号，这里指母亲。《后汉书·范滂传》，滂称母为大人。赵彦卫《云麓漫钞》云：“古人称父为大人。”乞：给予。《晋书·谢安传》：“以墅乞汝。”非求取之意。癯（qú）乃寒：瘦弱。

● *03*·宗人：同族人。厥：其。

● *04*·涩：干涩粗糙。

● *05*·安定美人：皇甫湜自称，皇甫湜《悲周子桑》：“有人安定皇甫湜。”安定，郡名，治所在今宁夏固原，为皇甫氏之郡望。美人，古人对君子的美称。截：切断，这里作“解下”讲。黄绶：县尉所佩黄色丝带。唐代五品以下职官无绶，此借用汉制。

● *06*·缨裾：冠带和衣襟，指官服。

● *07*·白笔：唐制，七品以上官员用白笔代簪子。

● *08*·清声：好名声。

● *09*·枉辱：谦辞，有“屈承”之意。犯君眼：得到你的看重。

● *10*·排引：引荐。强絚（gēng）：粗大的绳索。

● *11*·长关：长安的城关。古称长安为长都，见《文选·北征赋》李善注。

● *12*·阖扇：门扇，此指“君门”，即皇城的大门。瘈犬：疯狗，语见《左传·哀公十二年》：“国大之瘈，无不噬也。”猰（yà），当为“瘈（zhì）”的误字。

那知坚都相草草，[13]
客枕幽单看春老。[14]
归来骨薄面无膏，[15]
疫气冲头鬓茎少。
欲雕小说干天官，[16]
宗孙不调为谁怜。[17]
明朝下元复西道，[18]
崆峒叙别长如天。[19]

●*13*·坚都：吴正子注本、宣城本作“竖都”，方扶南《方批》以为当是“贤相都草草”，均误；曾益《诗解》、姚文燮《昌谷集注》以班孟坚《两都赋》为解，亦误。坚都，乃刀坚和丁君都之合称，两位古代善于相马的人，这里代指主管考试的礼部官员。董伯英曰：“刀坚、丁君都，古善相马者。”（陈本礼《协律钩玄》引）相（xiàng）：审察后决定优劣，进行选择。

●*14*·春老：春光消逝。

●*15*·膏：滋润的面部肌肤。

●*16*·雕：写作。小说：唐代传奇。干：干谒。天官：吏部官员。

●*17*·宗孙：长吉自谓，因为他是大郑王李亮的后裔。不调：不被选中。

●*18*·下元：十月十五日。

●*19*·崆峒：洛阳的代称。钱仲联先生据《尔雅·释丘》《庄子·在宥》《尚书·召诰》指出：“历来称洛阳居天地之中，故贺诗以居天中斗极下之崆峒为洛阳代称。”（《中华文史论丛》1979年第三辑）刘禹锡《唐故邠宁等州节度观察处置使朝散大夫赐金鱼袋赠右仆射史公神道碑》：“斗极之下，崆峒播气。”史宪成葬洛阳北邙山，故云。

品·评

元和四年（809）十月十四日，诗人为谋求政治上的出路，再度往长安去，路过洛阳，与皇甫湜告别，用“杂叙”的方式，倾诉自己一年来遭受排摈的经历和复杂感情，满怀悲愤地写下这首诗。

这首古诗共二十句，平仄声交替押韵，不断换韵，诗意也不断地转换。首四句，押平声寒韵，自叙应河南府试时的贫窘状况，母亲给予的马很瘦弱，族人借给的住宅墙垣断缺，院里小径纵横，破篱上挂着几颗残枣。次四句换押上声有韵，转写皇甫湜失意潦倒的近况，他解下黄绶，脱落衣冠，早晓沉湎于饮酒。“枉辱”四句，上、去声潸、铣、翰韵通押，叙述自己蒙皇甫赏识，方欲荐引，但一到长安，又遭排摈，诗意正指皇甫湜支持李贺赴京应礼部试而遭失败的往事。“那知”四句，上声篆、皓通押，控诉礼部官员选拔人才，草率从事，又描写自己应考失败后憔悴失态的情状。结尾四句，换押平声先、寒韵，诗人向相知的前辈坦陈心胸，意欲向吏部上书，不知能否怜惜我这个王孙呢？今朝我将复去西道，与你在洛阳告别，不知何时才能见面？“长如天”，以浩无边际的空间，比喻时间之久长。后来的事实证明，皇甫湜与李贺再也没有碰过头，正是“长如天”。

这首诗，是李贺应进士试遭谗落第后所作，诗里既伤叹自己应试时的困窘，落第后的狼狈，也惋惜皇甫湜才高而沉沦下僚的遭际；既为昏庸小人毁伤自己而愤慨，又为远离知己而惆怅，情绪很复杂，所以题为“杂叙”，很切题。诗中所述人事，所抒情感，都非常真切，为我们深入认知李贺生平事迹及其交游，提供了重要依据。可惜这首诗还未被历来选家所重视。

吴闿生《跋李长吉诗评注》：“昌谷诗上继杜韩。”韩，就是为他写《讳辨》的韩愈。长吉诗深受韩愈诗风影响，本诗即为一例。《仁和里杂叙皇甫湜》不论叙事、抒情、造语，均极奇崛，绝去畦径，有韩愈的风调。全诗想象奇特，峭拔警迈，诗笔纵横腾跃，运用古体诗用韵比较自由的特点，多变的韵脚与多变的诗意相配合，造成韵脚密集，韵律谐和，读来朗朗上口。皇甫湜是韩孟诗派中人，李贺用韩愈的诗风写出吐露真情的诗篇赠给他，十分得体。

王濬墓下作[01]

人间无阿童，[02] 犹唱水中龙。[03]
白草侵烟死，[04] 秋藜绕地红。[05]
古书平黑石，[06] 神剑断青铜。[07]
耕势鱼鳞起，[08] 坟科马鬣封。[09]

注·释

● *01*・王濬：字士治，西晋大将，被封为龙骧将军，曾为削平东吴，统一全国立过战功，《晋书》有传。其墓在虢州恒农（今河南灵宝南）。

● *02*・阿童：王濬小字。

● *03*・犹唱水中龙：《晋书・五行志》载吴地童谣："阿童复阿童，衔刀浮渡江，不畏岸上虎，但畏水中龙。"水中龙，即指王濬。两句意谓王濬早已不在人世，而关于他的童谣至今还在传唱。

● *04*・白草：野草经霜而色白枯萎。

● *05*・秋藜：一年生草木植物，又名灰藋，表皮红色。

● *06*・古书：指碑上的文字。平：碑石剥蚀渐平。黑石：指墓碑。

● *07*・神剑：陪葬的青铜剑。

● *08*・耕势：耕地的形状。

● *09*・坟科：坟上的土块。马鬣（liè）封：坟上的封土长满枯草，如马颈上的长毛，语见《礼记・檀弓》。

●*10*·香涩：松柏香气中带有涩味。
●*11*·南原：王濬墓在恒农城南，故云。

菊花垂湿露，　棘径卧干蓬。
松柏愁香涩，[10] 南原几夜风。[11]

品·评

元和四年（809）十月，李贺自昌谷赴长安，寻求仕进的出路，途中，路过虢州恒农王濬墓，见墓地已成荒丘废垄，景况凄凉，有感而作本诗。

诗以后人怀念王濬发端，陡然唱发，突兀有力，"死犹唱，言其有功也"（陈弘治《校释》卷三引丘象升语）。王濬平吴有功，功在统一江山，全诗正是以此为基调，道出诗人凭吊王濬墓的真正原因。"白草侵烟死"以下诗句，着力描写王濬墓地的荒芜和凄凉，杨妍谓"以下皆吊之之词"（《昌谷集句解定本》卷三引），极是。"白草"两句，自墓道外远望之，见经霜之衰草色白，遍地秋藜皮红，墓已荒芜。"古书"两句，写墓碑文字漫漶，得之于目击；陪葬之青铜剑断，得之于臆度。"耕势"两句，说坟墓周围的土地被垦作耕地，土块像鱼鳞一样排列着，墓堆狭长隆起，长满枯草，如同马颈上的鬃毛，两句极写坟墓之荒废。"菊花"两句，自坟旁近观之，则菊花因露水湿重而低垂，棘径上倒卧着干枯的草。结尾两句说，墓地经过几度风雨，松柏散发出阵阵涩香，更勾引起人们的愁思和念想。长吉用十句诗，反复地描绘王濬墓的废圮和荒芜，表达他凭吊、追念王濬的深切感受，反映出诗人因"人间无阿童"而生发的哀愁和忧虑，他多么希望能有像王濬一样的将领，平定叛乱藩镇，改变国家分裂的政局。诗人凭吊王濬，哀念之，思良将之不可得，无怪乎他要花费如此多的诗句，去描写墓地的荒芜、凄凉，以寄托他无限的哀思。

朱自清《李贺年谱》以为本诗作于诗人北游潞州时，云："贺殆于役其地而有是作。"钱仲联《李贺年谱会笺》不同意这个说法，他说："恒农县在洛阳以西，而潞州则在洛阳东北今山西省境内，且隔黄河。贺往潞州，取道与恒农方向相反，在潞州，亦无缘于役恒农。朱说误。"钱氏还定本诗作于元和四年"赴长安途中，经虢州恒农县王濬墓，有《王濬墓下作》"。按李贺于元和三年应河南府试，冬赴长安应试，四年春不第还乡。是年九、十月，他又自昌谷去长安，有《仁和里杂叙皇甫湜》《自昌谷至洛后门》诸诗，本诗即作于此时。

开愁歌华下作 01

秋风吹地百草干，
华容碧影生晚寒。02
我当二十不得意，
一心愁谢如枯兰。
衣如飞鹑马如狗，03
临岐击剑生铜吼。
旗亭下马解秋衣，04
请贳宜阳一壶酒。05
壶中唤天云不开，06
白昼万里闲凄迷。07

注·释

● *01* • 华下：华山脚下。

● *02* • 华容：华山的形容。

● *03* • 飞鹑：形容衣衫褴褛。《荀子·大略》："子夏贫，衣若悬鹑。"鹑，鹌鹑，体如雏鸡，头小尾短。

● *04* • 旗亭：指酒楼。

● *05* • 贳（shì）：赊欠。宜阳：李贺家乡福昌，隋代称宜阳。

● *06* • 壶中唤天：用道家"壶天"的典故。《云笈七签》卷二八引《云台治中录》载，鲁人施存，常悬一壶，中有日月天地如人世间，夜宿其中，自号壶天。

● *07* •"白昼"句：暗用"浮云蔽日"的成语，陆贾《新语》："邪臣之蔽贤，犹浮云之鄣日月也。"李白《金陵登凤凰台》："总为浮云能蔽日，长安不见使人愁。"万里闲凄迷：浮云蔽日之景，喻政治昏暗。

● *08* • 俗物：人间世事。填豗（huī）：填塞、郁结。《全唐诗》校注："《玉篇》《广韵》俱无豗字，《统签》云，按豗即豗字，音灰，相击也。"

主人劝我养心骨，

莫受俗物相填豗。*08*

品·评

一个诗题，因版本不同，文字有出入，随之带来诗句诠解之纷争。为此，笔者要多说几句话。

"华下"，宋蜀本作"笔下"，王琦《汇解》本作"花下"，注云："旧本作笔下，误。"叶葱奇《李贺诗集》注解"花下"为"徘徊在寒花绿叶之下"，解第二句"华容碧影"为"指花、指叶"。朱世英说："开头两句写景，秋风萧瑟，草木干枯，傍晚时分，寒气袭人，路旁的花树呈现出愁惨的容颜。"（《唐诗鉴赏辞典》）

"笔下"固然误，"花下"亦误，当以"华下"为是。钱仲联先生据董氏诵芬室影印北宋宣城本《李贺歌诗编》、明弘治刊宣城本《李长吉诗集》、明凌濛初刻刘辰翁评《李长吉歌诗》诸本，以"华下"为是（见《中华文史论丛》1979 年第三辑《读昌谷诗札记》）。林同济先生《李贺诗歌集需要校勘》（《光明日报》1978 年 12 月 12 日）也指出："'笔下'是华下的形讹，'花下'是华下的音讹。"除此以外，笔者再补充一些例证。唐宋人习惯称华山脚下华阳县附近地方为"华下"，如司空图有《华下对菊》，苏舜钦《题杜子美别集后》："天圣末，昌黎韩综，官华下，于民间传得《杜工部别集》。"我国古代地名，常以当地山名、门名、郡名后附以"下"字，如齐有"稷下"，即稷山之下；吴有"吴下"，魏有"许下"。李贺来往于家乡与长安间，必经华山，《开愁歌华下作》正是抒写诗人途经华山时的无穷感叹，"华容碧影"也是指华山而言。

本诗作于元和四年（809）秋冬，李贺自家乡经洛阳西去长安途中，有感而作，这时他二十岁。诗人在秋风萧瑟、万物凋零的季节里，触景生情，想到自己命运坎坷，生活困顿，内心十分忧愁，"一心愁谢如枯兰"，正是此时此地心境的真实写照。诗人用"临岐击剑""解衣贳酒"的举动，来排遣心头的郁闷，但是在"壶中唤天云不开""白昼万里闲凄迷"的黑暗现实面前，"忧"不能"解"，"愁"不能"开"。最后两句写逆旅主人来相劝慰，诗人借着店主人之口，劝慰自己要保重身体，不要被人间俗事堵塞自己的心胸。

这首诗摅写诗人郁闷、惆怅的心绪，然全诗情绪在消极与奋发的矛盾中不断变化，特别是结尾处，振起一笔，还是流露出一线希望，这也就是诗人继续西行去寻求出路的一点动力。

浩歌

南风吹山作平地，
帝遣天吴移海水。01
王母桃花千遍红，02
彭祖巫咸几回死。03
青毛骢马参差钱，04
娇春杨柳含细烟。
筝人劝我金屈卮，05
神血未凝身问谁。06
不须浪饮丁都护，07
世上英雄本无主。08
买丝绣作平原君，09
有酒唯浇赵州土。10

注·释

● 01 · 帝：天帝。天吴：神话中的水神，八首人面，八足八尾，见《山海经·海外东经》。

● 02 · 王母桃花：传说西王母桃园里的桃花，三千年一开花，一结实，见《汉武内传》。

● 03 · 彭祖：商朝大夫，姓钱名铿，相传活了八百岁，是一个长寿而成仙的人。巫咸：古时神巫，能采药长生。

● 04 · 参差钱：指骢马身上不规则的钱形斑点。

● 05 · 筝人：弹筝的艺人。金屈卮（zhī）：金属制的有弯柄的酒器。

● 06 · 神血未凝：道家认为人经过修炼，神、气、血会凝聚，身如金石，可以长生不老。未凝，即未得长生之术。

● 07 · 丁都护：南朝乐府歌曲名，其声哀切。本句意谓筝人劝我不须狂饮，莫听哀歌，免得伤心。

● 08 · 本无主：佛家有“无主”的说法，但联系本诗上下文意看，宜作“难遇英主”讲。

● 09 · 平原君：战国时代赵国贵族赵胜，因能招用贤士而闻名。

● 10 · 赵州土：平原君赵胜的坟上之土。

● *11* • 玉蟾蜍：滴漏器中承接水滴的物件。

● *12* • 卫娘：汉武帝皇后卫子夫，其发浓密秀美。张衡《西京赋》："卫后兴于鬒发。"李善注引《汉武故事》："子夫得幸头解，上见其发美，悦之。"

● *13* • 秋眉：衰白的眉毛。新绿：鲜亮乌黑。古人常用"绿"字形容眉发的乌黑发亮。

● *14* • 刺促：局促不安。

漏催水咽玉蟾蜍，[11]
卫娘发薄不胜梳。[12]
看见秋眉换新绿，[13]
二十男儿那刺促。[14]

品·评

浩歌，放声高歌，题目命意来自屈原《九歌·少司命》"临风怳兮浩歌"。

全诗凡十六句，四句一个层次，结构非常齐整，像他的许多十六句诗一样，如《送沈亚之歌》《申胡子觱篥歌》《平城下》等。首四句，先写自然界"沧海桑田"之变，南风把高山吹成平地，天帝派遣水神天吴，将海水移开。如此启端，想象奇特，起势宏伟。接着描写"年命不久待"，西王母的桃花，三千年开花结果一次，已经开了千遍花；长寿的神仙彭祖、巫咸也死过好几回，四句诗，总为感叹自然界之变化无常，人生有生老死亡，钱锺书《谈艺录》说过："细玩长吉集，舍侘傺牢骚，时一抒泄而外，尚有一作意，屡见不鲜。其于光阴之速，年命之短，世变无涯，人生有尽，每感怆低回，长言永叹。"举本诗为例，并深刻地指出："长吉独纯从天运着眼，亦其出世法，远人情之一端。"诗人能从"天运有常"的客观规律着眼，看待人世间的一切，并以此理念绾带全诗，所以能超越常人，高人一等。

第二层四句，顺着上层诗意拓展，既然光阴速逝，年命短暂，时不我待，则理应及时行乐。筝人劝我饮酒作乐，并说神血未凝，无法长生，不须追问此身是属于谁的。王琦《汇解》说："四句见及时行乐亦无多时。"第三层四句，诗意忽起跌宕，从及时行乐意跌转宕开，说不须狂饮，莫听哀歌，世上英雄本来难遇英主，古往今来只有平原君才能任用贤士，因而要买丝绣个平原君像，又想用酒浇奠在平原君的坟土上，表示对他的敬重和思念，深叹恨当今世无英主，诗意与上文"本无主"紧密呼应。第四层四句，说滴漏不停地滴水，催着时光飞跑，卫皇后的头发也因衰老而稀疏，看看自己年岁已经二十多，乌黑的眉毛渐渐变得衰白，希望能早遇明主，及时奋发，干一番事业，怎能如此不得志，局促不安呢？这一层与上文感叹"世变无涯，人生有尽"的诗意遥应，直扣题意，结尾振起一笔，自我勉励，唱出与及时行乐相反的调子，精神为之振奋。

李贺平生经常咏唱的时光易逝、年命不久、难遇明主、及时行乐等艺术意想，竟然在《浩歌》中辐凑而至，集中在一起，反复咏唱，此起彼伏，感慨良深，形成全篇"迭宕宛转，沉着起伏"（刘辰翁语，见《吴注刘评》卷一）的审美特征。因而"读之使人气青血热，百端俱集"（董伯英语，陈本礼《协律钩玄》引）。而本诗之旨归还应在"伤年命之不久待而身不遇"（《昌谷集注》卷一）上，"身不遇"，是探知李贺本诗作年的关键词，诗当作于未仕之前。从"娇春杨柳含细烟"诗意看，诗当作于二、三月间；从"二十男儿那刺促"诗意看，诗当作于元和五年（810）出仕奉礼郎之前，在长安，悲伤不遇，因作《浩歌》以抒情。姚文燮这个提挈应该是很通彻的，观照李贺体弱多病的体质和迭遭打击的际遇，生发这样的感慨，顺理成章，所以薛雪会说："'买丝绣作平原君，有酒唯浇赵州土。'读之令人下泪。"（《一瓢诗话》）长吉为自己侘傺困厄的命运长嗟短叹，而读诗人也为李贺之命运，洒下同情之泪，岂不哀哉！

致酒行

零落栖迟一杯酒，[01]
主人奉觞客长寿。[02]
主父西游困不归，[03]
家人折断门前柳。[04]
吾闻马周昔作新丰客，[05]
天荒地老无人识。[06]
空将笺上两行书，
直犯龙颜请恩泽。[07]

注·释

● *01* · 栖迟：落魄失意。

● *02* · 奉觞：举杯祝酒。

● *03* · 主父：主父偃，汉武帝时人，西游长安，困顿失意，后上书武帝，受重用。事见《汉书·主父偃传》。

● *04* · 折断：有折尽的意思。

● *05* · 马周：字宾王，唐太宗时人，西游长安，宿于新丰旅店，遭主人冷落。后代中郎将常何向唐太宗上书二十余事，皆合圣意，常何告知乃家客马周所为，太宗即日召见，令直门下省，后又连续上疏奏事，受太宗称赏，先后授监察御史、给事中、中书令等官职。事见《旧唐书·马周传》。

● *06* · 天荒地老：形容时间久长。

● *07* · 龙颜：代指皇帝。请恩泽：请求皇帝给予恩泽。

● *08* · 迷魂：迷失的灵魂。

● *09* · 拿云：拂云，喻志向高远。

● *10* · 幽寒：冷落贫寒。呜呃（è）：悲泣声。

我有迷魂招不得，[08]
雄鸡一声天下白。
少年心事当拿云，[09]
谁念幽寒坐呜呃。[10]

品·评

《文苑英华》录本诗，题下有“至日长安里中作”七字。至日，冬至日。长安里，长安坊里。这首诗抒写李贺初次遭受挫折重游长安时的苦闷郁悒心情，时当元和四年（809）冬。长吉在本年十月中，从洛阳西行至长安（见《仁和里杂叙皇甫湜》“品评”），一度曾干谒请托，终无结果，感愤而写下此诗，一泄胸中愤懑。徐渭说这是“干禄不得之作”（《徐董评注》卷二），正是他体悟诗意后所作的评论。此时诗人在长安居无定处，故云“长安里中作”，等到任奉礼郎后，才定居崇义里。

这首长篇歌行的结构，毛先舒曾经寻绎过，说：“主父、宾王作两层叙，本俱引证，更作宾主详略，谁谓长吉不深于长篇之法耶！”（《诗辨坻》卷三）诗的前两句，叙说自己处于蹭蹬落魄的境地，逆旅主人热情举杯祝我健康，兼有劝慰之意，“主人奉觞”，点出“致酒”的题意。“主父西游困不归”以下六句，正是主人劝慰语。主人举出汉代主父偃和唐代马周为例，分作两层说。先说主父偃久客困顿，他的家人折柳远寄，致使门前柳枝都已折断、折尽，言外之意是说家人多么盼望他有成就。这两句，王琦注谓家人攀柳望归，钱锺书拈出“寄柳”的古俗，诠解曰：“长吉诗正言折荣远遗，非言‘攀树远望’。‘主父不归’，‘家人’折柳频寄，浸致枝髡树秃。”（《谈艺录》）再说马周，他当年宿于新丰旅店，久久无人赏识，后来不过代常何写了几行书，就获得唐太宗的恩泽。两层诗意，一用两句，略；一用四句，详。主父偃困游不归，只说家人盼望殷切，后来之显达，先不说出。马周则详述其困守新丰，无人赏识，上书得请恩泽，形成章法上的参差变化。主人劝慰之语，实是诗人代为措辞，陈式以为这六句“自叹有主父偃、马周之才，而不得如其遇也”（《昌谷集注》卷二引），说得合情合理。最后四句，是诗人回答主人的话，自我宽慰。“我有迷魂招不得”句，反用宋玉《招魂》句意，说我有坚持理想的迷魂，招之不得，渴望出现“雄鸡一声天下白”的清平政治，以实现自己的理想。少年当有凌云之志，谁会为目前幽寒处境而悲叹呢？诗人在结穴处，直接抒情，强作达语，而情绪尤为激愤，面对“有才而不得其遇”的现实社会，他绝不妥协，力求奋进。刘辰翁读到这里，点头称道：“末转慷慨，令人起舞。”（《吴注刘评》卷二）洵为的论。

长吉创作态度刻苦认真，语言千锤百炼，“字字皆雕镂”（李纲《读李长吉诗》）追求刻意雕琢、翻新出奇的审美趣尚，形成“瑰丽奇诡”的独特风貌。然而，他也有另一副笔墨，如本诗，直抒胸臆，语言真率，诗意畅达，甚至还有散文化的诗句，像“主人奉觞客长寿”“家人折断门前柳”“空将笺上两行书”等。徐渭评本诗曰：“率，绝无雕刻，真率之至者也。贺之不可及，乃在此等。”（《徐董评注》卷二）徐氏撷出《致酒行》诗的语言特征，很精当，但说李贺之不可及处正在真率，不免唐突。如果真是这样，就会失去长吉诗的真面目。

诗人企盼“雄鸡一声天下白”，他并没有也不可能等到这一天。伟人毛泽东在《浣溪沙·和柳亚子先生》一词中，运用并改造李贺这句诗，改“一声”为“一唱”，将“一唱”冠于句首，用以歌颂中国人民革命的伟大胜利，长夜天明，全国解放，气势恢宏，意境融彻。这是毛主席关于“古为今用”“推陈出新”文艺思想的光辉实践。

始为奉礼忆昌谷山居[01]

扫断马蹄痕，衙回自闭门。
长枪江米熟，[02]小树枣花春。
向壁悬如意，[03]当帘阅角巾。[04]
犬书曾去洛，[05]鹤病悔游秦。[06]
土甑封茶叶，[07]山杯锁竹根。[08]
不知船上月，[09]谁棹满溪云。[10]

注·释

● *01* · 奉礼：奉礼郎，为太常寺属官。昌谷：李贺家乡，在河南府福昌县（今河南宜阳）。

● *02* · 长枪：江米形如尖而长的枪头。江米：糯米。

● *03* · 如意：器物名，用竹、玉石、骨、铁等材料制成，长一至二尺，一端呈灵芝或云形。

● *04* · 阅：观看。角巾：四方形有棱角的头巾，私居时戴用。

● *05* · “犬书”句：晋代陆机仕于洛阳，久无家信，乃系书犬颈，命犬送至家乡，取得回信，驰还洛阳，事见《述异记》。

● *06* · 鹤病：语出《相和歌辞》：“飞来双白鹤，乃从西北来。十十五五，罗列成行，妻卒被病，不能相随。”借鹤病比喻妻病。王琦《汇解》：“诗用此事，当因其妇卧病故与！”游秦：入京游宦，唐人多用“秦”称长安。

● *07* · 甑：瓦罐。

● *08* · 竹根：用竹根制成的酒杯。

● *09* · 知：原作“如”，据宋蜀本改。

● *10* · 棹：船棹，这里作动词用，以棹划船。

品·评

元和四年（809）冬，李贺再度进京求仕。按照唐代制度，知识分子的仕途除应试一途，还可以父荫得官。李贺以“宗孙”、荫子、仪状端正等条件，由宗人荐引，经过考试，在元和五年（810）春，也就是当诗人二十一岁的时候，被任命为奉礼郎。本诗便在上任后不久写的。诗云“小树枣花春”，枣在五月开花，则李贺始任奉礼，当在此之前。

《旧唐书》《新唐书》的《李贺传》都说他任“协律郎”，陈本礼撰《协律钩玄》，亦以为李贺官协律郎，均误。按，协律郎正八品上，“掌和律吕”；而奉礼郎是一个从九品的小京官，“掌君臣版位，以奉朝会祭祀之礼”（《新唐书·百官志》）。两官官阶、职司各不相同，不能混淆。况且，李贺自己说“奉礼官卑复何益”（《听颖师弹琴歌》）、“风雪直斋坛”（《赠陈商》），好友沈亚之说“官卒奉常”（《序诗送李胶秀才》），李商隐也说“位不过奉礼太常”（《李长吉小传》），充分说明他所任的确是奉礼郎。

本诗前半首，扣住“始为奉礼”行笔。“扫断”“衔回”两句，叙述官卑职微，门庭冷落；“长枪”“小树”两句，写江米煮熟，食馔简单，除枣花外，室无珍玩；“向壁”“当帘”两句，写闲对如意、角巾，言外寄托“归欤”之意。以上六句，总写居官羁旅无聊之况状。诗的后半首，转而写题上“忆昌谷山居”之意。忆家，故作家书，以付黄犬；忆亲人，因妻病而追悔至京求仕。土甑封茶叶，山杯锁竹根，可见主人不在；月夜又有谁在船上摇荡着满溪的云影？用诘问句收结，意想飞驰，巧妙表现出“忆”的风韵，“末二尤得忆家神理”（《钩玄》卷一引董伯英语）。李贺很少用律体写诗，本诗却用五言长律写成，很有特色。诗韵用上平声十一真、十二文、十三元通押，实属罕见，方扶南谓：“律诗之通用韵者，唐李贺、元萨都剌。”（《方批》）其实，这种用韵法，是从韩愈那里学来的。

上云乐

01

注·释

● *01* ·《上云乐》：乐府古题，《古今乐录》云："《上云乐》七曲，梁武帝制。"其古辞皆言神仙之事。

● *02* · 花龙盘盘：形容宫中香烟如彩龙盘旋而上。

● *03* · 金屋：用《汉武故事》中汉武帝"金屋藏娇"典故，这里借指唐宫。

● *04* · 银沙：喻天河中的繁星。

● *05* · 嬴女：指秦地织女。

● *06* · 八月一日：宫廷有歌舞庆会，长吉咏之。

飞香走红满天春，
花龙盘盘上紫云。[02]
三千宫女列金屋，[03]
五十弦瑟海上闻。
天江碎碎银沙路，[04]
嬴女机中断烟素。[05]
缝舞衣，八月一日为君舞。[06]

品·评

《上云乐》是乐府古题，长吉虽用古题，却已加夺换，别出新意，具体描写宫中准备歌舞庆会的热闹场面。无名氏评曰："此题本有颂无讽。"（《于嘉刻本》）诗人用夸张的笔墨，写眼前实事，与神仙毫无关涉。歌舞庆会的准备工作，本应由太常寺操办，李贺刚任职太常，故能预闻亲见，对此很感兴趣，赋诗记其事。以此推算，本诗约当元和五年（810）作。

诗分两层写。前四句，叶平声韵，十一真、十二文通押，极写宫廷里的盛况，香烟瑞彩，洋溢散布，飞香走红，春意和融，香烟宛转袅袅，如彩龙盘旋而上接紫云，三千宫女，演歌习舞，乐声沸天，远达海上。“三千”，极言宫女之多，“海上闻”，极言乐声远扬。四句诗写得流光溢彩，神采飞扬，有声有色，真是“笔飞墨舞”（姚文燮《昌谷集注》卷四引周玉凫评语）。

后四句，叶仄声韵，上声七麌、去声七遇通押，以天河繁星比喻宫中负责织造的宫女，最后点题。天河里繁星密布，如“碎碎银沙路”，长安众多的织女，如天河星星，都停机断织，一起来缝制舞衣，为八月一日庆会做准备，以便让三千宫女都能穿上新舞的舞衣在君前献舞。长安为古秦地，故称“嬴女”。

这么盛大的歌舞庆会，为何举行？吴正子注“八月一日”，引韦应物诗：“世间彩翠亦作囊，八月一日仙人方。”诗题为《汉武帝杂歌三首》第二首。这种风尚，《述征记》曰：“八月一日作五彩囊，盛取百草，头露洗目，明目。”以囊盛百草洗目事，不足以举行如此隆重的庆会，于理不通。最合理的解释是，唐玄宗八月五日为降诞日，开元十七年（729）定此为“千秋节”，例行上寿作乐，进万寿酒，事见《唐会要·节日》。胡震亨《唐音癸签》卷二三云：“《上云乐》乃俳乐献寿之辞。以千秋名节，始玄宗。玄宗以八月五日生，是日宴乐为盛，故贺拟辞用之。他帝无有此月一日生者，故知字误也。”诗篇末句当为“八月五日”之误。然诸本均作“一日”，本诗的文字仍承其旧。

官街鼓 [01]

注·释

●01·官街鼓：唐王朝采纳马周的建议，在京城主要街道挂鼓，每日晨暮，用鼓声以警众，时人称为“咚咚鼓”，事见刘肃《大唐新语》。

●02·汉城：指京城长安。

●03·柏陵：皇家陵墓多植柏树，故云。飞燕：赵飞燕，汉成帝皇后，本诗泛指后宫嫔妃。

●04·孝武：汉武帝刘彻。

晓声隆隆催转日，
暮声隆隆催月出。
汉城黄柳映新帘，[02]
柏陵飞燕埋香骨。[03]
磓碎千年日长白，
孝武秦皇听不得。[04]

● *05* · 中国：京城长安。

从君翠发芦花色，

独共南山守中国。*05*

几回天上葬神仙，

漏声相将无断绝。

品·评

元和五年（810），唐宪宗与宰相们谈到神仙时，问："果有之乎？"李藩回答说："秦始皇、汉武帝学仙术、求长生，效果如何，你看看历史记载就知道了。"（事见《资治通鉴》卷二三八）其时，李贺正任职长安，必有所闻，便借街头的咚咚鼓声，赋此诗来回答宪宗的问话。不过，他用诗句回答，而且回答得更干脆、更巧妙。

诗句发端迅即着题，从题上"官街鼓"生发，写鼓声朝朝暮暮响不停，催转日月。京城里的柳枝，年年长出鹅黄的嫩芽，映照着宫里的新帘，皇家陵墓里频频埋葬后宫嫔妃。草木之生长，人之老死是正常现象，时光流逝，永无停息。千年岁月在鼓声中消磨掉，追求长生的秦始皇、汉武帝，死后不再能听到鼓声。以上六句是一层诗意，讽刺昔日帝王讲神仙、求长生的愚妄。

后四句，再由人生变化生发，年轻人乌黑的头发，会变成老年人的满头白发，人到老年便要死亡，岂能独自与终南山长相厮守？就是天上的神仙也要死亡、埋葬，只有更漏声和街鼓声相随着，持续不断，永无休止。黄淳耀说："神仙可死，而漏声不绝，极意形容。"（《黎批黄评》卷四）这一层诗意比前六句尤深进一层，求神仙之帝王固然会死亡，就连神仙也要被埋葬，求神仙又有何益。诗的结尾之"漏声"遥应开端之"晓声"，诗意回环反复，极言鼓声、漏声之长在，而帝王、神仙之不存，从根本上否定了追求长生、迷信神仙的愚蠢行为。

无名氏评本诗："屡言仙死，深为求仙怠政者戒。"（《于嘉刻本》）李贺这些警策之诗语，自然是针对唐宪宗说的，也是针对一切求仙问道者说的，具有深刻的警示作用和哲理意义。

雁门太守行 01

黑云压城城欲摧，02
甲光向日金鳞开。03
角声满天秋色里，
塞上燕脂凝夜紫。04
半卷红旗临易水，05
霜重鼓寒声不起。06
报君黄金台上意，07
提携玉龙为君死。08

注·释

●01·《雁门太守行》：乐府古题，古词备述洛阳令王涣德政之美，梁萧纲始用此古题题咏边城征战题材。李贺祖其意。

●02·黑云：攻城敌军蜂拥而来，尘土飞扬如黑云。

●03·金鳞：战甲上之金属小片，受月光照射，发光如鱼鳞。

●04·燕脂：即胭脂，比喻战士殷红的血。紫：秦筑长城，因土色紫，称紫塞，见崔豹《古今注》。

●05·易水：河名，在今河北易县、定州之间。

●06·鼓寒声不起：夜寒，霜重，鼓声低沉。

●07·黄金台：故址在今河北易县附近，为战国时燕昭王所筑，上置千金，以招延天下人才，见《上谷郡图经》(《文选·放歌行》李善注引)。

●08·玉龙：唐代文人多以“玉龙”称宝剑，王初《送王秀才谒池州吴都督》：“剑光横雪玉龙寒。”

品·评

唐宪宗元和四年（809），成德军节度使王士真死，其子王承宗自立为“留后”，反叛中央，并派兵骚扰邻近的义武军节度使张茂昭的驻地定州。消息传到京师，朝野震惊，朝廷乃命河东、河中、振武三镇，合义武军，为恒州北道招讨，讨伐王承宗叛军。事见《旧唐书·张茂昭传》《新唐书·李光进传》。本诗描写叛军围城、守军固守待援的战事，当在元和四年秋冬。这是唐王朝正义之师在易、定地区所进行的一场平叛战争，李贺时在长安，闻知事变后，赋本诗，歌颂平叛战争中英勇赴国难的将士们。

诗的首句描写叛军攻城的情景，成为千古名句，曾经得到韩愈的赏识。张固《幽闲鼓吹》:“贺以歌诗谒韩吏部，吏部时为国子博士分司，送客归，极困，门人呈卷，解带旋读之，首篇《雁门太守行》，曰‘黑云压城城欲摧，甲光向日金鳞开’。即援带命邀之。”

后来，计有功《唐诗记事》、杨慎《升庵诗话》都有类似的记载，其源出《鼓吹》。考李贺题咏成德军变的诗句，还有《吕将军歌》“恒山铁骑请金枪”，则《雁门太守行》《吕将军歌》均作于元和四年秋冬。韩愈于元和四年夏改任都官员外郎，则李贺送呈《雁门太守行》时，韩愈也不在国子博士分司的任上，张固的记载时序有误。次句描写守军在叛军蜂拥而来、“城欲摧”的严重关头，严阵以待，临危不惧，铠甲受月光照射，如鱼鳞一般。诗句意象生动，足见李贺创境造意之功力。

三、四句，分别从听觉形象和视觉形象，白天和夜晚两个时段，写出战斗激烈的氛围，充分展现出守城将士为维护祖国统一而浴血奋战的可贵精神，意境悲壮。五、六句，描绘援军冒着严寒，星夜进军的情景。“半卷红旗”，卷旗为防止发出声响，犹“衔枚”然，有利于轻兵追击敌人。“临易水”，既指战争发生的实际地点，也容易使人联想到“风萧萧兮易水寒，壮士一去兮不复还”(荆轲《易水歌》)，为诗篇熔铸进唐军将士义无反顾的战斗精神。结尾两句，语出鲍照《出自北门行》“投躯报明主，身死为国殇”，表现平叛将士誓死报国的忠诚和慷慨赴难的精神。全诗至此戛然而止，给读者留下丰富的想象空间，黎简以为“以死作结势，结得决绝险劲”(《黎批黄评》卷一)。

杜牧序称李贺诗乃“《骚》之苗裔”。长吉学《骚》，不斤斤乎辞句之间，没有简单拾缀《楚辞》的字句，主要汲取《楚辞》的精神力量和艺术源泉，“依约《楚辞》，而意取幽奥，辞取环奇”(沈德潜《重订唐诗别裁集》卷八)。本诗气势悲壮，意境苍劲，吟咏之余，不禁使人们想起屈原《九歌》中《国殇》“带长剑兮挟秦弓，首虽离兮心不惩”的武毅雄杰形象。李贺诚得《骚》之神髓。

长吉诗素以奇丽著称，《雁门太守行》很能体现这种诗美特征。先从“奇”字看，全诗语言千锤百炼而成，如“黑云”“甲光”二句，沉雄；“霜重”句，警绝；结尾，陡健。沈德潜认为本诗“字字锤炼而成，昌谷集中定推老成之作”(《重订唐诗别裁集》)。诗语刻意锤炼，萃精求异，便形成奇峭劲健之风格，难怪曾季貍评曰“语奇”(《艇斋诗话》)，刘辰翁评曰“起语奇”(《刘评》)，真是异口同声，评判一致。

再看“丽”字，诗中巧妙运用具有色彩美的词语，如“黑云压城”“甲光向日金鳞开”“燕脂凝夜紫”“半卷红旗”，这些诗句抹上浓重的色彩，恰当地点染了战场的悲壮气氛，从而构成一幅有声有色的鏖战画面，增强了诗篇的艺术感染力。

申胡子觱篥歌[01]

申胡子，朔客之苍头也。[02]朔客李氏本亦世家子，[03]得祀江夏王庙。[04]当年践履失序，[05]遂奉官北郡，[06]自称学长调短调，[07]久未知名。今年四月，吾与对舍于长安崇义里，遂将衣质酒，[08]命予合饮。气热杯阑，[09]因谓吾曰："李长吉，尔徒能长调，不能作五字歌诗，直强回笔端，与陶谢诗势相远几里。"[10]吾对后，请撰《申胡子觱篥歌》，[11]

注·释

●01·觱篥（bì lì）：又作"筚篥"，乐器名，林谦三《东亚乐器考》："筚篥是以芦茎为簧、短竹为管的竖笛。以原出龟兹的说法较为合理，六朝以后才传入中国。"

●02·朔客：北方客人。苍头：奴仆。

●03·世家子：贵族豪门的子孙。本：《汇解》本原无，据宋本、蒙古本、日本内阁文库本补入。

●04·得祀：得以从祭。江夏王：唐宗室李道宗，初封任城王，太宗时改封江夏郡王。朔客为江夏王李道宗的支属，随宗子祭祀宗庙。

●05·践履失序：言行违反了封建统治的秩序。

●06·奉官北郡：奉命到北方州郡去做官。郡：《汇解》本作"部"，据宋本、蒙古本改。

●07·长调短调：唐人称七言诗歌为长调，五言诗歌为短调。

●08·质：抵押。

●09·气：意气。杯阑：酒已喝尽。

●10·陶谢：陶潜和谢灵运，晋宋时代的著名诗人，擅长五言诗。

●11·请撰：自请撰写。

●*12*・花娘：歌女。

●*13*・平弄：平缓地歌唱。

●*14*・含嚼：吹觱篥的口腔动作。

●*15*・篸（zān）：同“簪”，用以绾结发髻的簪子。绥妥：头饰舒徐地下垂着。

●*16*・芙蓉屏：画着芙蓉的床上屏风。

●*17*・太平管：和觱篥近似的一种管乐器，这里借指觱篥。

以五字断句。歌成，左右人合噪相唱，朔客大喜，擎觞起立，命花娘出幕，[12] 徘徊拜客。吾问所宜，称善平弄，[13] 于是以弊辞配声，与予为寿。

颜热感君酒，　含嚼芦中声。[14]
花娘篸绥妥，[15] 休睡芙蓉屏。[16]
谁截太平管，[17] 列点排空星。
直贯开花风，　天上驱云行。

● *18* • 剑弝（bà）：剑柄。兰缨：剑柄所悬的丝穗。

● *19* • 生猱：生气勃勃的猕猴。

● *20* •“肯拾”句：用车胤拾萤夜读的故事，见《晋书·车胤传》。

今夕岁华落，　令人惜平生。

心事如波涛，　中坐时时惊。

朔客骑白马，　剑弝悬兰缨。[18]

俊健如生猱，[19] 肯拾蓬中萤。[20]

品·评

李贺在长安居于崇义里，对门有一位姓李的朔客，刚从北方任职回来，性格豪爽，自称学写五、七言诗，因听说对门的李贺擅诗，便热情招宴。席间，命苍头申胡子吹奏觱篥，请李贺赋五言诗，又命家伎花娘配声唱诗，为诗人祝寿。诗序云："今年四月。"元和五年（810）春，李贺刚上任奉礼郎，尚未识朔客，则本诗当作于元和六年（811）四月。

长吉写诗，诗前很少写序，即便有，如《还自会稽歌》《公莫舞歌》《五粒小松歌》，都很简短，独独这篇序，文字虽长，然叙写简妙，犹如韩愈之古文手笔，既交代了本诗之作诗本事，又刻画了朔客性格，描写诗乐配合的情景，也记载了李贺出生月份，很有特色。方扶南云："《序》亦胜人。"(《方批》) 成为李贺诗集中的一个亮点。

这首五言歌行，一韵到底，下平声青、庚韵通押，运用连接联想的思维方式，诗脉通畅，四句一层，层次清楚。第一层四句，先叙事，写朔客邀饮，苍头奏乐，花娘立听不睡，序中所及之人物，全数出场。第二层四句，写申胡子吹奏觱篥，“谁截”两句，形容觱篥之形状，“直贯”两句，状觱篥声之和顺、激越，它如春风吹开百花，直冲云霄，驱云飘动。第三层四句，描写觱篥声惊人的艺术效果，令诗人感惜时光流逝，心事如波涛涌动，坐中时时心惊。最后四句，赞美主人朔客，称颂他骑马挟剑、俊健如猱的武将风度，又肯像车胤一样勤学书诗。这种文武双全的形象，正是李贺心向往之的贤能人才，他再三咏唱的“男儿何不带吴钩”（《南园十三首》其五）、“忧眠枕剑匣，客帐梦封侯”（《崇义里滞雨》），都是他社会理想的表现。姚文燮说：“萤，贺自喻也”，“何下珍腐草寒萤若是也”（《昌谷集注》卷二）。竟说朔客珍重我这个蓬中“萤”，将结句拆开来讲，难道他忘掉《晋书》的典故了吗？

《序》通过朔客的嘴，提出了一个很重要的问题。“能长调”，李贺擅长写作七言歌诗，这是中唐时人的共识，不足为奇。“不能作五字歌诗，直强回笔端，与陶谢诗势相远几里。”朔客这几句话，说得有点过分。首先，据笔者粗略统计，整个李贺集中，五言诗反而比七言诗的篇数要多。其次，李贺受中唐诗坛，特别是韩孟诗派尚奇风尚的孕育与熏陶，诗风尚奇、尚古。长吉平日不学陶，他效学南北朝诗，主要“宗谢”，刘辰翁评本诗曰：“其长复出二谢。”（《刘评》）这是刘辰翁的独到见解。谢灵运诗“多出深思苦索”（见胡应麟《诗薮·外编》），“以丽情密藻，发胸中奇秀”（钟惺《古诗归》），谢朓诗“撰造精丽，风华映人”（王世贞《艺苑卮言》）。李贺挹二谢诗之清芬，成自己之面貌，这一点，“朔客”还不甚了了。李贺又近学韩愈、孟郊，韩孟都擅写五言诗体，韩愈之五古“横空硬语，妥帖排奡”（施补华《岘佣说诗》）。孟郊之五古“委婉有致”“刻苦琢削”，“多奇巧”（许学夷《诗源辨体》）。李贺集中五言诗占半数以上，苦吟成诗，思奇辞丽，正是他“宗谢”、仿学韩孟的结果。我们将李贺放在中唐诗坛尚奇、崇古的风尚中考察，自能理解长吉诗的审美特征和艺术渊源。既然如此，为什么李贺还要将朔客的话写入序言中去呢？朔客对长吉诗的审美特征，缺乏全面的了解，诗人并不嗔怪他，也不与之作面对面的辩解，却用自己的创作实践，证实自己并非“不能作五字歌诗”。事实胜于雄辩。

吕将军歌

注·释

● *01*·赤兔：吕布坐骑。

● *02*·秦门：长安城门。

● *03*·金粟堆：金粟山，在蒲城东北三十里，有唐玄宗陵墓，称“泰陵”。哭陵树：唐制，有冤者可在皇陵前哭诉。

● *04*·北方逆气：北方藩镇叛逆的气焰。

● *05*·锷：剑身上凸出的棱。

● *06*·玉阙朱城：皇宫。

● *07*·榼榼（kē）：象声词，银印撞在战甲上的声音。银龟：龟纽银印。

● *08*·傅粉女郎：指监军的太监。

● *09*·恒山：即恒州，是成德军节度使的治所。请金枪：挑战。

吕将军，骑赤兔。*01*
独携大胆出秦门，*02*
金粟堆边哭陵树。*03*
北方逆气污青天，*04*
剑龙夜叫将军闲。
将军振袖拂剑锷，*05*
玉阙朱城有门阁。*06*
榼榼银龟摇白马，*07*
傅粉女郎火旗下。*08*
恒山铁骑请金枪，*09*
遥闻箙中花箭香。
西郊寒蓬叶如刺，
皇天新栽养神骥。

●*10*・绿眼将军：指吕将军。

厩中高桁排蹇蹄，

饱食青刍饮白水。

圆苍低迷盖张地，

九州人事皆如此。

赤山秀铤御时英，

绿眼将军会天意。[10]

品·评

元和四年（809），成德军留后王承宗叛乱。昏聩的唐宪宗竟然派出他宠信的宦官吐突承璀担任恒州北道招讨使，率领军队去征讨叛军，却把那些英勇善战的将领放在闲散的位置上。诗人对此极为愤慨，乃挥笔写下《吕将军歌》。当时确有吕姓将军，所以长吉借吕布以发端，方扶南说："此时人也，非咏吕布，不可以起句误之。"（《方批》卷四）是也。

开端迅即着题，用历史上勇猛善战的吕布来比称这位吕将军，着意描绘他渴望效力疆场但又报国无门的英勇形象。北方成德军留后叛乱，不服从中央号令，气焰十分嚣张，诗人以“北方逆气”比喻之，而吕将军不能去杀敌，将军振袖拂剑，满腔悲愤，连剑也为之怒吼。北望宫阙，宫门重闭，这里暗用了宋玉《九辩》“君之门以九重”的语意，暗寓宪宗闭塞视听，不能重用猛将之意。“榼榼银龟”以下四句，诗意突转，写到率领讨伐叛乱藩镇大军的统帅，骑在白马上，像个傅粉女郎，腰间的银印撞在铠甲上，榼榼作响。叛军将领摇动金枪挑战，远远闻到箭袋中的香气。诗句将吐突承璀在敌将面前龟缩不进、怯懦无能的丑态暴露无遗。“傅粉女郎”“花箭香”，喻写吐突承璀，因为他是个太监。李贺还在《感讽五首》(其三)中写道：“妇人携汉卒，箭箙囊巾帼。”用同一手法，表现出诗人对太监统军给予辛辣讽刺和猛烈抨击的鲜明态度。

以上十二句为第一诗段，采用换韵法，平仄交叉叶韵，第一到四句“兔”“树”，押上声七虞韵；第五、六句“天”“闲”，换平声一先韵；第七、八句“锷”“阁”，换入声十药韵，这一层写吕将军。第九、十句“马”“下”，用上声二十一马韵，第十一、十二句“枪”“香”，换平声阳韵，这一层写吐突承璀。一面是勇将闲置，一面是太监统军，两相比照，题旨不言而自明。

“西郊”以下八句，抒写诗人的感慨。本诗段不再平仄交叉用韵，与第一诗段明显不同。“刺”“骥”“水”“地”“此”“意”，上声四纸韵、去声四寘韵通押，一韵到底。长吉先用对比描写的手法，分别写“神骥”和“蹇蹄”的不同遭遇，“神骥”吃刺口的蓬叶，“蹇蹄”反而喝净水吃好草。诗意承上段而言，神骥喻吕将军，蹇蹄喻吐突承璀，通过诗歌意象的对比，发出议论。结尾四句，直接发议论，愤怒地发出“九州人事皆如此”的呼声。黄淳耀评：“刺叶言神骥之辛苦，白水愤蹇蹄之安乐，结意是怒。”(《黎批黄评》卷四)诗以吕将军“会天意”收结，结出怒意，言虽绝而意无穷，耐人思索。本诗绝不仅仅歌咏吕将军，由吕将军的命运生发出抨击整个“任人唯亲”用人路线的感慨，诗人自己便是这种用人路线的受害者，所以对此会有敏锐的发见和深切的感受。

古邺城童子谣效王粲刺曹操[01]

邺城中，　暮尘起。
探黑丸，[02] 斫文吏。
棘为鞭，　虎为马。
团团走，　邺城下。
切玉剑，[03] 射日弓。[04]
献何人，　奉相公。[05]
扶毂来，[06] 关右儿。
香扫涂，[07] 相公归。

注·释

● *01* · 邺城：故址在今河北临漳西。曹操自立为魏公，建都于此。童子谣：流行于儿童中的歌谣，短小精悍，便于流传。王粲：字仲宣，建安七子之一。尝依刘表，后归附曹操，封侍中。刺：宋吴正子本、蒙古本、凌濛初本均无。

● *02* · 探黑丸：《汉书·尹赏传》载，长安有少年肆意杀人，事先群聚一起，“探丸为弹，得赤者斫武吏，得黑者斫文吏”。

● *03* · 切玉剑：西戎赠给周穆王锟铻剑，锋利无比，削玉成泥，见《列子·汤问》。

● *04* · 射日弓：神话中后羿射九日之弓。

● *05* · 相公：古代既封公，又做宰相的人，始自曹操。《日知录集释》引钱大昕语：“曹操始以丞相封魏公，相公之名，自曹孟德始，前此未之有也。”

● *06* · 毂（gǔ）：车轮中心圆木，代指车子。

● *07* · 香：香屑。扫：涂抹，这里指铺洒。

品·评

王粲的《古邺城童子谣》已失传，李贺仿其体，题咏曹操事，前八句，说曹操滥杀文吏，以加强自己的威势。后八句，说部下以宝剑、名马，只献曹操，关右健儿簇拥着曹操，人们只知有相公，不知有天子。萧琯评曰：“其无君之心，罪著矣。”（《昌谷集句解定本》卷三）诗用三言体，节奏短促，语言古朴，近乎口语，便于口耳传诵，杨慎很赞赏这首诗，认为它是“唐人诗可入汉魏乐府者”，“有汉谣之风”（《升庵外集》）。无名氏评本诗的艺术特征，说：“节愈短，音愈悲；词愈简，情愈切。昌谷之妙如此。”(《于嘉刻本》) 洵为知音。

《古邺城童子谣效王粲刺曹操》并不是单纯咏曹操，董伯英说是“陈古以讽”(《协律钩玄》卷三引)。陈沆则以为“唐时藩镇多有加使相、仆射之阶者，此以邺城托世，殆指河北藩镇也”(《诗比兴笺》卷四)。本诗确是运用古谣谚的体式，借古讽今，从杀害部属、横行霸道、对抗朝廷等几个方面，形象地描绘出时任魏博节度使的田季安的凶残本质。邺城，故址在唐代相州，处魏博节度使辖区内。诗中“斫文吏”，绝非泛设之词，刘禹锡有《遥伤丘中丞并引》：

河南丘绛有词藻，与余同升进士科，从事邺下，不幸遇害，故为伤词。

邺下杀才子，苍茫冤气凝。
枯杨映漳水，野火上西陵。
马鬣今无所，龙门昔共登。
何人为吊客，唯是有青蝇。

丘绛，丘鸿渐之子，贝州人，贞元九年(793)进士及第，与刘禹锡同年进士登科，曾任魏博节度使田绪的节度判官，后被田季安杀害。《旧唐书·田季安传》：“有进士丘绛者，尝为田绪从事，及季安为帅，绛与同职不协，相持争权，季安怒，斥绛为下县尉，使人召还，先掘坎于路左，活排而瘗之，其凶暴如此。”此事亦见钱易《南部新书》丙。魏博镇于元和八年(813)改由田弘正任节度使，则“邺下斫文吏”之事，必在元和七年(812)以前，则本诗亦当作于元和七年以前。刘禹锡用五言律诗遥伤丘绛，又有引言，诗意显豁呈露；李贺用谣谚体写邺下“斫文吏”事，则诗意深隐，连刘辰翁也没有看出来，他说：“虽并不晓刺意，终是古语可爱。”(《刘评》卷三)当我们把李长吉诗与刘梦得诗比照起来对读，李贺的艺术匠心，自然显露出来，读者也就不难领悟其讽刺之意。

猛虎行

长戈莫舂，[01] 强弩莫抨。[02]
乳子哺子，教得生狞。[03]
举头为城，掉尾为旄。[04]
东海黄公，[05] 愁见夜行。
道逢驺虞，[06] 牛哀不平。[07]
何用尺刀，壁上雷鸣。
泰山之下，妇人哭声。[08]
官家有程，[09] 吏不敢听。

注·释

● *01* · 舂（chōng）：冲。
● *02* · 抨（pēng）：弹、射。
● *03* · 生狞：狰狞。
● *04* · 掉：振起。以上两句，语出王充《论衡·率性》，鲧造反时，“比兽之角，可以为城，举尾以为旄”。
● *05* · 东海黄公：传说东海有姓黄者，少时常佩赤金刀，能制服老虎，见《西京杂记》。
● *06* · 驺虞：黑纹的白虎，传说它不吃生物，为“仁兽”。
● *07* · 牛哀：即公牛哀，传说他生七日病，变为虎食其兄，事见《淮南子·俶真训》。
● *08* · “泰山”二句：孔子路过泰山，闻女子哭于墓，询之，方知其翁、其夫、其子均死于虎，因此地无苛政，故尚未搬迁。孔子曰：“苛政猛于虎。”事见《礼记·檀弓》。
● *09* · 程：期限。

品·评

《猛虎行》，乐府古题，属《相和歌辞》，其古辞仅四句，猛虎为题，取首句义。曹丕有《猛虎行》，反古辞之意而拟之，李白亦有《猛虎行》，反映安史之乱。陈弘治《校释》卷四云：“长吉此作，与古词无关，盖意别有所属。”李贺以猛虎比拟凶恶的藩镇，抒写诗人反对藩镇割据的思想，继承了李白的优秀艺术传统。

本诗或叙述，或用典，句句写虎，而又句句写藩镇，多方面地表现出诗人对中唐时期“藩镇之祸”的鲜明态度。首六句，说长戈莫能舂它，强弩莫能抨它，它们哺子养孙，日益凶恶，形象地表现中唐时代藩镇自设城池，擅立旗号，世代承袭的丑恶现实。中四句，用了两则典故，借善伏虎的黄公愁外出夜行，写虎之猛厉；借公牛哀为仁兽驺虞鸣不平，写虎之残虐，比喻叛乱藩镇不满那些归顺中央的节度使。上述十句诗，以虎喻人，简练地揭露藩镇势力的飞扬跋扈、骄横凶残。最后六句表现诗人三种看法："何用"两句，说杀虎之尺刀被挂在壁上，发出雷鸣声，比喻贤才不能见用，王琦《汇解》卷四一针见血地指出："刀作雷鸣，似愤人不能见用之意。""泰山"两句，写藩镇残害人民，犹如猛虎，对人民的苦难寄予同情。"官家"两句，借吏之畏虎，对那些观望徘徊、不敢进军平叛的官军，进行了强烈的谴责。孙枝蔚评本诗云："非熟古谣谚及《独漉》诸篇，不能声口肖似如此。"(《昌谷集句解定本》卷四引）熔铸古谣谚入诗，是本诗的一大审美特征，其句法、音节、语意、情韵，均摹古谣谚，饶有古朴之致。这首诗"通篇皆是纵虎杀人，莫敢谁何之意"（姚文燮《昌谷集注》卷四引陈式语）。比较全面地反映出元和时代藩镇割据的种种现象，对这群破坏国家统一、残害人民的"猛虎"，作了无情的揭露和猛烈的鞭挞，表达出深恶痛绝的态度和情感，体现出诗人坚持中央集权、反对分裂割据的进步思想。按诗意揣测，本诗当作于元和五年（810），时成德军节度使王承宗叛乱，唐肃宗命吐突承璀统兵讨伐，久而无功，至该年七月罢兵，李贺作《猛虎行》以讽刺之。

梁台古愁[01]

梁王台沼空中立，
天河之水夜飞入。
台前斗玉作蛟龙，[02]
绿粉扫天愁露湿。[03]
撞钟饮酒行射天，[04]
金虎蹙裘喷血斑。[05]
朝朝暮暮愁海翻，
长绳系日乐当年。[06]
芙蓉凝红得秋色，
兰脸别春啼脉脉。[07]

注·释

● *01* · 梁台：汉代梁孝王刘武在离宫所筑的平台，故址在今河南商丘境内。

● *02* · 斗玉：以玉相镶合。

● *03* · 绿粉：新竹上的粉，此代指竹。

● *04* · 撞钟：古代贵族阶级宴饮时伴奏音乐。射天：春秋时，宋王偃将盛血的皮囊挂在空中，用箭射击，称为“射天”，事见《史记·宋微子世家》。

● *05* · 金虎蹙裘：用金线在皮衣上绣虎的图案。蹙，蹙金，即《石城晓》“横茵突金隐体花”之突金，用金线绣在罗衣上，绣时把金线抽紧，使图案凸显出来。

● *06* · 长绳系日：使太阳不落下去，语出傅玄《九曲歌》：“安得长绳系白日。”

● *07* · 兰脸：兰花盛开似笑脸。

●08·野湟：野外积水处。

芦洲客雁报春来，

寥落野湟秋漫白。[08]

品·评

在藩镇势力飞扬跋扈的中唐时代，诗人有感于藩镇的不臣之心，抚古思今，借古讽今，写下本诗。李贺绝不是“发思古之幽情”，他紧扣“梁台”立意命题，借汉代谋叛宗室梁孝王，喻写唐宗室、镇海节度使李锜，以梁台喻指李锜在京的宅邸（采钱仲联先生说，见《读昌谷诗札记》），以梁台的兴废和梁孝王的存亡为借鉴，抨击了藩镇分裂割据的险恶野心，暗示他们必然失败的命运，艺术地反映出诗人坚持中央集权、反对分裂割据的进步思想。

全诗分两个层次，前八句，熔写景、叙事、议论于一炉，凝练地表现梁台昔日的富丽豪华和梁孝王当年的恣纵。“台前斗玉作蛟龙”句，写梁孝王模仿天子的宫苑建制，实现他的野心；“撞钟饮酒行射天”句，借用《史记·宋微子世家》宋王偃“射天”的典故，暗指梁孝王的骄横恣肆；“长绳系日乐当年”句，说梁孝王妄想白日不落，可以日夜逸游，永世享乐。以上八句，追想当年梁台及梁孝王情景，纯用虚笔，完全为第二层诗意“张本”。

后四句，以景结情。黄淳耀评本诗结尾云：“二句言方春而忽秋，宫殿墟矣。”（《黎批黄评》卷四）只说出表层诗意。无名氏批语云：“秋来春谢，已复可悲，秋波漫白，又复几时，极讽靡欢侈乐、从流忘返之徒。”（《于嘉刻本》）所论尚浅。这里，长吉采用“冷结”之法，专门写景，秋来春去，秋去春来，四时递代，时光飞逝，昔日豪华之梁台，已变为荒丘，它那骄横的主人，也已成历史陈迹，与第一层诗意构成强烈比照。诗人并没有发一点议论，而他的憎恶野心家的态度和情感，都蕴含在写景之中，意境苍凉，发人深省，起着巨大的警示作用。

本诗描写李锜在京宅邸的荒凉景色，乃是李贺在京任职时所目睹，故本诗当作于元和五年（810）。

金铜仙人辞汉歌 并序[01]

魏明帝青龙元年八月，[02] 诏宫官牵车西取汉孝武捧露盘仙人，[03] 欲立置前殿，宫官既拆盘，仙人临载乃潸然泪下，唐诸王孙李长吉遂作金铜仙人辞汉歌。

茂陵刘郎秋风客，[04]
夜闻马嘶晓无迹。
画栏桂树悬秋香，
三十六宫土花碧。[05]
魏官牵车指千里，
东关酸风射眸子。[06]
空将汉月出宫门，[07]

注·释

● *01* · 题：汉武帝刘彻轻信方士胡言，在建章宫造神明台，上有金铜仙人承露盘，高二十丈，大七围，承接空中露水，和玉屑服下，以求长生。事见《三辅黄图》。魏明帝曹叡欲迁金铜仙人至洛阳，因铜人过重，留于灞城。事见《三国志·魏书·明帝纪》裴松之注引《魏略》。

● *02* · 青龙元年：蒙古本作“九年”，按魏明帝青龙无九年，今从宋刊本、日本内阁文库本、王琦《汇解》本作“元”。据《魏略》载，魏明帝搬迁铜人在景初元年（237），李贺不过借史事以抒情，点明元年而已。

● *03* · 牵：赵宧光《弹雅》以为此字当作“輂”，同“辖”，车轴头，作动词用，有驱使的意思，可供参考。

● *04* · 茂陵：汉武帝刘彻的陵墓，因茂乡而得名，在今陕西兴平东北。刘郎：指刘彻。秋风客：刘彻写过《秋风辞》。

● *05* · 三十六宫：汉代长安上林苑有离宫别苑三十六所，见张衡《西京赋》。土花：苔藓。

● *06* · 酸风：使人眼发酸的风。

● *07* · 将：携。汉月：铜人在汉时所见之月，到魏时仍为汉月，表现明月千年不变的艺术意想。

● *08* · 忆君：铜人忆念汉武帝。铅水：喻泪水。喻象自铜人生发。铜人流泪事，见习凿齿《汉晋春秋》。

● *09* · 客：指铜人。咸阳道：长安城外的道路。咸阳原为秦国都城，在长安西北面，西汉时称渭城，东汉时并入长安。

● *10* · 波声：指渭水的波涛声。

忆君清泪如铅水。[08]
衰兰送客咸阳道，[09]
天若有情天亦老。
携盘独出月荒凉，
渭城已远波声小。[10]

品·评

杜牧《赤壁怀古》："折戟沉沙铁未销，自将磨洗认前朝。东风不与周郎便，铜雀春深锁二乔。"由沉沙的折戟，追认它的历史陈迹，从而推想到赤壁之战的胜利，奠定三国鼎立的局面，诗人更用翻案法，将诗意翻进一层，设想如果没有东风给予火烧曹营的战机，其结果则是曹操战胜东吴，将俘获二乔，锁于铜雀台上。诵读杜牧诗，不禁想起周诚真先生《李贺论》中的一段话："我们时常企图从古代文化的物质残余寻探它的盛衰因素和背景，但是只有诗人的想象才能从物质残余捕捉到它的精神。"（香港文艺书屋 1971 年版）杜牧《赤壁怀古》是这样，李贺的《金铜仙人辞汉歌》更是这样。李贺通过艺术想象，穿越时空隧道，从汉代金铜仙人的物质残余和铜人被搬迁的历史陈迹里，寻探到一些什么东西，捕捉到一些什么精神呢？

先看诗句。本诗通篇用仄声韵，细析之，入声韵、上声韵、去声韵换押，明显将诗意剖分为三个层次。第一层四句"客""迹""碧"，押入声十一陌韵，言荣枯变化无常，昔日雄武旷代的汉武帝，死后宫室荒芜，桂树徒然芳香。汉武帝写过《秋风辞》，结句云："欢乐极兮哀情多，少壮几时兮奈老何！""秋风客"这一诗歌意象，包孕着哀乐、老少迭变的意蕴。"夜闻"句，说刚刚闻见人马喧闹，朝来便不见踪迹，荣枯只在旦夕之间。董懋策曰："言荣谢如旦暮。"（陈弘治《校释》卷二引）是也。"画栏"两句，承上言，武帝死后，画栏边的桂树虽散发着芳香，而离宫别馆里苔藓遍地，令人黯然神伤。

第二层四句"里""子""水"，换押上声四纸韵，叙铜人离关之悲戚。魏官驾车搬运铜人，出东关，铜人触动怀念故主之情思，不觉潸然流泪。这里，"酸风""泪如铅水"，均运用感觉移借的手法。风本不酸，因铜人离京，内心悲酸，遂觉秋风酸眼，令人心酸。泪水本无所谓轻重，因铜人忆念故主而心情沉重，于是便产生泪水如铅一样沉重的感觉体验。这种独特手法的运用，形成长吉诗造语奇隽的审美特色，何汶《竹庄诗话》论"忆君"句云："此语尤警拔。"正就这种语言特征而发。

最后一层四句"道""老""小"，去声十七筿韵、十九皓韵通押，写铜人离都远去。长安城外古道上，衰兰动情，相送铜人，上天亦感动得为之衰老，那么，富有感情的人类，更何胜其凄苦，诚如王琦所说："长吉以'天若有情天亦老'反衬出之，则有情之物，见铜仙下泪，其情更何如耶？"（《汇解》卷二）"携盘独出"两句，就铜人设想，说他孑身独自离去，唯有明月相伴，故土渐远，听惯了的渭水波声，也逐渐听不到。结句以景结情，伤离怀旧之意，悠然不尽，意远神超，余音袅袅。史承豫《唐贤小三昧集》评此结语曰："结得渺然无际，令人神会于笔墨之外。"真是不刊之言。

李贺托诸汉代金铜仙人被拆迁的史实，从金铜仙人的物质残余看到汉之盛，武帝之雄武，又从铜人被拆迁的历史陈迹上看到汉之衰，武帝赫奕之不存，发抒盛衰无常的感叹。同时，诗人"探寻前事"，从汉的兴衰中，找到了历史借鉴，表达出对唐王朝国势由盛转衰的无限忧虑，抒写"唐诸王孙"的一片孤忠之心。诗人张起想象的翅膀，采用拟人化的手法，赋予金铜仙人以丰富的感情，动情地刻画了"仙人临载乃潸然泪下"的艺术形象，表现铜人对故都的依恋，对武帝的忆念。他从历史陈迹中感受到一种精神，一种怀念故旧依恋不舍的深情。无情之物，亦动故主之思，奇事奇语，令人肠断，更发人深思。杜牧论本诗的艺术构思云："贺能探寻前事，所以深叹恨古今未尝经道者，如《金铜仙人辞汉歌》《补梁庾肩吾宫体谣》，求取情状，离绝远去笔墨畦径间，亦殊不能知之。"（杜牧《李贺集序》）确是探知本诗题旨的钥匙。李贺在元和五年（810）任奉礼郎，从密友王参元、杨敬之、权璩、沈述师等人处，获知唐永贞宫廷政变的内幕，永贞革新人士之间的秘闻，因而"探寻前事"，写出《金铜仙人辞汉歌》，感怀永贞时事，缅怀革新人士王叔文被贬出京之情状。全诗分三个层次，第一层次四句，暗示宫廷发生政变；第二层四句，借金铜仙人离京，写出王叔文离京时的心情；第三层四句，描写王叔文孑身离去之凄婉和送客的悲伤心情。历来题咏金铜仙人者，大都讽刺武帝求仙之虚妄，唯有李贺能发出如此深沉的历史感叹。刘辰翁看出本诗的独创精神，评曰："此意思非长吉不能赋，古今无此神妙。"（《吴注刘评》卷二）充分肯定了本诗的艺术成就。

李贺《金铜仙人辞汉歌》以其惊人的艺术魅力，脍炙人口，引无数才人为之折腰，对后代诗歌创作产生过巨大而深远的影响。宋人贺铸独爱长吉诗，手校李贺集，每用其隽句融入自己的诗词作品中，他感叹行路难，赋《小梅花》，取“衰兰送客咸阳道，天若有情天亦老”成句入词。潘德舆《养一斋诗话》卷五说：“李长吉‘天若有情天亦老’，秦少游以之入词，缘此句本似词也。”吴文英登上苏州灵岩山，赋《八声甘州》，感叹宋王朝之式微，词中有“箭径酸风射眼”句，即出自《金铜仙人辞汉歌》。文天祥身处宋元易代之际，赋《念奴娇·驿中言别友人》曰“金人秋泪，此恨凭谁雪”，其意象来自长吉诗。一代伟人毛泽东将长吉“天若有情天亦老”成句写入《人民解放军占领南京》诗中，进而生发出“人间正道是沧桑”的意想，创千古名句，成为“古为今用”的典范。历史是最公正的评判员，《金铜仙人辞汉歌》对后代诗词创作具有如此深远的影响力，足以证明它卓绝的艺术成就和极高的美学价值。

还自会稽歌

庚肩吾于梁时，[01] 尝作宫体谣引，[02] 以应和皇子。[03] 及国势沦败，[04] 肩吾先潜难会稽，后始还家。仆意其必有遗文，今无得焉，故作还自会稽歌以补其悲。

野粉椒壁黄，[05] 湿萤满梁殿。[06]
台城应教人，[07] 秋衾梦铜辇。[08]
吴霜点归鬓，身与塘蒲晚。[09]
脉脉辞金鱼，[10] 羁臣守迍贱。[11]

注·释

● *01* • 庚肩吾：字子慎，南阳新野（河南南阳）人，世居江陵（今湖北荆州）。善诗，辞采甚美。萧纲当太子时，任东宫通事舍人。纲即位，任度支尚书。侯景叛乱，庚肩吾逃往会稽，后又转道回家。事见《梁书》、《南史》之《庚肩吾传》。

● *02* • 宫体谣引：诗篇名，今不传。宫体，梁萧纲喜作艳诗，以宫中女子为题材，大家仿效之，渐成风气，时称“宫体”。

● *03* • 应和皇子：奉命与皇子唱和诗歌。皇子，指萧纲，他未被立太子前，封为晋安王。

● *04* • 国势：宋刊本、蒙古本、元本、《全唐诗》作“国世”。国势沦败：这里指侯景叛乱，梁朝都城陷落等事件。

● *05* • 椒壁：古代皇后居住的宫殿，常用椒和泥涂在壁上，温和芳香。

● *06* • 湿萤：萤生于潮湿的地方，故名。

● *07* • 台城：朝廷所在地禁城，洪迈《容斋随笔》：“晋宋间，谓朝廷禁省为台，故称禁城为台城。”梁朝台城在建康（今江苏南京）。应教：臣子与诸位王子唱和诗作，称为“应教”。

● *08* • 铜辇：太子坐车。

● *09* •“身与”句：暗用《世说新语·言语》顾悦语，简文帝问顾悦为何头发早白，顾说：“蒲柳之质，望秋而落。”

● *10* • 金鱼：宫门上鱼形锁钥。

● *11* • 羁臣：放逐到外地的官员。迍贱：政治上遭到困厄危难，处于贱辱的地位。迍，同“屯”。刘禹锡《子刘子自传》：“重屯累厄，数之奇兮。”

品·评

杜牧《李贺歌诗集叙》：“贺能探寻前事，所以深叹恨古今未尝经道者，如《金铜仙人辞汉歌》《补梁庚肩吾宫体谣》（即《还自会稽歌》），求取情状，离绝远去笔墨畦径间。”杜牧序言，成为我们诠解《还自会稽歌》的指导思想。

诗前小序，交代诗人为庚肩吾补作《宫体谣引》的缘由，说明诗篇抒写庚肩吾“潜难会稽”后的悲伤感受。首两句描写宫廷荒凉的景象，壁上的椒粉已经发黄，成为野粉，宫殿里飞满湿萤，已经荒废，一派凄凉景象，正是“国势沦败”的艺术写照。刘辰翁云：“此拟肩吾归自会稽之作，安得不述梁亡之悲。”(《吴注刘评》卷一）三、四句梦忆东宫生活，我本是台城里和皇子唱和诗歌的人，现在秋夜里还常梦见太子的车辇。诗的后半首，叙述肩吾愁苦衰老的近况，表达出甘守迍贱的意愿。“吴霜”，应会稽地望，“塘蒲”，点身已衰老，回想起离开宫门时，依恋不舍，怀念君德，甘愿遭受危难贫贱，“心如砥柱”，决不变心。全诗不言悲而悲意充溢字里行间，曾益评曰：“此诗不言悲，而悲自无限，故序曰‘补其悲’。”(《诗解》卷一）深得诗心。

李贺“探寻”梁代庾肩吾的“前事”，他所叹恨的究竟是什么呢？诗里有几个关键性的词汇，直接影响到诗意的理解和题旨的探寻。“应教”和“铜辇”，表明庾肩吾所怀念的人是曾为皇子和太子的萧纲。“金鱼”，吴正子注：“金鱼，袋也。”(《吴注刘评》卷一）徐渭说：“辞金鱼，卸所佩也。”(陈弘治《校释》卷一引）王琦颇疑其说，《汇解》云：“长吉咏梁事而用金鱼，恐是用别事。”所疑极是。按明胡震亨《唐音癸签》曰：“旧以金鱼释，梁无其制也。庾乃简文宫僚，《东宫旧事》：中庶子掌门钥，钥施悬鱼，云辞金鱼，自指旧署言耳。”李商隐诗云“牢合金鱼锁桂丛”(《和友人戏赠》)，其义甚明。故黎简曰：“金鱼，宫门钥也。”(《黎批黄评》卷一）方扶南也说：“此金鱼恐指禁钥。”(《方批》卷一）联系庾肩吾曾任东宫通事舍人，是萧纲的东宫旧僚，他辞别东宫宫门，怀念萧纲恩德，表达出留恋、悲伤的深挚感情，全诗意脉贯通，诗思顺畅。

本诗当作于元和五年（810），与《金铜仙人辞汉歌》为先后之作。

顺此而探求李长吉所“叹恨”的情事，当是指曾任东宫官而后遭贬斥的人。李贺生活的时代，曾震惊朝野而备受大家关注的事件，便是“永贞革新”，革新运动参与者之中，确有人曾任太子李诵的东宫官。诗人叹恨他们事业受挫败，命运困厄，不胜感伤，便运用“离绝远去笔墨畦径间”的诗句，抒发悲叹他们不幸遭际的情思。诗人不能无言，又不敢明言，便寓今托古，比物征事，以利“深自弢晦”，从而形成长吉诗诡异独特的风貌。如果他直书永贞时事，这便不是李贺，更不成其为长吉诗。钱仲联先生《李贺年谱会笺》说：“《还自会稽歌》，此诗为王叔文、刘禹锡、凌准被贬南方而作。”笔者认为其意向可取，但不宜落得过实。

有人说本诗是自抒困顿之作。陈沆《诗比兴笺》：“其举进士不见容而归昌谷时所作欤？”叶葱奇《李贺诗集注》：“自抒困顿之感的诗。”按，李贺虽在京任职，但所任非东宫官；虽任京官，但时间很短，也未为羁臣，李贺身世与诗意不合，故此说不能成立。

荣华乐

鸢肩公子二十余，[01]

齿编贝，唇激朱。[02]

气如虹霓，饮如建瓴，[03]

走马夜归叫严更。[04]

径穿复道游椒房，[05]

龙裘金玦杂花光。[06]

玉堂调笑金楼子，[07]

台下戏学邯郸倡。[08]

口吟舌话称女郎，[09]

锦袪绣面汉帝旁。[10]

得明珠十斛，白璧一双，

新诏垂金曳紫光煌煌。[11]

马如飞，人如水，

九卿六官皆望履。[12]

注·释

● 01 · 鸢（yuān）肩：耸肩。《后汉书·梁冀传》载：冀“为人鸢肩，豺目”。

● 02 · 激：透明。朱：朱砂。

● 03 · 建瓴：倒翻盛水器。

● 04 · 严更：禁止夜行的更鼓。

● 05 · 椒房：后妃居住的地方，梁冀之姐为汉顺帝皇后。

● 06 · 龙（máng）裘：杂色皮衣。

● 07 · 金楼子：本为梁武帝所撰的《金楼子》，述徐妃淫行。这里指淫妒女子。

● 08 · 邯郸倡：邯郸倡女，善歌舞。

● 09 · 口吟舌话：口中喁喁私语，说话含糊不清。《后汉书集解》王先谦引周寿昌说：“口吟舌话，非口吃之谓也。口吟，口中喁喁私呓，听之不绝声，审之不成句。……舌言，言出口即敛，不明白宣示，所谓含糊也，皆奸人相。”称（chèng）：相称，相当。

● 10 · 袪（qū）：袖口。绣面：绣面衣。王琦《汇解》注：“言为鬼为蜮之状。”望文生义。《后汉书·刘玄传》：“其所授官爵者；皆群小贾竖，或有膳夫庖人，多着绣面衣、锦裤、襜褕、诸于，骂詈道中。”绣面，即绣面衣之省称。

● 11 · 煌煌：明亮貌。

● 12 · 望履：低头看鞋，不敢仰视。语出《庄子·盗跖》：“孔子复通曰：‘丘得幸于季，愿望履幕下。’”

将回日月先反掌，[13]
欲作江河惟画地。[14]
峨峨虎冠上切云，[15]
竦剑晨趋凌紫氛。[16]
绣段千寻贻皂隶，[17]
黄金百镒贶家臣。[18]
十二门前张大宅，[19]
晴春烟起连天碧。
金铺缀日杂红光，
铜龙啮环似争力。
瑶姬凝醉卧芳席，
海素笼窗空下隔。[20]
丹穴取凤充行庖，[21]
玃玃如拳那足食。[22]

● *13* · 反掌：语出枚乘《上书谏吴王》："易如反掌。"

● *14* · 画地：语出张衡《西京赋》："画地成川。"

● *15* · 峨峨：高峻貌。虎冠：武官之帽。

● *16* · 竦剑：上朝时佩剑而行，语出左思《吴都赋》："竦剑而趋。"紫氛：古代称宫禁中的祥瑞之气。

● *17* · 皂隶：下等奴仆。

● *18* · 镒：二十四两为一镒。贶（kuàng）：赏赐。

● *19* · 十二门：洛阳城有十二门。张大宅：建造大宅。

● *20* · 海素：传说海中鲛人所织之绡纱。隔：绮疏，俗名窗格。

● *21* · 丹穴：山名，传说此山出产凤凰。行庖：出游时随身携带之酒馔及食具，即行厨，杜甫《严公仲夏枉驾兼携酒馔》："竹里行厨洗玉盘。"

● *22* · 玃玃（jué）：猕猴，小如拳，产于武夷山。

金蟾呀呀兰烛香，23
军装武妓声琅珰，
谁知花雨夜来过，
但见池台春草长。24
嘈嘈弦吹匝天开，25
洪崖箫声绕天来。26
天长一矢贯双虎，27
云弝绝骋聒旱雷。28
乱袖交竿管儿舞，29
吴音绿鸟学言语。30
能教刻石平紫金，31
解送刻毛寄新兔。32

●23・金蟾：蟾形的金属烛台。

●24・“谁知”二句：语出刘长卿《幽居》：“微雨夜来过，不知春草生。”

●25・匝（zā）天：满天。

●26・洪崖：远古时代的仙人，善音乐，见张衡《西京赋》薛综注。

●27・“天长一矢”句：王琦《汇解》引冀本传谓打猎射虎，误。李贺此句之“双虎”乃伎人假扮，张衡《西京赋》薛综注：“黑豹熊虎，皆为假头也。”

●28・弝（bà）：弓的执手处。聒旱雷：指弓弦震响如雷。暗用《梁书・曹景宗传》：“拓弓弦作霹雳声。”

●29・乱袖交竿：衣袖交错。管儿舞：汉代之“寻橦”，唐代称“长竿舞”“花竿舞”“竿木”。

●30・吴音：吴地歌声。绿鸟：鹦鹉。以上六句，描写梁家伎人表演歌舞杂技的场景。

●31・刻石：刻石成窖以贮金。紫金：赤金。王嘉《拾遗记》卷六：“郭况，光武皇后之弟也。”“阁下有藏金窟，列武士以卫之。……故东京谓郭氏家为琼厨金穴。”李贺用古小说意，自造新语，以郭家比况梁家。

●32・刻毛：梁冀筑兔园，毛上烙印，以为标志，见《后汉书・梁冀传》。

●*33*·三皇后：各本作“三皇皇后”，王琦以为误，今据改。“三皇后”二句：这是史实的概括，《后汉书·梁冀传》：“冀一门前后七封侯，三皇后，六贵人，二大将军。”

三皇后，七贵人，[33]

五十校尉二将军。

当时飞去逐彩云，

化作今日京华春。

品·评

李贺在长安日，目睹皇亲国戚、达官贵人的纵情声色，骄奢淫逸的生活，义愤填膺，他以如椽巨笔，运巨大的艺术腕力，向人们展示了一幅幅京华上流社会的生活画卷，《荣华乐》便是一首颇具代表性的诗篇。

《荣华乐》，宋蜀本、蒙古本题下注：“一作《东洛梁家谣》。”梁家，指东汉梁冀。据《后汉书·梁冀传》载，梁冀，字伯卓，顺帝时拜为大将军。顺帝死后，冀专权，骄奢淫逸，连皇帝也由他废立。桓帝即位后，罢其职，杀其党羽数十人，籍没家财。本诗借着贵戚梁冀的史实，托古寓今，揭露并讽刺了唐元和时代的贵族统治集团的奢侈淫乐的现实生活，“咏梁冀以刺当时贵戚”（《诗比兴笺》卷四陈沆语）。

这首长诗不断换韵，平仄频替，句式长短交错，韵脚繁密，节奏紧促，形成强烈的韵律美。诗人采用铺张扬厉的手法，极意铺陈梁冀之容貌、举止和秉性。描写梁冀鸢肩齿白唇红，状其貌美，写他豪纵狂饮，倚仗帝戚之势，恣意出入宫禁，调戏宫女；写他谄媚帝王，博取高官厚赐，专权独断，气焰嚣张，上凌天子。宋长白说：“昌谷《梁家谣》‘夜归走马叫严更’，写得气焰薰灼，有金吾不敢谁何之意。”（《柳亭诗话》）陈弘治《校释》引吴注：“回日月，作江河，言冀权势可畏，能回天地如此。”摘此两评，足见诗人刺冀之心。这一诗段，层层铺写，非常全面地揭示了梁冀专权骄横的丑恶面貌。开端写其容貌之美，正为凸显后文其内心之丑恶。

从“十二门前张大宅”至“解送刻毛寄新兔”止，则转而写他富贵骄奢的生活。诗笔先写他的豪华宅第，刘辰翁评“铜龙啮环似争力”句云：“至无紧要，却有思索。”（《吴注刘评》卷四）长吉说连门环也张牙舞爪，在无关紧要的门环上，写出值得思索的意想。次写他的珍奇馔食，再写他的游乐生活，最后写他聚敛无厌。这一段描写，与前段互为映照，相辅相成，豪奢以专权为前提，专权是豪奢的本根。

诗的末尾五句，是全诗的“画龙点睛”之处，诗人指出，梁家一门显贵，三个皇后，七个贵人，二人做将军，五十人为校尉，显赫一时，但是，梁冀被杀以后，昔时的荣华尽为消逝，当日的彩云化为云烟。本诗采用“冷结”之法。吕石帆说：“读长吉诗，须知长吉有八法。……八曰冷结。八法既知，然后可与言长吉。”（《黎批黄评》卷四附）《荣华乐》整首诗写得很“热闹”：写场面，豪华富丽；写色彩，绚丽浓郁；写情绪，意趣纷陈。收结时，以反笔转出别意，前后的诗意形成强烈的反差，突出主题，以冷语作结，寓有“今之视昔”犹如“后之视今”的深意，揭示出贵族阶级的荣华富贵必然消歇的命运。这样的结尾，诚如《文赋》所言“立片言以居要”，黎简很称赏这个结尾，说：“收束处，言情之妙，不可言传。唐人长句能此调者数人而已。昌黎有此笔力，便无此远韵。”（《黎批黄评》卷四）这是本诗最警策的地方，警示人们很深的寓意。

全诗运用以汉写唐的传统手法，写汉代梁冀一家的豪奢生活，所用汉代的词语、名物、典故，大都见于汉代典籍，如《后汉书·梁冀传》、张衡《西京赋》，其实，这都是为了表现唐代现实生活。曾益说：“全篇形容梁氏富贵骄纵之极，末言昔日梁氏之富贵转眼已尽，而已化为今日京华之富贵，意盖借此以刺当时之专恣者。”（《诗解》卷四）方扶南也评曰：“借题讽刺，岂真咏梁家。”（《方批》卷四）陈沆《诗比兴笺》亦说：“咏梁冀以刺当时贵戚。”前代论家都指向这一主题，达成共识，姚文燮《昌谷集注》却坐实于元载、李脩两人，不免有牵强之嫌。

秦宫诗

汉秦宫，[01] 将军梁冀之嬖奴也。[02] 秦宫得宠内舍，[03] 故以骄名大噪于人。予抚旧而作长辞，辞以冯子都之事相为对望，[04] 又云昔有之诗。[05]

越罗衫袂迎春风，
玉刻麒麟腰带红。
楼头曲宴仙人语，[06]
帐底吹笙香雾浓。
人间酒暖春茫茫，
花枝入帘白日长。
飞窗复道传筹饮，[07]
十夜铜盘腻烛黄。[08]

注·释

● 01 · 秦宫：人名，东汉大将军梁冀的家奴，既得梁冀宠信，又得冀妻孙寿嬖爱，骄横异常，生活奢靡，事见《后汉书·梁冀传》。

● 02 · 嬖（bì）奴：宠爱的家奴。

● 03 · 内舍：内室，指女主人孙寿。

● 04 · 冯子都之事：汉昭帝时，大司马霍光宠爱家奴冯子都，霍光死后，他与霍光妻私通，生活荒淫糜烂，事见《后汉书·霍光传》。

● 05 · 昔有之诗：过去有关于冯子都的诗，指辛延年《羽林郎》诗，写冯子都事，首句"昔有霍家奴"。

● 06 · 曲宴：宫中之宴。

● 07 · 飞窗：高楼之窗。

● 08 · 铜盘：烛台的托盘。腻烛黄：黄色的烛泪凝结起来。

秃襟小袖调鹦鹉，[09]

紫绣麻鞮踏哮虎。[10]

斫桂烧金待晓筵，[11]

白鹿清酥夜半煮。[12]

桐英永巷骑新马，[13]

内屋深屏生色画。[14]

开门烂用水衡钱，[15]

卷起黄河向身泻。[16]

皇天厄运犹曾裂，

秦宫一生花底活。[17]

鸾篦夺得不还人，[18]

醉睡氍毹满堂月。[19]

● *09* • 秃襟小袖：无领窄袖衣。调：调匀。

● *10* • 鞮（xiá）踏哮虎：穿着绣着虎头饰的麻鞋。扬雄《羽猎赋》："履般首，带长蛇。"如淳注："般音班，班首，虎之头也。"李善注："履，谓践履之也。"

● *11* • 斫桂：砍下桂树当柴烧。烧金：用金鼎烧煮白鹿、奶酪。

● *12* • 白鹿：不易得之鹿，据说鹿活一千五百岁，毛色花白，见《述异记》。

● *13* • 永巷：宫中长巷。

● *14* • 生色画：彩色画，见高似孙《纬略》卷七。

● *15* • 水衡钱：天子私藏和专用之钱。

● *16* •"卷起"句：形容挥霍滥用金钱。

● *17* • 花底活：在花丛中生活，喻其荒淫失度。

● *18* • 鸾篦（bì）：用象牙或玳瑁制成的鸾凤形的篦子。

● *19* • 氍毹（qú shū）：毛毯。

品·评

《秦宫诗》不啻是《荣华乐》的姐妹篇，两诗分写一主一奴，互为补充，从不同的生活侧面，描绘出一幅京城上层贵族阶级尽日宴饮、游冶无度的荒淫生活画卷。陈沆评《荣华乐》时说："可与《秦宫诗》参看。"（《诗比兴笺》）这是很有见地的提示。

长吉诗用换韵法，很分明地将全诗分为五个层次，四句一层，章法齐整。第一层四句，描写秦宫及其主子服饰华贵，纵情声色。陈弘治评这四句诗："言宫

以监奴而冶妆丽服，僭用名器，楼头帐底，肆行逸乐。”（《校释》卷三）

第二层四句，细致描绘他们尽日酣饮，由宵达旦，过着花天酒地的生活。刘辰翁深刻指出：“极言梁氏连夜盛宴，而秦宫得志可见。”（《刘评》卷三）

第三层四句，描写他们过着清闲生活，服食珍奇食物，桂作柴，金作镬，煮食难得之白鹿，“晓”与“夜”为互文，极言食馔之贵、之费。陈弘治评此四句说：“言夜宴未终，又预治晓筵，则其沉湎之状可知矣。”（《校释》卷三）

第四层四句，专写秦宫，秦宫是家奴，竟然也能自由出入宫禁，他在宫中长巷里试骑新马，在宫中内室里观看屏风上精美的画。王琦说：“四句言宫之得宠于冀。”（《汇解》卷三）奴随主贵，梁冀既专横恣肆，其奴亦能出入禁掖，滥用内帑，无所顾忌。

第五层四句，也是专写秦宫。秦宫一生在绮罗丛中生活，夺得孙寿的篦子不肯归还，月夜醉卧在内堂的毛毯上。王琦说：“四句言宫得宠于寿。”（《汇解》卷三）秦宫既得孙寿之嬖爱，恣意调笑，恃宠骄恣的丑态毕露。

全诗不断铺写，层层深进，再现秦宫及贵族阶级的醉生梦死的人生图卷，创造出妙于形容、长于讽刺、善于比照、以丑为美的审美特征。刘辰翁评本诗：“妙于形容。”（《刘评》卷三）李贺在《秦宫诗》里，以深入的观察、细致的笔触、形象的描绘，将唐代豪门贵族及其家奴骄淫、奢侈的腐朽生活，通过一个个细节，一幕幕场景，生动地描摹出来，不涉理路，富有感染力。

鲁迅先生在《什么是讽刺》一文中深刻指出，讽刺是把日常生活中那些“不合理的、可笑、可鄙、甚至于可恶”（《且介亭杂文二集》）的现象，加以表现和暴露。《秦宫诗》对家奴秦宫的揭露和批判，正是通过秦宫奢华的服饰、珍奇的馔食、永巷骑新马、内室看屏画等一系列“不合理”的生活细节，特别是“开门烂用水衡钱”两句和结尾“鸾篦夺得不还人”两句，以其“可鄙”“可恶”的人物举动，有力地鞭挞秦宫荒淫无耻的丑恶行径。诗人带着强烈的爱憎感情，极尽嘲笑、揶揄之能事，充分发挥讽刺艺术犀利深辟的批判力量。

本诗善于比照，诗人以霍光家奴冯子都之事，比照秦宫之丑恶，以主子梁冀之专横，比照监奴之妄行权势；以女主子孙寿之嬖爱，比照秦宫之骄淫。题名“秦宫诗”，诗笔并不专写秦宫，却多视角地反映秦宫骄纵和荒淫生活，同时映带出冯子都、梁冀、孙寿之丑行，这与《荣华乐》之专写梁冀之手法迥异，各尽其妙。

刘熙载《艺概·诗概》首次揭出韩愈诗的独特审美特征：“昌黎诗往往以丑为美。”李贺也常常运用这种写作手法，《秦宫诗》正体现出这种审美理念。诗人以美文写秦宫及其主子的丑事，用华艳之笔描写他们的华丽服饰、优美环境、珍奇饮食，尤其是结尾描写秦宫与孙寿的暧昧细节，用极美的诗句，隐其丑态，所以，董懋策评曰：“写秦宫之丑，隐而不俗，所以为绝构。”（《徐董评注》卷三）

宫娃歌

蜡光高悬照纱空，01
花房夜捣红守宫。02
象口吹香毾㲪暖，03
七星挂城闻漏板。04
寒入罘罳殿影昏，05
彩鸾帘额著霜痕。
啼蛄吊月钩栏下，06
屈膝铜铺锁阿甄。07
梦入家门上沙渚，
天河落处长洲路。08

注·释

● *01*·照纱空：烛光照在空明的纱帷上。

● *02*·花房：摆满花卉的房屋。红守宫：以丹砂喂养蜥蜴，将其捣烂，点于女子肢体，终生不退，行房事则灭，见张华《博物志》，这是封建帝王防止宫女“不贞”的药物。

● *03*·象：象形香炉。毾㲪（tà dēng）：毛毯。

● *04*·七星：北斗星。漏板：古代用以报时的铜板，随着漏壶计时器按时敲击。

● *05*·罘罳（fú sī）：张在宫殿檐下或窗前防止鸟雀飞入的网络。

● *06*·啼蛄：鸣叫的蝼蛄。吊月：对月悲鸣。钩栏：长廊边的栏干。

● *07*·屈膝：门上的铰链。铜铺：大门上铜质兽面以承环纽的底座。阿甄（zhēn）：魏文帝曹丕的甄皇后，初入宫时很受宠爱，后受谗失意。这里借指被幽闭的宫娃。

● *08*·长洲：县名，唐时属苏州，故址在今江苏苏州一带。

● *09* · 骑鱼：暗用琴高骑赤鲤的故事，琴高，战国时赵人，善鼓琴，与弟子期约，果乘赤鲤而至，事见《列仙传》。

愿君光明如太阳，

放妾骑鱼撇波去。*09*

品·评

“宫怨”，是唐代诗人笔下常见的题材，名作累见不鲜。李贺生活在长安时期，闻知森严禁闭中宫女之怨望，敬佩进步政治家“释放宫女”的主张。他感发兴会，用即事命篇的新乐府现实主义精神写成本诗，体现出李贺乐府诗独特的审美个性，既不同于一般人的宫怨诗，又不同于一般的新题乐府诗。娃，吴地美女，《广雅》：“吴俗谓好女为娃。”李贺诗里的宫女是吴人，故题名《宫娃歌》。诗人按“望幸”“怨旷”“愿去”三层诗意行笔。首四句叙宫中夜景，蜡灯高悬，象形香炉正喷吹着瑷瑷香气，毛毯暖和，遥闻漏板声声，宫女不停地捣打红守宫，望幸不至之意寓于景物描写中。次四句述幽闭寂寞之况，寒气透入檐下网络，殿影昏暗，寒霜沾着绣帘，蝼蛄悲啼于钩栏之下，宫门紧闭，关着失宠的阿甄。情与景融，无限怨旷之情，自景中透出。最后四句，表达宫娃“愿去”之心。宫女很难放归，久久思家成梦，梦入家门，家在长洲路上，她想象自己骑上赤鲤鱼，像仙人琴高那样，撇开波浪归去。无名氏批语云：“大抵述吴女怨旷愿去之意。”（《于嘉刻本》）而王琦《汇解》说得尤为透辟：“夫宫娃未易得放，河鱼岂可骑乘，以必不然之事，而设为痴绝之想，摹拟怨情，语意双极。”诚哉斯言！全诗摅写宫娃苦寂、怨旷之余，运用传说故事，极度夸张地写出宫娃的反对幽闭生活、追求自由的强烈愿望，突破了普通宫怨诗的樊篱，很有创意，实在难得。

毛先舒《诗辨坻》论李贺乐府诗云：“设色秾妙，而词旨多寓篇外，刻于撰语，浑于用意。”用这段评语对照《宫娃歌》，完全合适。本诗语言色彩瑰丽，渲染环境的富丽，反衬宫娃的怨诽，倍增哀思。写情则情与景融，意含象外，思致深婉，显明地体现出李贺乐府诗的审美个性，与唐代一般新题乐府诗语言质朴，诗意显豁呈露的特点，迥然异趣。

牡丹种曲

注·释

● *01* · 秦蘅：香草名。

● *02* · 斸（zhuó）：斫，掘。春草：指牡丹。

● *03* · 却月盆：半月形的花盆。

● *04* · 绿房：花苞。迎白晓：迎着黎明开放。

● *05* · 梁王：汉文帝之子刘武，封为梁孝王，这里借指唐代贵族。

● *06* · 蜀国弦：乐府曲名，这里指音乐。

● *07* · 归霞帔（pèi）拖：形容花瓣萎谢，如衣帔下垂。蜀帐：用蜀纸做成的护花帐。

莲枝未长秦蘅老，[01]
走马驮金斸春草。[02]
水灌香泥却月盆，[03]
一夜绿房迎白晓。[04]
美人醉语园中语，
晚花已散蝶又阑。
梁王老去罗衣在，[05]
拂袖风吹蜀国弦。[06]
归霞帔拖蜀帐昏，[07]
嫣红落粉罢承恩。

●*08*・檀郎：潘岳，小名檀奴，故名。谢女：妓女，因谢安蓄妓而得名。此泛指年轻的贵族男女。

●*09*・楼台：指当日赏牡丹的地方。

檀郎谢女眠何处，[08]
楼台月明燕夜语。[09]

品・评

中唐时代，长安贵族阶级赏玩牡丹的风气极盛，他们不吝花费大量金钱，购买、栽种牡丹花，日夜观赏。李肇《唐国史补》真实地记录下这种社会现象：

> 京师贵游尚牡丹三十余年矣。每春暮，车马若狂，以不耽玩为耻。执金吾铺官围外寺观，种以求利，一本有直数万者。

诗人白居易《买花诗》说："莫道牡丹时，相随买花去。""一丛深色花，十户中人赋。"柳浑《牡丹》诗也说："近来无奈牡丹何，数十千钱买一棵。"无怪王应麟读到白居易诗后，很气愤，说："侈靡之蠹甚矣。"（《困学纪闻》卷十八）

李贺在长安任职时，目睹"京师贵游"的侈靡生活，心有所动，用华丽浓艳的诗笔写下本诗以寄慨。本诗层次清楚，起段四句，写买花栽种。荷未长秦蘅已老，点明节令，"走马驮金"，极写牡丹价格昂贵，与白居易、柳浑等人的描写，异曲同工，甚至更具夸张性。中段四句，写牡丹赏会易过，豪家亦易衰落。先写牡丹之由盛转衰，她像美人一样，嫣红若语，蒙上园中袅袅云烟，益发娇美，但是好景不长，牡丹开后不久，花瓣散落，蝶又飞尽。次写主人，他虽已老死，府中的男女依然穿着罗衣，在乐声中拂袖起舞，观赏牡丹。王琦《汇解》说："梁王当是二妓之姓，罗衣是妓女之名。"恐非是。梁王即上段驮金买花的主人，他的身份是贵族，作如是解，前后诗意方能绾合。方扶南深知其中意蕴，故评曰："中段言赏会易过，豪家亦衰。"（《方批》卷三）后段四句，承上言，"归霞帔拖""嫣红落粉"，言牡丹花已残落，"罢承恩"，不再受到恩宠，意谓人们不再去观赏牡丹。"檀郎谢女"，言年轻的贵族男女，牡丹已谢，他们归于何处？当日赏牡丹的地方，月满楼台，徒闻燕语而已。花开赏花，如痴如醉，现在牡丹落尽，荣华已过，空留下无穷的寂寞凄凉，诗人的一切感慨，尽含于言外。

同样是描写豪门贵族耽玩牡丹的奢靡时尚，乐天、柳浑诗，只点到多金买花这一层面上，长吉诗则要比白、柳诗深浑得多。长吉于诗中只用"驮金买花"一句一笔带过，而诗的重点在于写"赏花"，写花之易落，荣华之易衰，种种艺术意想，总从"赏花"生发，浑然一体，诗意自比白、柳更拓展深进，表述也比白、柳更含蓄蕴藉。

李凭箜篌引

吴丝蜀桐张高秋，01
空山凝云颓不流。02
江娥啼竹素女愁，03
李凭中国弹箜篌。04
昆山玉碎凤凰叫，05
芙蓉泣露香兰笑。
十二门前融冷光，06
二十三丝动紫皇。07
女娲炼石补天处，08
石破天惊逗秋雨。
梦入神山教神妪，09
老鱼跳波瘦蛟舞。10

注·释

● *01* · 吴丝蜀桐：用吴地所产的丝和蜀地所产的桐木为制作箜篌的材料。

● *02* · 凝云颓不流：空中行云被箜篌声吸引住，凝聚在一起，不再流动，此句暗用《列子·汤问》所记古代歌唱家秦青“抚节悲歌，声振林木，响遏行云”的典故。

● *03* · 江娥啼竹：湘妃闻帝舜死而悲啼，泪洒湘竹，竹上尽是斑痕，事见《博物志》。素女：传说中善按瑟的神女，见《史记·封禅书》。

● *04* · 中国：京城，《诗经·大雅·民劳》：“惠此中国，以绥四方。”《毛传》云：“中国，京师也。”

● *05* · 昆山玉：古代神话中，昆仑山西有玉山，产玉石。

● *06* · 十二门：唐长安城每面三门，共十二门。

● *07* · 二十三丝：指竖箜篌，有二十三根弦。紫皇：又名玉帝，道家所谓的天帝，此借指唐代皇帝。

● *08* · 炼石补天：传说女娲炼五色石，以补苍天，见《淮南子·览冥训》。

● *09* · 神妪（yù）：神女，据《搜神记》记载，有神妪名成夫人，善弹箜篌。

● *10* · 鱼跳、蛟舞：暗用《列子·汤问》所载“瓠巴鼓琴而鸟舞鱼跃”之典。

[11] 吴质：三国时人，字季重，知音乐，与曹丕、曹植有交往，曹丕有《与吴质书》，吴质有《与东阿王书》。明何孟春《余冬序录》卷四八，推测李贺诗中的吴质，当是"名刚字质"，纯系臆测。

吴质不眠倚桂树，[11]
露脚斜飞湿寒兔。

品·评

李凭是中唐时代著名的御前乐师，善弹箜篌，杨巨源《听李凭弹箜篌歌》："名高半在御筵前。"本诗当是李贺在长安供职时听李凭弹奏箜篌，有感而作。和李贺同时代的诗人顾况、杨巨源都有听李凭弹箜篌的诗篇。

全诗十四句，从用韵的变化看，可以分为两个诗段。前八句为第一段，先押平声十一尤韵，后换去声十八啸韵，再换平声七阳韵，平仄韵交叉使用。前四句，叙写李凭在京城弹奏箜篌，时当高秋，箜篌声激越响亮，响遏行云，连湘娥、素女听到后都为之感动。接着诗人用"昆山玉碎""凤凰叫""芙蓉泣露""香兰笑"四种生动的比喻，形容箜篌声之圆润、清脆、优美、激越，箜篌的音响，使京师的气候都变得温暖，皇帝也为之动容。以上八句诗，具体描绘李凭弹奏箜篌的过程和形容箜篌声响之优美。

“女娲炼石”以下六句，为第二诗段，上声六语、七麌韵、去声七遇韵通押，句句押韵，近乎柏梁体。诗句转而表现李凭弹奏箜篌所产生的艺术效果。先写乐声突变，犹如女娲炼石补天，引发一场秋雨，又仿佛梦入仙山，教神女弹奏，连老鱼、瘦蛟也感动得跳出水面，舞动起来，形容箜篌声之精妙，竟使神仙、异类都为之惊动，真有“惊风雨、泣鬼神”之神效。精通音乐的吴质，听箜篌出了神，静静地斜倚在月中的桂树下，彻夜不眠。用箜篌声惊人的艺术效果，暗示出音乐之美。无名氏评本诗云：“一结正尔蕴藉无限。”(《于嘉刻本》) 所评尚未得要领。

这首描写音乐的诗，富有诗情画意，它用超人的艺术手腕，捕捉并再现了李凭弹箜篌的音乐美，出色地反映出李凭精湛的演奏艺术。诗人运用多种艺术手法，传神地表现出抽象的、不可捉摸的音乐形象。首先，他以声拟声，借昆山玉碎、凤凰鸣叫这些自然界的声响，将箜篌声的圆润清脆，惟妙惟肖地传达出来。其次，他运用“通感”手法，沟通视觉与听觉，使乐声形象化，写出“老鱼跳波”“瘦蛟舞”的诗歌意象。再次，他还运用曲喻手法，由荷花的晨露联想起泪水，又由泪水联想到哭泣，将哭泣声比拟幽咽的箜篌声；由香兰盛开联想到女子的笑容，又由笑容联想到女子的笑声，将笑声比拟清美的箜篌声，因而写下“芙蓉泣露香兰笑”的名句。至于他借助于箜篌所产生的艺术效果来暗示李凭弹奏艺术之高，音乐声之美，例子更多。清人方扶南说：“白香山‘江上琵琶’，韩退之‘颖师琴’，李长吉‘李凭箜篌’，皆摹写声音之至文，韩足以惊天，李足以泣鬼，白足以移人。”(《方批》卷一) 方氏将本诗与白居易的《琵琶行》、韩愈的《听颖师弹琴》相提并论，说是唐代描写音乐最好的诗，真是不刊之言，足以流传千古。

听颖师弹琴歌 01

别浦云归桂花渚，
蜀国弦中双凤语。02
芙蓉叶落秋鸾离，
越王夜起游天姥。03
暗佩清臣敲水玉，04
渡海蛾眉牵白鹿。05
谁看挟剑赴长桥，06
谁看浸发题春竹。07
竺僧前立当吾门，08
梵宫真相眉棱尊。09
古琴大轸长八尺，10
峄阳老树非桐孙。11
凉馆闻弦惊病客，
药囊暂别龙须席。12

注·释

● *01* · 颖师：善弹古琴的僧人。

● *02* · 蜀国弦：指古琴，用蜀地生产之桐材、弦制成。双凤语：琴声如双凤和鸣。

● *03* · 天姥：天姥山，唐时属越州，在今浙江新昌。

● *04* · 暗佩：不露于外的佩玉。清臣：志行清廉之臣子。水玉：水晶。

● *05* ·"渡海"句：其事未详。

● *06* ·"谁看"句：用周处长桥刺蛟的故事，见祖台之《志怪》。

● *07* · 浸发：古代书画家有以发濡墨而作画题字者，如《宣和画谱》："(张)旭喜酒，叫呼狂走方落笔，一日酣醉，以发濡墨，作大字，既醒视之，自以为神，不可复得。"

● *08* · 竺僧：指颖师，因佛教出于印度天竺，故云。

● *09* · 梵宫真相：佛殿中罗汉的貌相，此状颖师。眉棱尊：眉角分明，很有威势。

● *10* · 轸：琴上转弦的小柱。

● *11* · 峄阳：山东峄山之阳。

● *12* · 龙须席：以龙须草织成的席。

请歌直请卿相歌，

奉礼官卑复何益。

品·评

李贺《听颖师弹琴歌》与《李凭箜篌引》都是描写音乐之篇章，同臻其妙，不啻为姐妹篇。方扶南对李贺外集中的许多诗，定为“伪作”，唯本诗评曰“真本无疑”(《方批》集外诗)。结句云“奉礼官卑复何益”，则本诗当作于长安任职时。韩愈也有一首《听颖师弹琴》诗，但不作于同时。

诗的前八句描写琴声。曾益说：“凡琴韵贵幽而和，然不终和，或时而凄，不终幽，或时而高，时清时远，或怒而疾，似断而复续，斯绝调也。上八语，真是如此形容竺僧颖师前立当门请歌意。”(《诗解》卷四）李贺此诗，正是将颖师弹奏古琴之绝调传神地摹写出来，成为音乐诗之绝调。开端“别浦云归桂花渚”句，形容琴声之悠缓。“蜀国弦中双凤语”句，状琴声如双凤之和鸣，若嵇康《琴赋》:“鸾凤和鸣戏云中。”“芙蓉叶落秋鸾离”句，形容琴声之凄切。“越王夜起游天姥”句，状琴声之高卓，若嵇康《琴赋》:“翼若游鸿翔曾崖。”姚文燮评曰：“声之飘渺凌空，如越王夜游天姥。”“暗佩清臣敲水玉”句，形容琴声之清远，“渡海蛾眉牵白鹿”句，状琴声之缥缈。“谁看挟剑赴长桥”句，形容琴声之雄武激越，若嵇康《琴赋》:“时劫掎以慷慨。”“谁看浸发题春竹”句，状琴声之淋漓酣畅。以上八句诗，摹写琴声入神，或以声拟声，如“蜀国”句，以双凤和鸣比拟琴声；“芙蓉”句，以离鸾之凄切，比拟琴声；“暗佩”句，以敲玉之清润声，比拟琴声。或以视觉挪移听觉，如“别浦”句，以云归桂渚之纡徐，状琴声之悠缓；“渡海”句，以仙女牵鹿渡海之悠闲，状琴声之缥缈；如“挟剑赴长桥”句，以壮士之英勇刺蛟，状琴声之雄壮；如“浸发题春竹”句，以书家濡墨挥洒之动态，状琴声之淋漓酣畅，沟通视觉与听觉之感受，摹写抽象之琴音，形容琴声之起伏抑扬，纵横变态，不主故常，得琴声之高妙。叶矫然对本诗作出了很高的评价：“唐人听琴、听琵琶诗，如右丞之于董大，昌黎、昌谷之于颖师，奇语叠出，仿佛尽致，后人莫臻其妙。”(《龙性堂诗话初集》)

“竺僧前立当吾门”以下八句，黎简批曰：“竺僧以下追叙法，可观。”(《黎批黄评》集外诗）诗篇先描摹音乐声，再倒叙竺僧来访，描写古琴形制，造成全诗突兀之起势，力避平板之弊，足见长吉极重视诗作之章法。“闻弦惊病客”“药囊暂别龙须席”，琴声使病人精神振奋，抛弃药囊，通过“霍然病已”的艺术效果，显示琴声之高妙。最后两句，描写颖师以琴艺干谒长安之公卿、名人，请人作歌赞美，冀以增高自己之声誉。诗人说，该请卿相大臣作歌，请我这个奉礼卑官写诗，又有什么益处呢？这并不是讽刺颖师，长吉以官卑谦让，趁机发发牢骚，明己不遇之意。

汉唐姬饮酒歌[01]

御服沾霜露，[02] 天衢长蓁棘。[03]
金隐秋尘姿，[04] 无人为带饰。
玉堂歌声寝，[05] 芳林烟树隔。[06]
云阳台上歌，[07] 鬼哭复何益。
仗剑明秋水，凶威屡胁逼。
强枭噬母心，[08] 奔厉索人魄。[09]
相看两相泣，泪下如波激。
宁用清酒为，欲作黄泉客。[10]
不说玉山颓，[11] 且无饮中色。
勉从天帝诉，天上寡沉厄。[12]

注·释

● *01*·唐姬：东汉少帝刘辩之妃姬。少帝被董卓废为弘农王后，卓命李儒鸩杀之，王与唐姬诀别，悲歌曰："天道易兮我何艰，弃万乘兮退守藩。逆臣见逼兮命不延，逝将去汝兮适幽玄。"姬抗袖而歌曰："皇天崩兮后土颓，身为帝兮命夭摧。死生异路兮从此乖，奈我茕独兮心中哀。"少帝死后，姬被遣归乡里，誓不再嫁。事见《后汉书·皇后纪》。

● *02*·御服：帝王服装。沾霜露：喻刘辩失位。

● *03*·天衢：宫中道路。

● *04*·"金隐"句：喻刘辩失位如精金蒙尘，隐没无光色。

● *05*·玉堂：汉代洛阳宫殿名。寝：息。

● *06*·芳林：芳林园，在洛阳。

● *07*·云阳台：一名通天台，在云阳甘泉宫。《汉武故事》："钩弋夫人既殡……上乃起通天台于甘泉。"本诗借指董卓逼死少帝的地方。

● *08*·枭（xiāo）：凶猛的飞禽，传说它长大后啄去母鸟双目飞去。见张华《禽经注》。

● *09*·厉：恶鬼。

● *10*·黄泉客：葬于地下的死人。

● *11*·玉山颓：喝醉酒后身体斜倒貌，语出《世说新语·容止》。

● *12*·沉厄：沉沦危厄。

● *13* • 穗帷：灵座前的帷幔。

● *14* • 团团：绕行不安貌。

● *15* • 矜持：庄重地持守。昭阳意：后妃的心意。全句意谓固守帝妃的身份，不肯改嫁。

无处张穗帷，[13] 如何望松柏。

妾身昼团团，[14] 君魂夜寂寂。

蛾眉自觉长，颈粉谁怜白。

矜持昭阳意，[15] 不肯看南陌。

品·评

李贺集中，最费解的诗，便是这首《汉唐姬饮酒歌》，而最能体现长吉“奇诡”诗风和“独辟蹊径”创作精神的，也就是这首诗。方扶南定此诗为伪作，并曰：“伪在粗疏。”（《方批》卷四）其实，此诗并不粗疏，亦非伪作，长久以来被诗论家关注。陈本礼《协律钩玄》卷五引何焯评：“此赋其事。”其事，即董卓弑少帝事。姚文燮则云：“贺偶作此以吊之。”（《昌谷集注》集外诗）何、姚两氏之简论，无法帮助人们理解题旨。近人钱仲联先生《李贺年谱会笺》说：“此诗是借东汉少帝刘辩被董卓废立而死之事，影射永贞宫廷政变。”首次揭出李贺《汉唐姬饮酒歌》的题旨。笔者很赞同，并曾作《顺宗崩驾疑案新探》（载《唐音质疑录》），以证成钱氏此说。

中唐时代顺宗李诵突然崩驾，遂成千古宫掖秘事，史书中固然找不到答案，就连韩愈的《顺宗实录》，根本没有提及此事。幸赖近代章士钊、陈寅恪、卞孝萱等先生钩稽文史资料，揭橥顺宗被弑之隐事，凿凿有据。刘禹锡《子刘子自传》：“宫掖事秘，而建桓立顺，功归贵臣。”他用东汉贵戚梁冀杀质帝立桓帝、东汉宦官孙程等人立顺帝的故事，暗示顺宗被弑的密事。柳宗元《晋文公问守原议》，倡言“不宜谋及媟近”，借《春秋》记赵盾、许世子止弑其君的事，借《春秋》大义，点出永贞时代臣弑君、子弑父的现实。被王叔文推荐为“拾遗”的李谅，在元和六年（811）写成的《续玄怪录》“辛公平上仙”条，借传奇体式以记唐帝王被弑的事实，文中有“秘不敢泄，更数月，方有攀髯之泣”，画龙点睛地说明唐宫中这一场杀戮是秘密地进行的。宫闱虽秘，总得外传，顺宗崩驾疑案，在当代人的文字里，尤其是那些与顺宗李诵有密切关系的文人作品里，或多或少，或明或暗，从各个不同侧面反映出来。刘、柳、李的作品是这样，李贺的《汉唐姬饮酒歌》也是这样。

《汉唐姬饮酒歌》咏汉代董卓废弑少帝的故事，诗人绝非发思古之幽情，实际上他“寓今托古，比物征事”，借汉少帝被弑一事，摅写自己在现实生活中所激发的愤懑感情。全诗可分为三个段落。首句至“奔厉索人魄”十二句为第一段，叙少帝失位后的艰难处境和董卓派人威逼少帝的凶相。开端两句，用汉代伍被谏淮南王的话：“今臣亦将见宫中生荆棘，露沾衣也。”（见《汉书·伍被传》）御服沾露，喻帝位已失；天衢长棘，喻国是多艰。“金隐秋尘姿”两句，写刘辩像精金被灰尘蒙蔽，无人为他束带妆饰。“玉堂歌声寝”两句，说玉堂殿里歌声消歇，芳林园里的花木再也不能观赏。“云阳台上歌”两句，说只能在阁上和唐姬对歌，徒然悲泣。“仗剑明秋水”以下四句，写李儒仗剑威逼少帝饮鸩，直如啄母目之枭鸟，索魂之恶鬼，描写生动形象，分明是一幅董卓、李儒威逼少帝的历史图画。其中最耐人寻味的诗句是“强枭噬母心”。《说文解字》：“枭，不孝鸟是也。”张华《禽经注》：“枭在巢，母哺之，羽翼成，啄母目翔去也。”董卓、李儒杀害少帝，有不臣之心，与“孝”无关涉。这里，长吉故意逗漏以汉喻唐、以少帝喻顺宗的消息。顺宗崩驾，实为宪宗、宦官、贵族官僚集团相互勾结、摧残政治革新的牺牲品。“强枭”句，指宪宗，斥其不孝之心；“奔厉”句，指宦官、贵族官僚集团，斥其不臣之心。作如是观，《汉唐姬饮酒歌》的前后诗意，才豁然贯通。

“相看两相泣”以下八句，叙写少帝与唐姬的诀别，说两人相对痛哭，泪下如波，顷刻间要成为地下之鬼，又何必用清酒以邀欢，不用说喝得酩酊大醉，就连脸面也没有红一下。死后且向天帝申诉人间的冤屈和黑暗，天堂光明美满，很少沉沦危厄。以上诗意，都用少帝的语气说出，表现他“不必酒，死即死耳”（黎简语，见《黎批黄评》卷四）、但求速死的愤怒意。

“无处张穗帷”以下八句，叙写少帝死后唐姬的处境和心志，用唐姬的口吻说出。少帝死后，不许张设穗帷，无处望墓上松柏，我无法祭奠你。唐姬又说，你的灵魂长夜寂寞，我终日绕行不安，蛾眉徒然长，粉颈徒然白，又有谁爱怜我呢？只有固守着帝妃的身份，誓不改嫁。这一诗段，咏唐姬于少帝死后的心绪，借喻唐顺宗即位后进行政治改革的得力助手牛美人，表达诗人对这位历史人物的同情和赞颂。从这个艺术形象上，“矜持昭阳意，不肯看南陌”的诗意中，人们似乎看到了永贞革新时代进步政治家的不改初衷，坚持理想的精神，这种精神在柳宗元、刘禹锡身上表现得尤为突出。

永贞宫廷事变发生时，李贺年岁尚轻，身处僻壤，难以知闻。京城任职三年内，密友杨敬之、王参元均与柳宗元有交往，对其事或有所闻。作为“唐诸王孙”，他激于义愤，不敢言又不能不言，不能不言又不敢明言，于是他便探寻前事，以汉喻唐，独辟蹊径，“比物征事”，写成这首《汉唐姬饮酒歌》，采用离奇的构想、隐晦的言辞、曲折的表现技巧以避文网，从而形成本诗“奇诡”的艺术风貌，容人们去寻索、去深思。

苦昼短

飞光飞光，[01] 劝尔一杯酒。[02]
吾不识青天高，黄地厚。[03]
惟见月寒日暖，来煎人寿。
食熊则肥，食蛙则瘦。
神君何在，[04] 太乙安有。[05]
天东有若木，[06] 下置衔烛龙，[07]
吾将斩龙足，嚼龙肉。
使之朝不得回，夜不得伏。[08]

注·释

● *01* • 飞光：飞逝的时光，语出沈约《宿东园》："飞光忽我道，宁止岁云暮。"

● *02* • 劝尔一杯酒：《世说新语·雅量》载，晋太元末，彗星见，孝武帝恶之。"夜，华林园中饮酒，举杯曰：'长星，劝尔一杯酒，自古何时有万岁天子。'"

● *03* • "吾不识"二句：语出《荀子·劝学》："故不登高山，不知天之高也；不临深渊，不知地之厚也。"诗人自谦阅历不广。

● *04* • 神君：天神。

● *05* • 太乙：天神中地位最高的神祇。《史记·封禅书》："天神贵者太乙。"

● *06* • 若木：神树，屈原《离骚》："折若木以拂日兮。"一说，若木在西极，日没处。

● *07* • 衔烛龙：传说中的神龙，口衔烛，照亮无日之国，王逸《楚辞章句》："言天之西北有幽冥无日之国，有龙衔烛而留照之。"

● *08* • "吾将"四句：指驭日行天之六龙，既斩之，嚼之，太阳朝不能运行于天，夜不能躲藏，永照长空，时光永驻。

●*09*·服黄金、吞白玉：古代方士以为服金者，寿如金；服玉者，寿如玉。说见《抱朴子·仙药》。

●*10*·任公子：传说中骑驴升天成仙的人。

●*11*·刘彻：汉武帝。茂陵：武帝死后葬入茂陵。滞骨：遗骨。即《汉武帝内传》所谓“骨无津液”。

●*12*·嬴政：秦始皇。梓棺：梓木棺材。鲍鱼：盐渍鱼，其味腥臭。秦始皇死于外巡途中，丞相李斯为防止有人乘机作乱，乃秘不发丧，将腌鱼置于辒车上，以掩盖尸臭。事见《史记·秦始皇本纪》。

自然老者不死，少者不哭。
何为服黄金，吞白玉。[09]
谁是任公子，[10] 云中骑白驴。
刘彻茂陵多滞骨，[11]
嬴政梓棺费鲍鱼。[12]

品·评

中唐时代，迷信神仙、追求长生不老的风气，在贵族统治集团里迷漫着，唐宪宗正是这些人的代表。本诗作于元和五年（810）。八月，唐宪宗问宰相李藩神仙之事，李藩以神仙虚妄不可信为对，《旧唐书》卷十四云：“八月……上顾谓宰臣曰：‘神仙之事信乎？’李藩对曰：‘神仙之说，出于道家；所宗老子五千文为本。老子指归，与经无异。后代好怪之流，假托老子神仙之说。故秦始皇遣方士载男女入海求仙，汉武帝嫁女与方士求不死药，二主受惑，卒无所得。’”李贺继承了荀况“天行有常”之思想，用朴素唯物主义理念，揭露并抨击了当时崇尚神仙迷信的愚妄行径，写出了一系列的诗篇，如《日出行》《古悠悠行》

《仙人》《拂舞歌辞》等，《苦昼短》可说是比较具有代表意义的一篇作品。

本诗句式长短不齐，用韵迭变，然细细寻绎，按换韵处即换意处的规律，可以将本诗分为三段。第一段十句，“酒”“厚”“寿”“瘦”“有”，叶上声二十五有韵，概写时光易逝，人不能长生不老。诗人突发奇想，以“飞光”发端，用拟人手法，向飞逝的时光呼唤、劝酒，要飞光听我陈说，引发出以下大段诗意。长吉先说我阅历不广，只知昼则暖，夜则寒，消磨人的年寿，食熊的人则肥，食蛙的人则瘦，这一切都是自然规律。这一层诗意很重要，诚如陈愫所说：“唯见二字在食蛙则瘦止，此是奉礼主意所在。”（《昌谷集句解定本》引）人世间一切都按自然规律运行，天上哪里有什么“神君”“太乙”，他们不可能保佑人长生不老。

第二段十句，“木”“足”“肉”“伏”“哭”“玉”，换叶入声，一屋、二沃韵通押。诗人用惊人的艺术想象，说我将斩断衔烛龙之足，食其肉，让太阳永驻长空，老者不死，少者不老，用不到服食黄金、白玉。这是正意反说，因为时光流逝，四时变化，生老病死，都是客观规律，不可改变。诗人如此下笔，正好反常合道，从反面凸显主意。

最后一段四句，“驴”“鱼”，换叶上平声六鱼韵，诗人说天上哪有什么“云中骑白驴”的任公子；企求长生的汉武帝，也像常人一样死去，葬入茂陵；求仙问道的秦始皇，死后遗体发臭，用鲍鱼掩护尸臭。四句收结全诗，言仙道渺茫，秦皇汉武也徒劳无益，与上文“主意”相照应，发人深省。

本诗总言“光阴易逝，人寿难延，世无回天之能，即学仙事属虚无，秦汉之君可征也”（《删补唐诗选脉笺释会通评林·中唐七古下》引周珽语）。题旨自然是针对醉心于求仙长生的唐宪宗而发的。姚文燮说：“宪宗好神仙，贺作此以讽之。”（《昌谷集注》卷三）董伯英也说：“此讽宪宗作。”（《协律钩玄》卷三引）本诗讽刺唐宪宗，已成为大家的共识。李贺此诗想象奇纵，语意警策、精辟，句法多变，“错综变化，想奇，笔奇，无一字不可夺鬼工”（周珽评语）。实在是一篇不可多得的好诗。

绿章封事

为吴道士夜醮作[01]

青霓扣额呼宫神，[02]
鸿龙玉狗开天门。[03]
石榴花发满溪津，
溪女洗花染白云。[04]
绿章封事谘元父，[05]
六街马蹄浩无主。[06]
虚空风气不清冷，
短衣小冠作尘土。[07]

注·释

● *01* · 绿章封事：道士祭天时所用的祷词，用朱字写于绿纸上，故云“绿章”，又名“青词”。李肇《唐国史补》：“凡太清宫道观荐告词文，用青藤纸朱字，谓之青词。”封事，封住袋口，防止泄露内容。夜醮：道士于夜晚设坛祭告天帝、列宿，称为“夜醮”，俗语叫“打醮”。

● *02* · 青霓：画着云霓的青色道袍，这里代指穿着道袍的道士。扣额：叩头。

● *03* · 鸿龙玉狗：传说中守天门的神。

● *04* · 溪女：道家女神。杨伦《杜诗镜铨》注杜甫《朝献太清宫赋》“溪女捧盘而盥漱”句云：“溪女，道书有十二溪女，皆阴神。”

● *05* · 谘（zī）元父：祷告天帝。

● *06* · 六街：长安城中有左右六街。浩无主：马蹄纷来沓至，毫无拘束。

● *07* · 短衣小冠：指贫困的平民百姓。

●*08*·金家：汉代金日磾是匈奴休屠王太子，于武帝时归顺汉朝，七代为皇帝近臣，十分显贵。本诗借指唐代出生于少数民族的达官贵人。香弄：华贵的里弄。

●*09*·扬雄：汉代文学家、哲学家，字子云，仅任执戟郎，一生不得志。

●*10*·汉戟：古人为死者招魂，用其生时熟识之物。扬雄曾任执戟郎，故用汉戟以招“书魂”。

●*11*·蒿里：墓地。

金家香弄千轮鸣，*08*

扬雄秋室无俗声。*09*

愿携汉戟招书鬼，*10*

休令恨骨填蒿里。*11*

品·评

李唐王朝崇尚道教，因此，社会上打醮求神、“祈福消祸”之举，风靡一时。李贺对此极为不满，因此借着吴道士设坛夜间打醮为由头，发表一番慨叹。一看“六街马蹄浩无主”的诗句，便知本诗写于诗人供职长安期间，但具体写作年月，无法确知。

长吉驰骋艺术想象，描写吴道士身着青霓袍，腾飞入太空，频呼宫神，叩开天门，天上出现一片彩云，犹如道家女神用石榴花染成。次四句，述封事中奏告元父的话，说都城里人马嘈杂，气候炎热，空气很不清冷，贫穷的人化作尘土。再次四句，是诗人对吴道士说的话，希望他将人间的不平，附奏给天帝。诗人说，权贵富家的宅前车马盈门，依然热闹；落拓的扬雄书室里，听不到世俗的交际声。徐渭说：“鸣与声对，一贵一贱。”（陈弘治《校释》卷一引）写出人间之枯荣不等。权贵富家，享尽荣华，染病而死，可以无恨；但寒士负才而死，将抱恨于九泉之下，所以诗人希望吴道士能携汉戟招魂，毋使寒士之恨骨长埋坟地。

诗人明知道士祈祷是虚妄的行为，不过是随感而发，揭示出京城炎热疠疾作祟、百姓遭殃的情状，也反映出寒士的遭际。吴正子注本诗云：“长吉因道流奏章而言及此，岂无意哉？以扬雄自况，而言己之迍贱可悲也。”（《吴注刘评》卷一）黄淳耀也说：“结意自伤。”（《黎批黄评》卷一）诗人将扬雄比况自己，诗思归结到“寒士”身上，最终表达的是感士不遇的普遍主题。

神弦

注·释

● *01* · 咚咚：鼓声。

● *02* · 纸钱：烧给鬼神使用的钱。唐封演《封氏闻见录》称，送葬用纸钱，从魏晋时开始。现在从王公至于庶民，通行纸钱葬时焚化。窸窣（xī sū）：轻微细碎的声响。飚风：神鬼降时带来的旋风。

● *03* · 相思木：用相思木制成的琵琶。帖金舞鸾：琵琶上贴着金色的舞鸾图案。

● *04* · 攒蛾：紧皱双眉。喋：多话。

● *05* · 歆（xīn）：鬼神享用杯盘中的祭品。

● *06* · 山魅：山之精怪，即山鬼。

● *07* · 终南：山名，在长安之南。平湾：山凹处。

女巫浇酒云满空，
玉炉炭火香咚咚。[01]
海神山鬼来座中，
纸钱窸窣鸣飚风。[02]
相思木帖金舞鸾，[03]
攒蛾一喋重一弹。[04]
呼星召鬼歆杯盘，[05]
山魅食时人森寒。[06]
终南日色低平湾，[07]
神兮长在有无间。

●08• 师：巫师。更颜：变换脸色。

神嗔神喜师更颜，08

送神万骑还青山。

品·评 中唐时代，帝王迷信神仙，追求长生，此风渐渐浸及贵族官僚集团，甚至影响到民间，社会上迷信神仙、崇尚巫风，盛行一时。李贺对此深恶痛绝，他写了三首《神弦曲》（即《神弦曲》《神弦》《神弦别曲》）。《神弦曲》本是祭祀神祇、弦歌以娱神之曲，李贺则用以反映秦地尚巫之民俗。黄淳耀说："以下三首，并是写秦俗尚巫。"（《黎批黄评》卷四）《神弦》是三曲中的一首，用来描写当时的祭神场面以及表现诗人反对神仙迷信的思想。诗中有"终南日色低平湾，神兮长在有无间"句，知此诗写于长安。

本诗的用韵特点，引人注目。长吉效法汉代"柏梁体"句句用平声韵的方法，写成本诗。细析之，诗的前四句，押一东韵，中四句押十四寒，后四句押十五删韵，暗中将诗意分成三层。"女巫浇酒云满空"以下四句，写迎神，说女巫浇酒焚香，击鼓迎神，神驾着满空的云降临，海神、山鬼纷纷来到座中，只见飔风吹得纸钱窸窣作响。其实座中本无海神、山鬼，只有女巫在装神弄鬼。四句写得阴森可怕，无名氏评曰："起四句寒飒过人，直令毛发森直。"（《于嘉刻本》）"相思木帖金舞鸾"以下四句，写神鬼享用祭品。女巫弹起琵琶，每弹一曲，便喋喋不休地唱曲念词，她呼星召鬼，享用着杯盘中的祭品，令人毛发森寒。"终南日色低平湾"以下四句，写送神。到了终南山日落的时候，女巫又说神率领随从纷纷归去，神在"有无间"，神的喜怒全在女巫的脸色变化中表现出来，大家便送神还归青山。无名氏说："'有无间'，妙；'师更颜'，更妙。"（《于嘉刻本》）说得真好。实际上，神鬼根本不存在，他们也不可能来"歆杯盘"，全由女巫喋喋不休说唱出来，诗人用"有无间"三字概言之；女巫一忽儿弹，一忽儿唱，一忽儿喜，一忽儿嗔，神鬼的嗔与喜，全在女巫的脸上表现出来，诗人用"师更颜"三字概言之。全诗"斥女巫"之主旨，便在诗的结穴处显明出来。

长吉生动地描绘女巫迎神、装神、送神的喜剧性场面，读此诗，令人神意索寒，"如在古祠幽黯之中，亲睹巫觋赛神之状"（刘辰翁语，见《吴注刘评》卷四）。诗人把日常生活中那些"不合理、可爱、可鄙，甚至于可恶"（鲁迅语，见《且介亭杂文二集》）的现象，加以表现和揭露，形象地告诉人们：海神、山鬼、星宿、魑魅这类神鬼仙怪，都是巫婆假装出来骗人的，指斥女巫之诡诈，愚俗惑巫，荒忽难信。方扶南指出本诗与前首（按，指《神弦曲》）义同，"然此所言巫之罔人，与人之为巫所罔者加甚"。诗人的反对神仙迷信、巫风恶习的思想，就体现在女巫之骗人与人之为女巫所骗的深刻揭露之中，意寓于象，给人留下深刻的印象。

杨生青花紫石砚歌 01

端州石工巧如神，02
踏天磨刀割紫云。03
佣刓抱水含满唇，04
暗洒苌弘冷血痕。05
纱帷昼暖墨花春，
轻沤漂沫松麝薰。06
干腻薄重立脚匀，07
数寸光秋无日昏。
圆毫促点声静新，08
孔砚宽顽何足云。09

注·释

● *01* · 青花紫石砚：青花紫色的端砚，是唐代最为名贵的砚台。花，又称“眼”，是石砚上天然的花葩状的斑纹。叶樾《端溪砚谱》：“盖自唐以来，便以青眼为上。”

● *02* · 端州：治所在高要县（今广东肇庆）。

● *03* · 踏天：石工登山取石，故云。紫云：紫色砚石，远望如云。

● *04* · 佣：均匀。刓（wán）：削物成圆形。唇：砚台贮水处的边缘。

● *05* · 苌弘冷血痕：语出《庄子·外物》：“苌弘死于蜀，藏其血，三年而化为碧。”这里形容砚中的青花。

● *06* · 沤、沫：细小的泡沫。松麝薰：墨所含的松烟和龙麝的香味。李白《酬张司马赠墨》：“上党碧松烟，夷陵丹砂末。兰麝凝珍墨，精光乃堪掇。”

● *07* · 立脚匀：墨蘸在笔毫上，细腻匀称。

● *08* · 促点：蘸墨的动作。

● *09* · 孔砚：《初学记》引伍辑之《从征记》云：孔庙中有一方孔子用过之石砚。宽顽：宽大古朴。顽，姚笺本、《全唐诗》云：“一作硕。”

品·评

李贺《杨生青花紫石砚歌》诗，前代评注家均未诠明“杨生”为谁？钱仲联先生《李贺年谱会笺》说：

> 贺集卷三有《杨生青花紫石砚歌》，可能为敬之作。
>
> 贺交游不广，与敬之交密，而集中所载与贺有关之杨姓，惟此杨生一人，故其人可能即敬之。

笔者以为这个推测是很恰当的，因为李贺与杨敬之是密友，李商隐《李长吉小传》："所与游者，王参元、杨敬之、权璩、崔植辈为密。""（诗成，）王、杨辈时复来探取写去。"杨敬之是杨凌的儿子，元和二年（807）进士及第后，任左卫骑曹参军，居长安，李贺与之交密，正在任职长安时。按唐人惯例，对关系亲密之人，则称"生"或"子"，也有以行第相称者，韩愈称杨敬之为"杨子"，见韩愈《答杨子书》，刘禹锡称杨敬之为"杨八""杨生"，见刘禹锡《答杨八敬之绝句》，题注："杨生时亦谪居。"李贺与杨敬之过往甚密，出入各自家门，敬之可以随意从诗囊中"探取"李贺诗，李贺在杨家可以观赏到家传的青花紫石砚，因而作诗歌咏之，自在情理之中。本诗当作于诗人在长安任奉礼郎这段时间内。

这是一首咏物诗，咏杨生家的紫石砚，李肇《唐国史补》："端溪紫石砚，天下无贵贱通用之。"可见唐人很看重端溪的紫石砚。诗发唱惊挺，意象奇特新颖，"端州石工巧如神，踏天磨刀割紫云"。咏砚而先从石工锲入，他们采石艰辛，技艺高超，要爬上山崖顶去凿取紫色砚石。苏易简《文房四谱·砚谱》："（端溪）山中石其色青，山半石其色紫，山绝顶者尤润。"赞石工技巧神妙，实为赞砚中精品青花紫石砚张本。"佣刓抱水含满唇"以下八句，直接描写杨生的紫石砚，从形貌、石质、功用多个层面，极力摹写、形容、赞颂此砚。先从形貌上着笔，说它被石工均匀地磨琢成砚台，贮水处可以贮满清水，砚中的青花，好像苌弘洒下的血痕。再从石质、功用上着意描写，说在砚上轻轻地磨墨，散发出松烟、龙麝的香味，纱帷前、白昼暖，墨香增添了室内的春意，诗句写端砚石质细润、发墨的妙处；又说端砚磨出的墨，蘸在笔上墨脚细腻匀净，用笔在端砚上蘸墨，声音细静，它的色泽如秋光一样皎洁，仍写端砚发墨之妙，凸显它精善的功用。最后一句，用古朴之孔砚，反衬杨生端砚之精巧，也总收上文赞颂此砚的诗意。刘禹锡有《唐秀才赠端州紫石砚以诗答之》："端州石砚人间重，赠我应知正草玄。阙里庙中空旧物，门方灶下岂天然。"无独有偶，刘禹锡也是以端砚与孔砚对举，反衬端溪之天然精巧。

这首诗咏杨生之青花紫石砚，摹写其形貌、石质、功用，即尽砚之状，又得砚之神理，受到许多诗论家的称许，方扶南曰："李长吉之长，真能状难写之景，如在目前。"（《方批》卷三）董伯英说："读此诗，知长吉体物精深，非奚囊中所可拾得者。诸砚诗皆不及。"（《协律钩玄》引）因李贺一诗，遂使杨敬之此砚，名传千古。

春坊正字剑子歌 01

先辈匣中三尺水，02
曾入吴潭斩龙子。03
隙月斜明刮露寒，04
练带平铺吹不起。05
蛟胎皮老蒺藜刺，06
鹔鹈淬花白鹇尾。07
直是荆轲一片心，08
莫教照见春坊字。
挼丝团金县䍡㩻，09
神光欲截蓝田玉。10

注·释

● *01*·春坊正字：为东宫内掌校正经书文字的官员，唐代设太子左、右春坊，左春坊司经局有正字二人。

● *02*·先辈：唐代举子对已经及第者的尊称，李贺未及第，故云。三尺水：剑长三尺，光如水。

● *03*·吴潭斩龙子：传说晋代周处曾在义兴（今江苏宜兴）长桥下，以剑斩蛟为民除害，事见《世说新语·自新》。

● *04*·隙月：从云隙中斜射下来的月光。

● *05*·练带：白色的绢带，比喻剑光。

● *06*·蛟胎：用鲨鱼皮制成的剑鞘。蛟，通鲛，鲨鱼。蒺藜：植物名，果实皮上有刺，这里形容鲨鱼皮剑鞘。

● *07*·鹔鹈：水鸟名，其膏可以淬刀剑，使之不生锈。淬：淬火，将铸件烧红后，浸入水中，使之坚硬。白鹇：鸟名，雄鸟有白色长尾羽。

● *08*·荆轲：战国时卫人，曾为燕太子丹谋刺秦王，未遂被杀，事见《史记·刺客列传》。

● *09*·挼丝团金：搓丝为络，用金丝裹扎成团形穗子。䍡㩻（lù sù）：剑柄丝络下垂的样子。

● *10*·神光：神异的光芒。截：截断，宝剑切玉如泥。蓝田玉：长安附近蓝田县，出产美玉。

● *11* · 西方白帝：古代神话中的西方之神。

● *12* · 嗷嗷：哀鸣声。鬼母秋郊哭：《史记·高祖本纪》载，刘邦酒醉夜行，挥剑斩了挡道的大蛇。后来，有人经过这里，见一老妇人在啼哭，询之，她说："我的儿子是西方白帝之子，化为蛇，现在被赤帝之子（指刘邦）杀掉了。"长吉用此典，形容剑之威力。

提出西方白帝惊，[11]

嗷嗷鬼母秋郊哭。[12]

品·评

李贺任奉礼郎期间，结识了供职于东宫左春坊司经局的一位正字官，他有一把佩剑，上镌"春坊正字"四字，诗人睹剑生情，用歌行体写成本诗。

这首诗赞美了一把斩顽除害的利剑。前六句，写剑斩蛇的功绩和精美的形质。长吉用博喻手法，形容这把曾被周处用过的斩蛟剑的剑身，长三尺，明亮如秋水，寒光逼人，像透过云隙斜射下来的月光，也像一条风吹不起的平铺地上的绢带，剑匣用坚实的鲨鱼皮制成，上面带着蒺藜刺一般的珠纹，鹈鹕膏涂抹的宝剑，像白鹇鸟的尾巴一样晶莹洁白。摹写剑的光芒和犀利，形象逼真。刘辰翁评本诗，说："虽刻画点缀簇密，而纵横用意甚严。剑身、剑室、纹理、刻字、束带、色杂，无一叠犯，仍不妨句意，春容俯仰。"（《刘评》）七、八两句，由剑的描写突然插入议论，提醒题旨，"荆轲一片心"，总以未杀秦政为恨。若令照见春坊字，让壮士有为之器物，徒然藏于无用之地，故曰："莫教照见。"最后四句，回到宝剑上，接着描写剑穗之精美，挂在壁上，它的光芒可以截断蓝田之玉；提在手里，足以使白帝惊动，鬼母嗷哭。结尾与开端紧相呼应，"起用斩蛟，结用白帝，期以服猛"（方扶南《方批》）。诗人赞美这把斩顽除害的利剑，并在利剑的艺术形象里，暗寓"疾邪除佞"之志。陈沆说："莫教照见春坊字者，言此乃剑侠肝胆所成，今徒为文士书生所有，则有不遇知己之叹，故末二句欲斩佞臣头以谢天下。"（《诗比兴笺》卷四）点明此诗的寓意，很切当。

本诗全方位咏剑，既咏剑之形质，还咏其锋利，更咏其斩蛟、斩蛇之功绩，寄寓自己的社会理想，故沈德潜评曰："从来写剑者，只形其利，此并传其神。"（《重订唐诗别裁集》卷八）这样一把好剑，可惜落在文官手里，不能充分发挥作用，诗人也借此谴责了物不能尽其用、人不能尽其才的社会现实，寓意深远，耐人寻味。

京城

注·释

●01·牢落：孤寂，心无所托的样子。

●02·两事：指“出门意”和“长安心”。

驱马出门意，　牢落长安心。[01]

两事向谁道，[02] 自作秋风吟。

品·评

李贺满怀壮志，抱着很大的希望，到长安寻求仕途上的发展。谁知事与愿违，他得到的却是职卑官冷，备遭排挤，内心非常失望、苦闷，所以便写下《京城》诗，“牢落长安心”，可以说是他在长安任奉礼郎期间的心态、情绪最为精练、恰当的概括。

“牢落”是理解本诗的关键性词汇。牢落是个多义词，有阒寂、稀疏、孤寂多种解说。王琦《汇解》引左思《魏都赋》“临淄牢落”及李延济注“牢落，阒寂也”为解，很不恰当。长吉《京城》诗中的“牢落”，与陆机《文赋》中的“心牢落而无偶，意徘徊而不能揥”的用法是一致的，李善注陆机此文云：“牢落，犹辽落也。”本空旷义，形容人的心理状态，作心无所托讲。《东观汉记》：“第五伦自度仕宦牢落。”刘长卿《负谪后登干越亭作》：“牢落机心尽，惟怜鸥鸟亲。”又《题魏万成江亭》：“萧条方岁晏，牢落对空洲。”这里的牢落，都表现了人们在仕途上不得意后的孤寂，心无寄托的心理感受。

用心无所托来解说《京城》诗，诗意通畅，长吉说，驱马出门时满怀壮志，来到京师，不料潦倒失意，壮志难酬，完全违背始来长安的愿望，难怪曾益会说：“牢落长安，岂初心哉！”（《昌谷集注》卷一）这样的心绪向谁去诉说呢？只能赋诗“吟秋风”，聊以自解而已。

感讽五首

（选二）

合浦无明珠，[01] 龙洲无木奴。[02]
足知造化力，[03] 不给使君须。[04]
越妇未织作，吴蚕始蠕蠕。
县官骑马来，狞色虬紫须。[05]
怀中一方板，[06] 板上数行书。
不因使君怒，焉得诣尔庐。[07]
越妇拜县官，桑牙今尚小。[08]
会待春日晏，[09] 丝车方掷掉。[10]
越妇通言语，[11] 小姑具黄粱。[12]
县官踏飧去，[13] 簿吏复登堂。

注·释

● *01* • 合浦：郡名，今属广西，以盛产明珠闻名于天下。

● *02* • 龙洲：又名龙阳洲，在龙阳县（今湖南汉寿）。木奴：指柑橘树，相传汉代襄阳太守李衡派人在龙洲种了一千株柑橘，临死时，告诉儿子说，吾有千头木奴，“亦可用足耳”。事见《襄阳记》。

● *03* • 造化力：大自然的力量。

● *04* • 给：供给。须：求索。

● *05* • 狞色：凶恶的面色。虬紫须：紫色的虬髯。

● *06* • 方板：方形的征收租税的文书。

● *07* • 焉：哪里。诣尔庐：到你的居处。

● *08* • 桑牙：同桑芽，刚长出的嫩叶。

● *09* • 会待：应当等待。春日晏：春末。

● *10* • 掷掉：丝车旋转摇动。

● *11* • 通言语：对人讲述情况，这里指越妇对县官说话。

● *12* • 具黄粱：准备饮食。黄粱，小米。

● *13* • 踏飧（sūn）：狼吞虎咽，饱食。胡震亨《唐音癸签》卷二四释此句云：“《礼记》：‘毋嚃羹。’嚃，大歠也。又《说文》：‘䤾，歠也。’若犬之以口取食，并托合切。今转用俗字达合切为踏，见暴吏践蹦小民无顾恤之意。”

奇俊无少年，　日车何躃躃。[01]
我待纡双绶，[02] 遗我星星发。[03]
都门贾生墓，[04] 青蝇久断绝。[05]
寒食摇扬天，[06] 愤景长肃杀。
皇汉十二帝，[07] 唯帝称睿哲。[08]
一夕信竖儿，[09] 文明永沦歇。[10]

注·释

●*01*·日车：神话中载太阳的车子。躃躃（bì）：双脚残废，行走缓慢。

●*02*·纡：绾结。双绶：成对的绶带，是古代高官的佩饰。

●*03*·星星发：头发苍白。

●*04*·都门：唐代洛阳是东都，故云。贾生墓：贾谊的墓，在洛阳北邙山上。嘉庆十八年《洛阳县志》载贾谊墓在“洛阳县东北邙山上大坡口道西”。

●*05*·青蝇：旧说指谗谮之人，见《诗经·小雅·青蝇》：“营营青蝇，止于樊，恺悌君子，勿信谗言。”亦可解为吊客，《三国志·吴书·虞翻传》裴松之注引《虞翻传》：“翻放弃南方，自恨疏节，骨体不媚，犯上获罪，当长没海隅，生无可与语，死以青蝇为吊客，使天下一人知己者，足以不恨。”刘禹锡《遥伤丘中丞》：“何人为吊客，唯是有青蝇。”李贺用此意。

●*06*·寒食：清明前二日为寒食节，唐人风俗，以寒食为墓祭节日，与后代人以清明为扫墓的风俗不同。摇扬：明凌濛初刊本、曾注本、姚笺本作“摇杨”，近是。

●*07*·十二帝：西汉的高、惠、少、文、景、武、昭、宣、元、成、哀、平帝。

●*08*·帝：此指汉文帝。睿（ruì）哲：贤明，语出《尚书·舜典》：“睿哲文明。”

●*09*·竖儿：犹竖子，指进谗尚谀之人。

●*10*·沦歇：消歇。

品·评

《感讽五首》这组诗，写于李贺任奉礼郎时期。古代诗人在现实生活中有所感触，往往用“感讽”作题目，以嘲讽的笔调，对某些社会现象进行揭露和抨击。长吉这些诗，正是这样的作品。

其一“合浦无明珠”一首，“此苦征输之扰”（曾益《诗解》卷二）。陆贽《均节赋税恤百姓六条·其四论税期限迫促》：“蚕事方兴，已输缣税，农功未艾，遽敛谷租。上司之绳责既严，下吏之威暴愈促。”陆氏用政论文的形式，真实反映了中唐时代大小官吏横征暴敛的现实。李贺《感讽五首》（其一）用诗歌的形式，形象生动地表现了陆贽笔下的现实。

诗人继承了杜甫新题乐府诗“感于哀乐，缘事而发”的现实主义传统，用白描手法，通过越妇遭受官吏逼税、敲诈勒索这一典型事件的细致描写，生动揭露大小官吏横征暴敛的无耻行径。“越妇未织作，吴蚕始蠕蠕”“会待春日晏，丝车方掷掉”等诗句，简直就是“蚕事方兴，已输缣税”政论的诗化。写县官“狞色虬紫须”，写越妇谨慎致言，极为传神。这首诗与白居易新乐府诗“卒章见义”的表现方法迥然异趣，诗人在开端处，连用两则典故，直接发议论，为下文的事件点明题旨：无休止的经济盘剥，必然造成资源枯竭、人民贫困的严重后果。陈沆看出本诗的深层含意：“此诗所谓使君，谓刺史也。县官则迫于檄而督赋者也，陈民困以刺史贪，陈吏贪以讽朝廷举措之失也。”（《诗比兴笺》卷四）他说长吉此诗不仅仅写越妇之苦，重要的是陈吏贪，讽朝廷举措之失误，这更与陆贽的政论一脉相通。

《感讽五首》写于诗人长安供职时期。“其二”有感于宦官专权，因借汉文帝轻信宦官，讽刺唐宪宗“信竖儿”的昏庸。“其三”有“长安夜半秋”句，可知这组诗写于长安，殆无疑问，唯难以确知具体的写作年代。

李贺与杜甫是姻亲，尽管他无法亲其謦欬，面受教诲，但他从父亲那里得知这位姻伯的诗学才华，倾心于杜，以之为楷模，潜心学其诗艺、沾其膏沐。吴汝纶《跋李长吉诗评注》：“昌谷诗上继杜韩。”钱锺书《谈艺录》指出，李贺《感讽五首》（其一）等诗，“雅似杜韩”。本诗正好集中体现出长吉“学杜”的诗学特征，前代诗论家论之备矣。陈本礼《协律钩玄》评本诗云：“此可与子美‘哀哀寡妇诛求尽，痛哭郊原何处村’并读。”这两句诗出杜甫《白帝》。何永绍《昌谷集注序》说：“其讥刺感讽，未必不有子美之心者也。”黎简曰：“此五首何减拾遗、曲江诸公。”（《黎批黄评》卷二）钱锺书《谈艺录》论本诗云：“写县吏诛求，朴老生动，真少陵三吏之遗。”人们谈论李贺诗歌的艺术渊源时，总爱标举杜牧的“盖《骚》之苗裔也”，也总爱将长吉与诗仙太白联系起来，但较少谈论李贺是怎样继承杜甫的优良艺术传统。笔者有感于此，趁品评《感讽》（其一）之机，多所摘引前人的相关论述，以期引起重视。

其二“奇俊无少年”一首，借古讽今，慨叹贾谊之不幸，有力地抨击中唐时代贤才不用、任人唯亲的现实政治。诗意分三层说。前四句，说才华出众者，不能青春常在，时光那里会缓慢行进，我等待着纡双绶，早日显贵，但得到的却是苍苍白发。说自己，也说贾谊，曾益云：“少年奇俊，莫贾生若。”（《昌谷集注》卷二）

次四句，说贾生墓前久无吊客，杨柳随着凄风摇曳，一片萧瑟景象，蕴含着他难消的怨愤。曾益说：“愤景肃杀，恨常存也。”（《诗解》卷二）贾谊当日主张改革政治，却遭到绛、灌辈的谗毁，壮志未酬，郁郁早死，难怪他怨恨不消。

后四句，结出“恨常存”的根源。西汉十二帝中，汉文帝是个睿哲明智的帝王，他初欲重用贾谊，一旦他听信误国小人的言论，文明的政治局面便被破坏。王琦《汇解》云：“谓弃贾谊不用，不能成文明之治也。”深得题旨。“竖儿”，吴正子、曾益指为周勃、灌婴等人，据史而言之，可信。

诗人在长安，熟知永贞革新之失败，目击朝政之腐败，同情贤才之不遇，顿生感讽之意。因借贾谊被谗一事，愤而写成本诗。董懋策说：“此章叙贾生以自吊。”（陈弘治《校释》引）曾益则说：“此慨知遇之难。”（《诗解》卷二）既慨贾谊，又慨自己；借贾谊被绛、灌谗毁，抒写自身之愤慨，心绪激切，语气沉郁，情致深婉，直是抒情上品。

老夫采玉歌

注·释

●*01*·水碧：碧玉。

●*02*·步摇：古代女子发饰名，《释名·释首饰》："步摇，上有垂珠，步则摇也。"

●*03*·蓝溪：在陕西蓝田县西三十里蓝田山中，其地盛产玉石。

●*04*·蓁（zhēn）：同"榛"，蓁子，榛树的果实，似栗而小。

●*05*·杜鹃：又名子规，其啼声悲哀，鸣叫时，嘴边会流出血来。

●*06*·厌（yàn）：又作"餍"，饱食。生人：活人，指采石工。

采玉采玉须水碧，[01]
琢作步摇徒好色。[02]
老夫饥寒龙为愁，
蓝溪水气无清白。[03]
夜雨冈头食蓁子，[04]
杜鹃口血老夫泪。[05]
蓝溪之水厌生人，[06]
身死千年恨溪水。

● *07*・挂绳：采石工身上结绳，悬挂在岩石上。

● *08*・白屋：平民所居之屋。古代平民屋楹不得用彩色，所以叫白屋。王琦《汇解》引王肃《家语注》："白屋，草屋也。"非是。

● *09*・悬肠草：蔓生植物，一名思子蔓。

斜山柏风雨如啸，
泉脚挂绳青袅袅。07
村寒白屋念娇婴，08
古台石磴悬肠草。09

品・评

贵族阶级驱使老百姓离乡背井，到蓝溪去采玉，琢作饰品，以满足他们豪华奢侈生活的需求。本诗便是诗人在长安任职时期写的，为"老者服役采玉，不堪劳苦"（曾益《诗解》语）而作。

李贺继承杜甫的"即事名篇，无复依傍"的艺术传统，写作一些新题乐府，《老夫采玉歌》便是这样的作品。全诗分作三层，四句一层。第一层"碧""色""白"，入声十一陌、十三职韵通押。开端两句，点明采玉老夫痛苦生活的社会根源，揭出全诗主旨，起着提纲挈领的艺术功能，与《感讽五首》

（其一）的手法完全一致。次两句，用旁衬法，说老夫饥寒入水采玉，搅浑溪水，连水中的老龙也无处安身，为之发愁，以此衬出采玉环境之恶劣。

第二层“子”“泪”“水”，上声四纸、去声四寘韵通押，细致描写老夫的痛苦生活，“夜雨冈头”，其寒可知；“食蓁子”，其饥可知，申足上文的“老夫饥寒”意。老夫不断流泪，如杜鹃啼血，王琦说“乃倒装句法”（《汇解》），是也。这一层诗意，关键是如何理解“厌”字。董懋策说：“厌是餍饫之厌，言多因采玉而溺也。”（陈弘治《校释》引）王琦以为是讨厌的意思（《汇解》）。方扶南则说：“厌作餍饫解亦得，作厌恶亦得。”（《方批》）方说较为圆通。许多采玉工人溺死于蓝溪，蓝溪之水饱食活人，所以采玉工身死千年之后还要恨溪水。“恨溪水”是怨愤语，说的是反话，暗示出采玉工恨的是逼使他们入水采玉的官吏和贵族阶级。无名氏的评语，对此说得比较透辟：“不言恨时政而言恨溪水，与其死于苛政，不苦死于虎也。征求无已，不念民生者戒之哉！”（《于嘉刻本》）

第三层“啸”“袅”“草”，上声十七筿、十九皓、去声十八啸韵通押。诗以怀念儿子的艺术意想收结，宕开一笔，言近神远。老夫在风雨如啸的松柏间，身上挂着摇曳不定的长绳，攀挂在峭壁上，他虽然身处艰危，但是看到古台石磴边的悬肠草，由“思子蔓”引发联想，想到家中的妻儿，牵肠挂肚。方扶南说：“‘古台石磴悬肠草’，肠字下得奇稳。”（《方批》卷二）的中肯綮。

长吉这首诗艺术上很有特色。中唐时代韦应物也写过一首“服役采玉”的诗，名《采玉行》：“官府征白丁，言采蓝溪玉。绝岭夜无人，深榛雨中宿。独妇饷粮还，哀哀舍南哭。”诗意可与本诗相映发，但长吉在艺术上却独辟蹊径，他将老夫饥寒劳累的悲惨生活与艰险困苦的采玉环境交叉起来描写，将人物的内心活动与自然景物的描写融和起来，写得生动细致，再辅以旁衬法、反语法、秾妙的语言等，增强了诗篇的艺术感染力。毛先舒曾给李贺的乐府诗作过一个很好的概括：“设色秾妙，而词旨多寓篇外，刻于撰语，浑于用意。”（《诗辨坻》）以此评判李贺的《老夫采玉歌》，足以当之。

赠陈商[01]

长安有男儿，二十心已朽。
楞伽堆案前，[02]楚辞系肘后。
人生有穷拙，[03]日暮聊饮酒。
只今道已塞，[04]何必须白首。
凄凄陈述圣，披褐锄俎豆。[05]
学为尧舜文，[06]时人责衰偶。[07]
柴门车辙冻，日下榆影瘦。
黄昏访我来，苦节青阳皱。[08]
太华五千仞，[09]劈地抽森秀。
旁苦无寸寻，一上戛牛斗。[10]
公卿纵不怜，宁能锁吾口。

注·释

● 01 · 陈商：字述圣，宣州当涂（今属安徽）人，元和九年（814）登进士第，历仕户部员外郎、刑部郎中、谏议大夫、礼部侍郎、陕虢观察使、秘书监等职，封许昌男。有《陈商集》十七卷，已佚。

● 02 · 楞伽（léng qié）：佛经名，四卷，刘宋天竺僧求那跋陀罗译。

● 03 · 穷拙：政治上不得意。

● 04 · 道已塞：仕途无出路。

● 05 · 褐：粗布衣服。锄俎豆：罗列茅藉、俎豆，行祭祀之礼。《集韵》："锄，宗苏切，音租，茅藉祭也。"《周礼·春官·司巫》："及蒩馆。"郑玄注："蒩，读为锄，锄，藉也。"王琦《汇解》谓："恐是带经而锄，休息辄读诵之意。"非是。

● 06 · 尧舜文：指《尚书》中《尧典》《舜典》等所代表的古文辞。

● 07 · 责：要求。衰偶：衰靡排偶的文风，与上句"尧舜文"相对。

● 08 · 苦节：过度节制自己，不肯随从时俗，语出《周易·节》："苦节不可贞。"青阳：春天。皱：气郁结而不畅。

● 09 · 太华五千仞：用《山海经·西山经》的成语："（华山）其高五千仞。"

● 10 · 戛（jiá）：犹言拂，凌。牛斗：牵牛星、北斗星，华山上拂牛斗，极言其高峻。

李生师太华，[11] 大坐看白昼。[12]
逢霜作朴樕，[13] 得气为春柳。
礼节乃相去，[14] 憔悴如刍狗。[15]
风雪直斋坛，[16] 墨组贯铜绶。[17]
臣妾气态间，[18] 唯欲承箕帚。[19]
天眼何时开，古剑庸一吼。[20]

●*11*•李生：诗人自谓。师：师法，效法。太华：喻陈商。

●*12*•大坐：语出《宋书·王弘传》："锡箕踞大坐，殆无推敬。"箕踞，坐时伸直两脚，形如簸箕，表示傲慢不敬的样子。看白昼：眼看白昼过去，言外之意，不奔走于权贵门庭。

●*13*•朴樕（sù）：小木。作者自谦才能浅薄，像不成材的朴樕、春柳。

●*14*•去：背离。全句意谓奉礼郎专司礼仪，这一套礼节与我格格不入。

●*15*•刍狗：用草扎成的狗，祭祀时用，祭后抛在路边，任人践踏。

●*16*•直：同"值"。斋坛：祭天用的坛，筑于长安明德门外。见《旧唐书·礼仪志》。

●*17*•墨组：黑色绶带。铜绶：系铜印的带子。唐代六品以下官员，祭祀时佩带的绶带，都是黑色的。

●*18*•臣妾：语出《尚书·费誓》："臣妾逋逃。"孔安国传云："役人贱者，男曰臣，女曰妾。"

●*19*•箕帚：扫除工具。

●*20*•剑吼：战国时有人盗墓，见一剑，伫于空中，他正欲取下，剑忽然发出"龙鸣虎吼"，飞上天去。事见《殷芸小说》。

品·评

李贺与陈商交游，是在长安任奉礼郎时，是时陈商尚未中举，生活寒厄，李贺却乐与之游，而且非常敬重他。本诗约写于元和五年至六年（810—811）。

黎简曾评论"昌谷无章法，每不大理会"（《黎批黄评》）。这个说法，并不符合李贺创作的实际情况，就拿《赠陈商》诗来说，就是一首很讲究结构艺术的作品。开端八句，诗人诉说自己政治上"穷拙"的遭际，在"只今道已塞"的景况下，他日暮饮酒，酷爱诵读《楚辞》《楞伽经》，以排遣内心的苦闷。他已看破官场的黑暗内幕，仕进的前途已经阻塞，所以产生了"心已朽"的心态。这时他已二十一二岁，诗云"二十"，当为约数。"人生"两句，表达很深的人生感叹，刘辰翁评曰："此语深。"（《刘评》）洵为的评。

次八句，写陈商的景况，先形容他寒酸落拓，穿着布衣，雅尚礼仪，他不肯追逐时尚，苦学古文辞，不像时人追求委靡的骈偶文风。次叙他的家很少有人来访，门庭冷落。连车轮的印迹都冻结起来，门前的榆树在夕阳照射下拖着瘦长的影子。这里，写景凄凉，与前文写人“凄凄”相呼应。黄昏时节来寻访我，固守苦节，春气亦为之郁结不畅。以上八句诗，描述陈商的形貌、品格及其遭际，陈弘治评曰：“凄凄八句，叙陈商贫而寡偶，虽与时不合，犹苦节自矢。”(《校释》) 所言切当。

第十七句至第二十四句，称颂陈商的品格并表示师法陈商的心意。前四句写华山之高峻，用暗喻手法，比喻陈商人品、才学之崇高。后四句，说公卿们纵使不看重他，吾岂能禁口不称赞呢？吾要师法陈商，宁愿终日箕踞长坐，也不肯奔走权贵之门。诗句生动地表达出诗人钦佩陈商的心意和景行仰止的态度。姚文燮《昌谷集注》对这八句诗的评价是：“以商岩岩屹立，骨气干霄，如太华高峙，故致朝贵不为奖掖，然亦安能禁我之不言。我窃师其为人，是以静坐观空，不事营逐。”姚氏体识诗意，妥帖精当。

第二十五句至第三十二句，诗思又回到自己身上。“朴樕”两句，是自谦之词，承上言，我才不及陈商，不论何时，都不能成材。“礼节”以下六句，说到自己官职卑微，身为奉礼郎，专司礼仪，与我的性格相背悖，形容憔悴，如同祭祀后被人抛在路边的刍狗。风雪天在斋坛值班，身穿黑色祭服，神气态度犹如承事箕帚的奴婢。诗句备述自己任职时所受屈辱，可见本诗当作于他任奉礼郎的后期。

诗的最后两句，巧妙运用古小说的典故，表达出宏大的志愿。这层诗意，涵盖陈商和自己，说何时天眼张开，我们像古剑那样鸣吼而飞去，施展自己的抱负。李贺诗中，“剑飞”“剑吼”之意象屡见，如《出城寄权璩杨敬之》“自言汉剑当飞去”，《开愁歌华下作》“临岐击剑生铜吼”，本诗又云“剑吼”，都有自喻之意，期望实现理想，具有画龙点睛之妙。

无名氏揭出本诗的结构技法，说：“此诗连己起，连己结，与述圣相发挥，赠同气人如此体，极省力得法。”(《于嘉刻本》) 全诗先分别写李贺、陈商，后写李贺师法陈商，再写李贺直斋坛的情景，各用齐整的八句诗为一个诗段，最后的两句，以两人同时收结，形成单起双收的结构特征，自始至终将诗人和陈商交糅起来描写，写李贺，其中有陈商的神骨；写陈商，其中有李贺的气质，完善地创造出诗篇的结构美。“昌谷无章法”之论，可以休矣。

崇义里滞雨[01]

注·释

●*01*·崇义里：长安街坊名。宋敏求《长安志》："朱雀街第二街，有九坊，崇义里其一。"

●*02*·落漠：落魄潦倒。

●*03*·秣：饲养。

●*04*·南宫：尚书省，本诗专指尚书省中主管官员选授的吏部。崇义里离尚书省很远，无法目及，此乃隐喻有司昏庸。

●*05*·湿景：雨影。签筹：古代报时用的竹筹。这句意谓只听到敲更声从雨影中传来。

落漠谁家子，[02] 来感长安秋。
壮年抱羁恨，　梦泣生白头。
瘦马秣败草，[03] 雨沫飘寒沟。
南宫古帘暗，[04] 湿景传签筹。[05]

● *06* • 天东头：长吉家在洛阳福昌县，在长安之东。

● *07* • 客帐：他乡的住处，这里指崇义里。封侯：投笔从戎，立功以封侯，《东观汉纪》："大丈夫无他志略，犹当效傅介子、张骞，立功异域，以取封侯。"

家山远千里，云脚天东头。[06]

忧眠枕剑匣，客帐梦封侯。[07]

品·评 崇义里是李贺在长安任奉礼郎时的居处。本诗作于元和五年（810）秋，当是诗人在长安任职时写成的。陈弘治《校释》以为"此长吉应试不售后，客馆滞雨怀忧之作"。长吉来长安应试在元和三年冬，四年春，"应试不售"后立即返回昌谷，不可能客馆滞雨怀忧，来感受长安的秋意。

李贺抱着满腔热忱来到长安，期望通过"荫子得官"的途径，求得一官半职，实现其济民报国的人生抱负。而现实生活对他的回报却是无情的，奉礼郎官职卑微，受尽皇亲国戚、达官贵人的冷遇和排挤，怀才不遇、壮志难酬的感愤，时时袭来心头。在萧瑟寒冷的秋雨中，他滞留馆舍，触景生情，凭借诗句抒发郁结于心头的忧愤。诗的首句用"谁家子"唱发，"仿佛自问，极愤郁之致"（叶葱奇《李贺诗集注》）。诗人来到长安，感受到秋意的萧瑟，更感受到"落漠"与"牢落"，壮年怀着羁居他乡的怨恨，梦见自己白发满头，暗自悲泣。"瘦马"以下四句，从直接抒情转入即景描写，诗人所骑的瘦马，喂饲劣等草料，雨沫飘零在寒沟里；遥望南宫，古帘下一片昏暗，只听到更筹声从雨中传来。笔触细致的景物描写，紧紧扣住"滞雨"的题意行笔，既能表现诗人贫困、飘零的景况，又能暗喻吏部官员的昏庸，着墨不多，而意境融彻。最后四句，诗人驰骋想象，一会儿想归回故乡，家乡远在千里之外的白云脚下，一会儿又想到投笔从戎，立功封侯。诗人不甘心沉沦下僚，不满于现状，亟想摆脱困境，徘徊于进退、穷通之间。全诗基调极为低沉忧郁，结尾突然振起一笔，写出"客帐梦封侯"的诗句，以寄托自己的生活理想，自作宽慰之语。

秦王饮酒

01

秦王骑虎游八极，02
剑光照空天自碧。03
羲和敲日玻璃声，04
劫灰飞尽古今平。05
龙头泻酒邀酒星，06
金槽琵琶夜枨枨。07
洞庭雨脚来吹笙，08
酒酣喝月使倒行。
银云栉栉瑶殿明，09
宫门掌事报一更。10
花楼玉凤声娇狞，11

注·释

● *01* · 日本内阁文库本作《秦王饮酒歌》。秦王：指唐太宗李世民。本诗应作于元和六年（811），李贺在京任奉礼郎，供职太常寺，有机会参与宴饮、歌舞之盛会。《秦王饮酒》描写宴饮、歌舞场面，盛大恢宏，是基于李贺的生活经验。笔者《李贺年谱新编》"元和六年"谱文云"当是长安三年间所作"，今取其中，姑定本诗作于元和六年。

● *02* · 骑虎：状其威武。游：巡游。八极：八方极远之处。《淮南子·坠形训》："九洲之外乃有八殡……八殡之外而有八纮……八纮之外乃有八极。"

● *03* · 天自碧：剑光所到处，天空为之澄清。

● *04* · 羲和：传说中替太阳驾车的神。玻璃声：喻阳光晶亮如玻璃，想象敲日如敲玻璃，会发出声音。

● *05* · 劫：世界经大火焚烧后，毁掉一切，重建世界，佛家称之为"一劫"。劫灰：劫后余灰。《三辅黄图》载，汉武帝时，凿昆明池，得黑土，询西域胡人，曰："劫烧之余灰也。"劫灰飞尽，灾难过去，天下太平。

● *06* · 龙头：龙头形的贮酒器。泻酒：大量的酒从贮酒器中流出。酒星：本为天上主飨宴饮食的星宿，本诗借推受邀参加宴会的人。

● *07* · 金槽：用金属制成的琵琶上架弦之物。枨枨（chéng）：琵琶声。

● *08* · 洞庭：洞庭湖。雨脚：长短参差的雨点。

● *09* · 栉栉：形容云层排列繁密。

● *10* · 宫门掌事：皇宫中专掌宴会、伎乐事务的官员。王琦注为"宫门郎"，误，按宫门郎为东宫官，见《旧唐书·职官志》。

● *11* · 玉凤：歌女。娇狞：形容歌声兼有娇美柔和和狞厉尖新两种对立的美感。

● *12* • 海绡红文：织有红色花纹的轻薄舞衣。海绡，语出《述异论》："南海出蛟绡纱。"

● *13* • 黄鹅跌舞：舞女身穿黄色舞衣，舞蹈姿态，像黄鹅跌仆。千年觥（gōng）：举杯祝贺长寿。

● *14* • 仙人烛树：仙人形的烛台。

● *15* • 青琴：古神女名，本诗指宫中嫔妃。泪泓泓：泪汪汪。

海绡红文香浅清，[12]

黄鹅跌舞千年觥。[13]

仙人烛树蜡烟轻，[14]

青琴醉眼泪泓泓。[15]

品·评

胡震亨《唐音癸签·评汇》："将古人事创为新题，便觉焕然有异，如《秦王饮酒》《金铜仙人辞汉歌》之类。"焕然有新意，应是解开《秦王饮酒》诗意的一把钥匙。

诠解本诗，首先要弄清"秦王"是谁？前代论者，说法颇多：一、秦始皇说。王琦《汇解》卷一："旧注以为为始皇而作。"二、德宗说。王琦说："德宗未为太子，尝封雍王矣，雍州，正秦地也，故借秦王以为称。"三、宪宗说。陈沆《诗比兴笺》卷四："长吉诗中秦王，皆指宪宗，以其有秦皇、汉武之风也。"四、苻生说。陈本礼《协律钩玄》卷一："此秦王指苻生也。"诸说均不合诗意，诗中无一语用秦国故事，德宗、宪宗、苻生一生功业，不足以当诗中"骑虎游八极”“剑光照空”“古今平”之称誉。本诗之秦王，当指唐太宗李世民。唐太宗未即位前，被封为“秦王”，本诗之主旨便是歌颂李世民一统天下之功业。在中唐时代藩镇之祸愈演愈烈的时世，作为“唐诸王孙”的李贺，十分忧虑唐王朝的命运，他多么渴望有一位像唐太宗一样能重新飞尽劫灰平古今的君主。《秦王饮酒》正用奇诡怪诞的诗思，反映了诗人国土统一、天下清平的政治理想。犹如杜甫在安史战乱时代缅怀唐太宗一样，唱出“煌煌太宗业，树立甚宏达”(《北征》)的诗句来。

诗以突兀之势发端，气势雄壮，说秦王骑虎巡游，威镇八方，军容壮盛，剑光照耀得天宇澄清；秦王威力极大，可以驱策白日，他平定战乱，致使天下太平。王琦谓：“二句言其威武治天下。”“二句言日月顺行，天下安定之意。”(《汇解》卷一）甚得诗意。以上四句，盛赞唐太宗统一中国的显赫功业，歌颂他的文治武功。这一诗段里，有两个名句，“羲和敲日玻璃声”“劫灰飞尽古今平”。日岂可以敲，而古今时间又岂可“扫平”，违背常理，好像很不好理解。对此，钱锺书先生的《谈艺录》论及曲喻时，作出了极为精辟的解释：

> 《秦王饮酒》云：“羲和敲日玻璃声。”日比琉璃，皆光明故，而来长吉笔端，则日光似玻璃光，亦必具玻璃声矣。同篇云：“劫灰飞尽古今平。”夫劫乃时间中事，平乃空间中事，然劫既有灰，则时间亦如空间之可扫平矣。……古人病长吉好奇无理，不可解会，是盖知有木义而未识有锯义耳。

这种曲喻手法的运用，在长吉诗里屡见不鲜，于此亦可见诗人想象力之丰富、奇特，诗风所以“奇诡”。

“龙头泻酒邀酒星”以下十一句，写题上“饮酒”意。诗不是写秦王独自饮酒，乃是写秦王宴请群臣饮酒，有庆贺之意。方扶南注意到“龙头泻酒邀酒星”句，特意评曰：“饮酒，饮非独酌，细密。”(《方批》卷一）宴会上有乐器伴奏，琵琶声响，笙音幽忽，乐声助酒兴。“雨脚”，姚文燮说：“状其声之幽忽。”(《昌谷集注》卷一）近之。“喝月使倒行”句，写人们醉后之狂态，惟妙惟肖，黎简以为描写“荒淫暴虐”(《黎批黄评》卷一)，似属牵强。“花楼玉凤声娇狞”以下五句，描写歌舞仍在继续，歌声婉转，舞女衣巾转动，散发着清香，奉觞上寿，祝太宗长寿。仙人形的烛台余烟袅袅，嫔妃们醉眼泪汪汪。《历代诗发》评曰：“醉极而泪，乐极生悲，两意俱妙。”方扶南亦指出：“醉后声笑体态，五句尽之。”(《方批》卷一）阐发诗意，甚为恰当。这一段描写饮酒场面及醉后情态，极为恢弘雄奇，“写饮酒极其雄概”(姚文燮《昌谷集注》卷一引钱澄之语)，与上一段赞颂唐太宗功业相适应，初无讽刺之意。诸家“追刺”之说，均从将秦王解作秦始皇、德宗、宪宗生发出来，误解了长吉的匠心。

艾如张 [01]

锦襜褕，[02] 绣裆襦。[03]

强饮啄，[04] 哺尔雏。

陇东卧穟满风雨，[05]

莫信笼媒陇西去。[06]

齐人织网如素空，[07]

张在野田平碧中。

网丝漠漠无形影，[08]

误尔触之伤首红。

注·释

● *01* • 艾（yì）如张：乐府古题，古辞原意为芟除杂草，把网张起来。本诗作于元和六年（811）。笔者在《李贺年谱新编》“元和六年”谱文中说：“《艾如张》，诗人久在长安，对官场、人生有深刻的认识。”所以以罗网为喻，告诫世人，远避祸秽，勿受伤害。

● *02* • 襜褕（chān yú）：直裾衣。

● *03* • 裆：裤子。襦：短袄。

● *04* • 强：勉强。

● *05* • 卧穟：谷穗经风雨倒伏于地。穟（suì），同“穗”。

● *06* • 笼媒：猎人取雏鸟置笼中，以诱捕其同类。

● *07* • 素空：白色透明。

● *08* • 漠漠：漫无边际。

● 09 · 艾：蓬艾，草名。

艾叶绿花谁剪刻，[09]

中藏祸机不可测。

品·评

《艾如张》，乐府古题，汉《鼓吹铙歌》十八曲中，有《艾而张曲》。艾，与“刈”同，艾而张，即刈草而张网。李贺用此古题，已改“刈”之意，将艾作“艾草”讲，翻出新意，感叹人世处处有祸机。郭茂倩《乐府诗集》录李贺此诗，谓失古题本意，这说明郭茂倩不理解李贺夺换古乐府的妙处。吴正子却指出李贺此诗“假古题以发新意，正为得体”（《吴注刘评》卷四）。说得很对。

诗的前六句，先从雉羽的色彩切入，用人的锦绣衣裤，比喻雉羽之彩色，再描写雉鸟为了哺饲雏雉，努力寻找食物。五、六句是告诫语，说陇东虽有风雨，但谷穗倒伏，足以饱食，不要相信笼媒的引诱而到陇西去，那里潜伏着危机。后六句，描述齐人张网田野中，漠漠无形影，不小心就会触网，弄得头破血流。诗人又描述另一种用艾叶绿花装扮起来的网，远望如草木花丛，如果钻进去就中圈套，故云“中藏祸机”。这一段描写了两种网：一种网无影无形，一种网用花草伪装，同样可怕。他进而又用拟人化手法，对雉鸟作出善意的劝告，告诫它们人心叵测，勿轻信诱惑，应远离罗网。

本诗纯用比体。诗人以鸟喻人，以罗鸟雀之网，比喻险恶的社会。姚文燮曾精要地论述本诗的题旨：“宵小罗织，杳无形影，偶中其机，必罹大害。”（《昌谷集注》卷四）蒋楚珍也说：“此伤人世祸机不可测。”（同书同卷引）诗人正是以雉鸟立意，用极为通俗、平淡的语言（方扶南批语说后半首“语太浅”，这是他不明长吉苦心的缘故），揭露现实社会的险恶和奸诈，告诫人们要远避祸机，远祸全身，以免受到伤害。无名氏说：“三复此章，能不凛然。”（《于嘉刻本》）短短八个字，将本诗的警策作用深刻地揭示出来，真是难能可贵。

昆仑使者

注·释

●*01*·昆仑使者：指神话中西王母身边传递消息的青鸟，见《山海经·大荒西经》。

●*02*·元气：化育天地万物的元始之气，道家以为服食元气可以长生。

●*03*·麒麟、虬龙：茂陵前的石刻兽。

●*04*·万国：九州，全国各地。曾益《诗解》卷四："万国，犹九州。"

●*05*·中天：天中，指茂陵上空。全句言明月依旧，而人死不能复生。

昆仑使者无消息，[01]
茂陵烟树生愁色。
金盘玉露自淋漓，
元气茫茫收不得。[02]
麒麟背上石文裂，
虬龙鳞下红肢折。[03]
何处偏伤万国心，[04]
中天夜久高明月。[05]

品·评

方扶南认为李贺集集外诗中有不少是伪作，对《昆仑使者》，他却慎重其事地宣称："此乃真本，看他何等卓立。"（《方批》卷四）

旧注昆仑使者为张骞，但与求仙长生之题旨风牛马不相及。钱仲联先生《李贺年谱会笺》云："贺诗云'昆仑使者无消息'，反用此事（按：指西王母使青鸟）也，与张骞使西域无涉。"长吉于此用西王母典，《山海经·大荒西经》："西有王母之山。……有三青鸟，赤首黑目，一名大鵹，一名少鵹，一名青鸟。"郭璞注："皆西王母所使也。"又郭璞《山海经图赞》："山名三危，青鸟所憩。往来昆仑，王母是隶。"典切求仙，武帝企盼西王母的消息，青鸟却不再飞来，意谓求仙之愚妄。武帝打造铜人承露盘，盘中的露水虽然淋漓满盈，但却收不得茫茫的元气。王夫之《船山唐诗评选》卷一云："'元气茫茫收不得'，说出天人之际无干涉处，分明透现，笑尽仙佛家代石人搔背痒一样愚妄。韩退之诸君终年大声疾呼，何曾道得此一句？"五、六句，直承"茂陵"句，言茂陵前的石麒麟已经破碎，墓碑上刻的虬龙已经脱落肢爪，形容茂陵之荒凉。最后两句说，月满中天，照此一抔土，汉武帝昔日之威武何在？是以万国之人心甚伤之。

本诗作于诗人在长安任职时期，借汉说唐，以汉武帝求仙之徒劳，作唐宪宗求仙的前车之鉴，对古今帝王追求神仙长生的愚妄行为，进行辛辣的讽刺。刘辰翁于"茫茫元气收不得"句下评曰："甚有风刺。"(《吴注刘评》)陈沆《诗比兴笺》卷四说："此又以汉武寓宪宗也。"吴汝纶评曰："此感汉武而讽宪宗。"(《李长吉诗集评注》)历代诗论家异口同声地说出《昆仑使者》的题旨，值得信服。

拂舞歌辞

注·释

● *01* · 吴娥：吴地歌女。声绝天：歌声响彻云霄。

● *02* · 空云：空中行云。

● *03* · 乌程：县名，在今浙江湖州南，古有乌氏、程氏，善酿酒，故名。

● *04* · 饮花露：指汉武帝用承露盘饮露水求长生之事。

● *05* · 蛇：腾蛇，与龙同类的神蛇，《晋书·乐志》载《拂舞歌诗·碣石篇》："腾蛇乘雾，终为土灰。"

● *06* · 龟：原作"土"，失韵，"龟"与"时"，叶上平声四支韵，说见方扶南《方批》、王琦《汇解》。今从《乐府诗集》改。

吴娥声绝天，[01] 空云闲徘徊。[02]

门外满车马，　亦须生绿苔。

樽有乌程酒，[03] 劝君千万寿。

全胜汉武锦楼上，

晓望晴寒饮花露。[04]

东方日不破，天光无老时。

丹成作蛇乘白雾，[05]

千年重化玉井龟。[06]

●*07*·八卦：指龟壳上的纹理。
●*08*·邪鳞顽甲：指神龟的鳞甲。

从蛇作龟二千载，
吴堤绿草年年在。
背有八卦称神仙，[07]
邪鳞顽甲滑腥涎。[08]

品·评 《拂舞歌辞》，古乐府名，拂舞，执拂而舞，出自江左，古辞有五篇。郑诗言说："《拂舞歌》:《白鸠》、《济济》(按：《晋书·乐志》尚有《独禄篇》，郑氏失载)、《碣石》、《淮南》，各自一辞。今长吉总曰《拂舞》，大概撮其大意为之。"(《昌谷集句解定本》引)考察长吉本诗诗意，可知郑氏所言甚当。

本篇由吴娥唱的拂舞歌声起兴，写到兴盛热闹可能转化为冷落衰败的自然规律，又从饮酒全胜饮露生发开去，引出炼丹，转入对求仙的讽刺。最后六句，诗意从古辞《碣石篇》“神龟虽寿，犹有竟时，腾蛇乘雾，终为土灰”化出，意谓即使炼成仙丹，服用之后变成神蛇，腾云驾雾，但千年后变成龟，只有吴堤的绿草，年年长在，生生不已。即使像神龟那样长寿，背有八卦纹理，号称神仙，可是它那一身邪鳞硬壳，腥滑臭涎，多么令人厌恶。诗句对那些梦想做腾蛇、神龟的求仙狂，进行了辛辣的鞭挞，极尽揶揄、讽刺之能事，充分体现出诗人反对神仙迷信的进步思想。

本诗当作于诗人在长安任职时期，长吉此诗之主旨，是说长生不可求，不如饮酒延寿。何焯对本诗的题旨，作过这样的评说：“不越古诗‘不如饮美酒，被服纨与素’，‘服食求神仙，多为药所误’之意。”（陈本礼《协律钩玄》卷四引）引诗原出《古诗十九首》第十一首，“服食”两句原在“不如”两句前，何氏倒置。汉唐时代相隔虽远，但是服丹药、求神仙的风尚有所沿袭，长吉以诗讽之，所以诗旨会与《古诗十九首》相通。姚文燮指出本诗诮“宪宗求长生”（《昌谷集注》卷四），说得不够全面，应该说李贺讽刺的是以唐宪宗为代表的那些求仙狂。

长歌续短歌

注·释

●*01*·秦王：指唐太宗李世民。

●*02*·旦夕：日日夜夜。内热：内心炽热。

●*03*·陇头：田头。

●*04*·四月阑：四月将尽。

●*05*·离离：罗列状。

●*06*·"与之游"：言与月游，语出《史记·老庄申韩列传》："秦王见《孤愤》《五蠹》之书，曰：'嗟乎！寡人得见此人，与之游，死不恨矣。'"原意是秦王思见韩非子，李贺加以夺换，表达自己思见秦王之情思。

长歌破衣襟，　短歌断白发。

秦王不可见，[01] 旦夕成内热。[02]

渴饮壶中酒，　饥拔陇头粟。[03]

凄凉四月阑，[04] 千里一时绿。

夜峰何离离，[05] 明月落石底。

徘徊沿石寻，　照出高峰外。

不得与之游，[06] 歌成鬓先改。

品·评

古乐府有《长歌行》《短歌行》，傅玄《艳歌行》有"咄来长歌续短歌"句，李贺题意出此。

理解本诗题旨的关键，是"秦王"作何解？姚文燮《昌谷集注》、王琦《汇解》、陈沆《诗比兴笺》都以为"秦王"指唐宪宗，钱仲联《李贺年谱会笺》则认为"秦王指唐太宗"。今从钱说。李贺集中多处提到秦王，都是指唐代开国皇帝英武雄杰的唐太宗，诗人对他心怀崇敬，赋诗累累及之。本诗正是长吉任职长安时，侘傺困顿，因思明主不可得见而发出浩叹，满纸“奇愤幽思”（《李长吉诗评注》吴汝纶语）。吴正子说：“此篇大意思得君行志，始以秦王不可见为恨。”（《吴注刘评》卷二）甚得要旨。

诗的开端四句，承题写，因“秦王不可见”而放歌直抒胸怀，长歌短歌，唱破衣襟，吟断白发，诗人用夸张手法，抒写歌吟时的激动心情。中间四句，抒写苦思之情。“渴饮”两句，喻诗人似饥如渴地思念秦王，曾益说：“酒以止渴，而渴愈生，饥以待粟，而远莫致。”（《诗解》卷二）四月时，万物蓬勃生长，郁郁葱葱，然而诗人内心“凄凉”，见到“千里一时绿”而徒增悲伤。曾益指出：“千里一时绿，言草木条畅，物遂其生也，明己穷不遇。”（同上）点出诗的深层意蕴，很切当。结尾六句，纯用比喻手法，以“明月”喻秦王，“落石底”，象征秦王恩泽达至下层。“徘徊沿石”，写诗人苦寻明月，“照出高峰外”，比君王高不可达。“与之游”的“之”，也指明月。篇末“不得与之游”的慨叹，是上文诗意的发展与深化，并与开端之“秦王不可见”遥相应接，首尾呼应。刘辰翁说：“题曰《长歌续短歌》，复以歌意终之。”（《吴注刘评》卷二）正指出本诗结构艺术的特征。原诗极写自己的思明主而不可得见的忧苦愤闷，开端四句，采用直接抒情之法，其余诗意，均用比兴手法，从“明月”托出，含蓄蕴藉，诗意深婉，王琦《汇解》评本诗“引喻徵婉，深得楚骚遗意”，极中肯綮。

五粒小松歌[01]

注·释

●*01*·五粒小松：华山松每枝松穗为五股，称“五鬣松”。鬣，与“粒”音近，故云。

●*02*·谢秀才：与《谢秀才有妾缟练改从于人秀才引留之不得后生感忆坐人制诗嘲诮贺复继四首》中的谢秀才，似乎是同一人。杜云卿：不详。

●*03*·选书：按一定标准，选辑某人或若干人的作品，编集成书。李贺所选之书，没有流传下来。

●*04*·治：从事。曲辞：这里指诗歌。

●*05*·蛇子蛇孙：喻小松枝干。松枝弯曲，皮有鳞，形如蛟龙。小松枝细，形如蛇。蜿蜿：蛇爬行貌。

●*06*·洪崖：《列仙传》所载仙人名。神仙不食烟火，服松脂松实，故云“洪崖饭”。

前谢秀才、杜云卿命予作《五粒小松歌》，[02]予以选书多事，[03]不治曲辞，[04]经十日，聊道八句，以当命意。

蛇子蛇孙鳞蜿蜿，[05]
新香几粒洪崖饭。[06]
绿波浸叶满浓光，
细束龙髯铰刀剪。

● *07* • 州图：州县的地图。
● *08* • 石笋：瘦峭挺拔的石柱，形如笋。

主人壁上铺州图，[07]
主人堂前多俗儒。
月明白露秋泪滴，
石笋溪云肯寄书。[08]

品·评

李贺在长安任职，生活在世俗环境中，受权贵歧视、上司管束，“臣妾气态间”，时时生发拘束、压抑的感受，非常渴望获得自由空气，于是他托物言志，咏成这首咏物小诗。

诗的前半首咏小松，形容它的姿态。华山松生长在深山中，石笋作伴，溪云回护，迎风挺立，经霜常绿，舒展自在而富有生机。但是，五粒小松一旦进入主人的深院，移栽入盆中，细丝捆束，铰刀修剪，失去了自由生长的可能。诗人在小松的姿态描写中，已将自己备受压抑拘束的生活感受注入，意含象中，寄托遥深。后半首写小松不得其所，它被摆在主人堂前当点缀品，主人壁上挂着粗俗的州县地图，主人交游的多是志趣不高的朋友。小松在孤独、凄凉的环境里，只能对月坠泪，感伤自己的遭遇，遥想深山里曾经相依相伴的石笋和溪云，不知它们还忆念我否？诗人借拟人化的表现手法，将不满现实的束缚压抑，渴望自由的心绪，蕴含于姿态奇特的小松形象中，思致婉曲，别具情趣，思想和艺术绾合得非常巧妙自然。

清人龚自珍写过一篇《病梅馆记》，极力反对“斫其正，养其旁条，删其密，夭其稚枝，锄其直，遏其生气”的做法，并直书自己的“乃誓疗之，纵之，顺之，毁其盆，悉埋于地，解其棕缚”的治疗病梅计划，痛快淋漓。龚氏的艺术意想，竟与一千年前的李贺诗意有相通之处，抑或龚氏得长吉诗之启迪而为之乎？

送沈亚之歌

文人沈亚之，[01] 元和七年，以书不中第，返归于吴江。[02] 吾悲其行，无钱酒以劳，又感沈之勤请，乃歌一解以送之。[03]

吴兴才人怨春风，[04]
桃花满陌千里红。
紫丝竹断骢马小，[05]
家住钱塘东复东。
白藤交穿织书笈，[06]
短策齐裁如梵夹。[07]
雄光宝矿献春卿，[08]
烟底蓦波乘一叶。[09]

注·释

- *01* · 沈亚之：字下贤，吴兴（今浙江湖州）人。元和十年（815）进士及第，历仕殿中侍御史、内供奉、郢州掾。尝游韩愈门，与李贺、杜牧、李商隐等人都有往来，为当时名辈所称许。有《沈下贤文集》。
- *02* · 吴江：泛指吴地之江。
- *03* · 一解：诗歌的一章。
- *04* · 吴兴才人：指沈亚之。
- *05* · 紫丝竹：指马鞭子。骢马：毛色青白相间的马。
- *06* · 书笈：书箱。
- *07* · 策：竹简，指书籍。梵（fàn）夹：贝叶佛经，以板夹之。
- *08* · 雄光宝矿：喻沈亚之的才华，如出矿之宝，发出雄光。春卿：主管考试的礼部官员。
- *09* · 蓦波：越过波涛。

●*10*・劳劳：形容奔波劳苦之状。

●*11*・重心骨：以志向、骨气为重。

●*12*・三走：春秋时，管仲曾三次做官，三次被逐，后来得到齐桓公的重用，事见《史记・管晏列传》。无摧捽（zuó）：不摧沮之意。

●*13*・待旦：等待明日，有稍事等待的意思。事长鞭：挥动长鞭。

●*14*・还辕：回车再来。秋律：古人以十二音律配合十二月，秋律，指秋月。唐代进士应试，一般是秋天上路，故云。

春卿拾才白日下，
掷置黄金解龙马。
携笈归江重入门，
劳劳谁是怜君者。[10]
吾闻壮夫重心骨，[11]
古人三走无摧捽。[12]
请君待旦事长鞭，[13]
他日还辕及秋律。[14]

品・评　沈亚之《与李给事荐士书》："新及第进士沈亚之再拜稽首给事阁下，昔者五年，亚之以进士入贡京师。""又明年东归。"沈亚之于元和十年（815）进士及第，以此推算，知沈亚之于元和六年（811）来京师应试。其时，李贺适任职长安，与亚之以诗文会合，遂成益友。李贺很推重沈亚之，称他是"吴兴才人"，以"雄光宝矿""黄金""龙马"比喻他的才学，赞许他"工为情语，有窈窕之思"（阙名《沈下贤文集序》引）。还有"拟下贤诗"（晁公武《郡斋读书志》卷十八《沈亚之集》论及李贺、杜牧、李商隐俱有拟下贤诗），可惜已经失传。沈亚之也很敬重李贺，喜爱长吉诗，下第归家时，“勤请”李贺作诗。李贺死后，他在《序诗送李胶秀才》中盛赞李贺的乐府诗：“余故友李贺善择南北朝乐府故词，其所赋不多，怨郁凄绝之功，诚以盖古排今，使为词者，莫得偶矣。”

元和七年（812）春，沈亚之以书不中第返乡，李贺写了一首很感人的诗《送沈亚之歌》为之送别。诗以七言歌行体写成，十六句三次换韵，形成四句一段的结构特征。首四句“风”“红”“东”，押上平声一东韵，写沈亚之下第“出都”。首句下一“怨”字，因下第，抱才不遇，故曰“怨”。桃花千里红，固然写眼前景，亦以此反衬内心之愁。三、四句，写下第东归，坐骑瘦小，装饰简陋，与失意人身份相配。次四句“笈”“夹”“叶”，换押入声十六叶、十七洽韵，用“逆挽”之法，追写亚之初应试入京时的情景。“白藤”二句，谓所携惟有书笈，所书之短策，字体齐整如梵夹的经文，极赞其“书”之精，诗意与“书不中第”相对应，以凸显礼部选才之不公。“雄光”二句，谓亚之远涉烟波，怀“雄光宝矿”之才华，上献春卿。再次四句“下”“马”“者”，换押去声二十一马韵，写礼部官员在光天化日之下，不辨优劣，致使亚之下第，重入家门。姚文燮评此四句云：“乃秉鉴非人，目昧五色，‘白日下’，骂得痛快，‘重入门’三字，写得悲凉，世态炎凉，当此自无怜才之人。”（《昌谷集注》卷一）最后四句“骨”“捽”“律”，换押入声四质、六月韵，诗人劝勉亚之不必灰心，要有骨气，坚持志向，效学管仲不怕挫折的精神，等待他日再来应试。

“怀才不遇”，固然是长吉诗中常见的题旨，而对礼部选才之不公正，更是他一个不解的心结。他在自己下第时曾说“那知坚都相草草”（《仁和里杂叙皇甫湜》），现在他又发出“春卿拾才白日下，抛置黄金解龙马”的呼声。由此可见，诗人慨叹亚之下第，就是慨叹自己下第，他慰勉亚之，也有自慰之意。

题归梦
01

注·释

● *01* · 本诗当作于元和七年（812）春。拙著《李贺年谱新编》"元和七年"谱文云："诗人身在长安，心存昌谷，日有所思，夜有所梦，因作《题归梦》。"

● *02* · 中堂：堂的正中，长辈坐位在此，这里代指母亲。

● *03* · 裁：采撷。涧菉：芹草。

● *04* · 鱼目：鱼目恒不闭，喻写鳏夫之目。

长安风雨夜，书客梦昌谷。

怡怡中堂笑，02 小弟裁涧菉。03

家门厚重意，望我饱饥腹。

劳劳一寸心，灯花照鱼目。04

品·评

李贺远在长安供职，无法回家，常常忆念家中亲人，久而成梦。梦醒后，诗人便将梦中情景写成诗。诗共八句，前两句写入梦，长安风雨之夜，书客百无聊赖，进入梦乡，回到昌谷家中，平平叙写。中四句写梦境，看到儿子归家，母亲怡然而笑，小弟忙着采撷芹草，热情准备馔食。亲人的厚重情意，望我得到温饱。这是梦中情境，为何没有写到妻子呢？原来，其时夫人已死，诗人已经鳏居。后两句写出梦，写梦醒后的情景。诗人想到梦中的情景，寸心劳劳，鳏目对着灯花，久久不能入睡。

"鱼目"有不同的解说，也就造成诗意诠解的差异，很有必要加以讨论。王琦引吴正子说："鱼目不瞑，言劳思不寐也。"又引董懋策注："鱼目，泪目也。"王琦认为："古诗'灯檠昏鱼目'，鱼目有珠，故以喻含泪珠之目，董说是也。吴注劳思不寐之说，似与梦不合。"（《汇解》卷四）吴、董、王诸说，均不得要领。《释名·释亲属》："无妻曰鳏，愁悒不寐，目恒鳏鳏然明也。其字从鱼，鱼目恒不闭者也。"方扶南也说："灯花照鱼目句，徐注自谦鱼目非明珠故难售，谬甚。鱼目用鳏鱼不瞑耳，本浅浅语，徐何曲求。"（《方批》卷三）长吉《题归梦》结尾，描写自己梦醒后独坐灯前凝思，夫人已死，诗人思之念之，愁悒寡欢，目明炯然，与灯花相映照，略无睡意，如此理解，诗意醒豁，全文贯通。

春归昌谷

束发方读书，[01] 谋身苦不早。
终军未乘传，[02] 颜子鬓先老。[03]
天网信崇大，[04] 矫士常慅慅。[05]
逸目骈甘华，[06] 羁心如荼蓼。[07]
旱云二三月，[08] 岑岫相颠倒。[09]
谁揭赪玉盘，[10] 东方发红照。
春热张鹤盖，[11] 兔目官槐小。[12]
思焦面如病，尝胆肠似绞。[13]
京国心烂漫，[14] 夜梦归家少。
发轫东门外，[15] 天地皆浩浩。
青树骊山头，[16] 花风满秦道。[17]

注·释

● *01* · 束发：男孩成童之年，束发为髻。

● *02* · 终军：汉武帝时人，十八岁时乘传车到长安，上书言事，武帝异其文，拜为谒者给事中，行使郡国。事见《汉书·终军传》。乘传（zhuàn）：乘着驿站的马车。

● *03* · 颜子：颜回，孔子弟子，二十九岁时头发就发白。事见《史记·仲尼弟子列传》。

● *04* · 天网：指收罗人才的网，崔寔《政论》："举弥天之网，以罗海内之雄。"崇：高大。

● *05* · 矫士：刚直的人。慅慅（sāo）：心情骚动不安。

● *06* · 逸目：放眼看去。骈：并列。甘华：甘美之食，华彩之衣。

● *07* · 羁心：羁旅在外的心情。荼蓼（tú liǎo）：两种野菜，荼味苦，蓼味辛。

● *08* · 旱云：无雨之云。

● *09* · 岑岫：山峰，比喻颠倒纵横的云层。

● *10* · 赪（chēng）玉盘：红色玉盘，比喻太阳。

● *11* · 鹤盖：车盖，刘孝标《广绝交论》："鹤盖成阴。"

● *12* · 兔目：形容刚长出的槐树叶子。官槐：官道两旁的槐树。

● *13* · 尝胆：用越王勾践卧薪尝胆事，形容思虑焦急，愁肠绞结。

● *14* · 京国：京城长安。烂漫：思绪纷繁。

● *15* · 发轫：车子开始走动。轫，置于车轮下制止滚动的木头，把轫撤掉，可以启行。

● *16* · 骊山：长安东六十里，在今陕西临潼东南。

● *17* · 秦道：陕西原为秦地，其境内大路称为秦道。

宫台光错落，[18] 装画偏峰峤。[19]
细绿及团红，[20] 当路杂啼笑。[21]
香气下高广，鞍马正华耀。
独乘鸡栖车，[22] 自觉少风调。[23]
心曲语形影，[24] 衹身焉足乐。[25]
岂能脱负担，[26] 刻鹄曾无兆。[27]
幽幽太华侧，[28] 老柏如建纛。[29]
龙皮相排戛，[30] 翠羽更荡掉。[31]
驱趋委憔悴，[32] 眺览强笑貌。[33]
花蔓阂行辀，[34] 縠烟暝深徼。[35]
少健无所就，入门愧家老。[36]

● 18 • 宫台：骊山上的宫殿、台榭，如华清宫、集灵台等。

● 19 • 峤（jiào）：尖而高的山。

● 20 • 团红：花团锦簇。

● 21 • 啼笑：花沾露如啼，花开若笑。

● 22 • 鸡栖车：车箱简陋如鸡笼，语出《后汉书·陈蕃传》："车如鸡栖马如狗。"

● 23 • 少风调：缺少风度。

● 24 • 心曲：内心。

● 25 • 衹身：有病之身。衹（qì），同"疷"，病也。

● 26 • 负担：世俗之事加给身心的负担。

● 27 • 刻鹄：汉人马援要侄子学龙伯高的处世哲学，像雕刻飞鹄一样，即使刻鹄不成也能成鹜。事见《汉书·马援传》。

● 28 • 幽幽：深暗。

● 29 • 纛（dào）：古代军中的大旗。

● 30 • 龙皮：形容老皱开裂的柏树皮。排戛：挤在一起。

● 31 • 荡掉：摆动。

● 32 • 驱趋：驱车赶路。

● 33 • 强笑貌：眺览时，心开目爽，强露笑容。

● 34 • 阂（hé）：阻碍。辀（zhōu）：车辕，代指车。

● 35 • 縠（hú）：纱。縠烟：如薄纱似的暮雾。徼（jiào）：小路。

● 36 • 家老：家中尊长，此指贺母。

● *37* • 听讲：听讲佛经。

● *38* • 出柙虎：出笼的猛虎。柙，关猛兽的木笼。

● *39* • 藏雾豹：传说南山有黑豹，藏身远祸，连续七天躲在大雾里，不下山觅食。见刘向《列女传》。

● *40* • 韩鸟：韩地的鸟。韩，战国时诸侯国名，在今河南中部及山西南部，福昌在韩地，故诗人以此自喻。矰缴（zēng zhuó）：箭上系着丝绳。

● *41* • 湘鲦（tiáo）：湘水中的小白鱼。笼罩：指鱼笥等捕鱼工具。

● *42* • 狭行：王琦《汇解》："狭步而行。"廓落：宽舒豁达。王琦本原作"廓路"，据宋蜀本、吴本、曾本改。

听讲依大树，[37] 观书临曲沼。
知非出柙虎，[38] 甘作藏雾豹。[39]
韩鸟处矰缴，[40] 湘鲦在笼罩。[41]
狭行无廓落，[42] 壮士徒轻躁。

品·评

元和七年（812）春，诗人送沈亚之落第返回吴江后不久，便抱着郁郁不得志的情怀，辞去奉礼郎官职，离开长安，返回家乡昌谷。

本诗乃长篇五言古诗，五十二句，上声十七筿、十九皓、去声十八啸、十九效、二十号诸韵通押，其中"老"字叠用，黎简已注意到，说"重老字韵"（《黎批黄评》卷三），打破唐人"忌犯重"的戒律，这是韩孟诗派的做法，胡仔《苕溪渔隐丛话前集》卷十七说过："退之好用重叠之韵，以尽己之诗意，不恤其病也。"李贺走了韩愈的路子。长吉极意铺陈自长安返回昌谷途中的所见所闻，并以此为线索，绾带全诗，多层面地摅写自己辞官返乡时的真切感受。

杨泉《物理论》："会理乱丝，方可读长诗。"《春归昌谷》按内容析解，可以分为四个诗段。启端六句，总写自己年少不得志的愤慨，诗人取终军、颜回以自喻，慨叹国家收罗人才的网虽然高大，但是像自己这样刚直的人竟不能收用，令人终日悲愁。

紧接的十二句，写离京前在长安的见闻，"逸目""羁心"两句，强烈对比眼前京城的华美和羁旅的愁苦，反衬出内心之苦辛。"旱云"以下六句，写晚春三月的景象，"甚奇丽"(《雪浪斋日记》语，吴正子注引)。这六句景物描写反衬"思焦""尝胆"两句，凸显诗人内心的思虑焦急、愁肠绞结。在京城里心事纷扰，很少念家，故云"夜梦归家少"。

第三层自"发轫东门外"至"縠烟暝深徼"，凡二十四句，铺写出京城归昌谷沿途的景色及其见闻。先写遥望华清宫，次写路遇"鞍马"，再写太华柏树，顺次写到车行花蔓烟雾间，虽然赶路很辛苦，但眺望优美的景色，不禁脸上露出笑容。长吉努力克服长诗易于呆滞的弊病，在铺陈中迭起波澜，造成诗思开合、顿挫之势。方扶南指出："望华清宫一段作波"，"望华山柏树一段作波"(《方批》卷三)。即是。诗人又用"旁出"之法。在正常的诗思拓展中，突然插进一段描写，起着补充、旁衬、丰富描写对象的内涵，钱锺书称这种技法为"傍生"(《谈艺录》"李长吉诗"条)。本段"香气下高广"八句，正是李贺常用的"旁出"法中一例。丘象升说："于愁苦中见人艳致，所以益其愁也。"(陈弘治《校释》引)诗人以富贵人家的豪华鞍马反衬自己的破旧小车，顿时触动愁思，生发出一段感慨来。

最后十句为一段，叙述归家后的生活及心态。辞官返乡，事业无成，自然愧对老人。唯有听经观书，消遣时日，甘愿退隐乡里，潜心自修，心意恬适，力戒轻躁。总之，这首长诗细腻地表达出诗人离开长安返回昌谷时的复杂心情。

前人有李贺易得佳句、不重章法的说法，比如黎简就说过"惟章法似无伦次，然长吉于此不甚理会"(《黎批黄评》卷二)。尽管如此，黎氏还是认为本诗是个例外，说"此篇章法甚老"(《黎批黄评》卷三)。李贺此诗长于铺叙，熔叙事、抒情、议论、写景于一炉，章法开合多变，风格沉郁顿挫，深得杜甫《北征》之神髓，方扶南说："此篇章法，似窃法于杜之《北征》大端。"(《方批》卷三)切中肯綮。

出城寄权璩杨敬之[01]

注·释

● 01 · 权璩、杨敬之：诗人的两位好友。权璩，字大圭，天水略阳（今甘肃秦安）人，元和初擢进士第，历监察御史、中书舍人、阆州刺史等。杨敬之，字茂孝，虢州弘农（今河南灵宝）人，行八，元和初进士，历仕屯田、户部郎中、连州刺史、国子祭酒、太常少卿，善文词，其赋为韩愈所称赏。

● 02 · 汉剑当飞去：旧传晋惠帝元康五年（296），武库起火，库藏刘邦斩蛇剑穿屋飞去，事见《异苑》。

草暖云昏万里春，
宫花拂面送行人。
自言汉剑当飞去，[02]
何事还车载病身。

品·评

本诗作于元和七年（812）春，李贺因病辞官返回昌谷，寄诗与好友告别。李贺在长安任职时，交游亲密者有王参元、杨敬之、权璩、崔植等人，李商隐《李长吉小传》云："所与游者，王参元、杨敬之、权璩、崔植辈为密。"《新唐书·李贺传》："与游者权璩、杨敬之、王参元，每撰著，时为所取者。"其交情之密可知矣。李贺离京时，权璩正任京兆府渭南尉，杨敬之正任右卫胄曹参军，故出城时寄诗与他们。这时，王参元已不在京城，故诗题中没有提到他。元和六年（811），王参元受武宁军节度使兼徐州刺史李愿之聘，任掌书记，高瑀《使院新修石幢记》载，李愿于元和六年十一月至于理所，记后列属官姓名，内有节度掌书记王参元。

这首抒情小诗以写景发其端，寓情于景，首句，"暖"字、"昏"字炼得好，黎简评曰："暖、昏二字，状远春，入神。"（《黎批黄评》卷一）次句用拟人手法，写宫花拂面，懂得送别行人，依依不舍，花含深情。两句写尽题上"出城"意。"汉剑当飞去"，自喻，写诗人之抱负；"还车载病身"，是现实之遭际，曾益说："后二句设言以解之，曰汉剑，神物固当飞去，今何事而还归乎？病故也，犹言非己之故，时命不齐之故也。"（《诗解》卷一）诗人通过理想与现实的对比描写，向好友倾诉自己壮志未酬的满腔愤懑，自怨自惭，凄婉可见。

示弟[01]

别弟三年后，还家一日余。
醁醽今夕酒，[02] 缃帙去时书。[03]
病骨犹能在，[04] 人间底事无。
何须问牛马，[05] 抛掷任枭卢。[06]

注·释

● 01 · 题：明弘治本《锦囊集》徐渭、董懋策《唐李长吉诗集》题下增一“犹”字，因知贺弟名李犹。

● 02 · 醁醽（lù líng）：酒名，用湖南酃水酿的酒称醽酒，用江西渌水酿的酒称醁酒。

● 03 · 缃帙（zhì）：浅黄色的包书布。

● 04 · 病骨：带病的身躯。

● 05 · “牛马”句：用《庄子·天道》“昔者子呼我牛也，而谓之牛；呼我马也，而谓之马”文意。方扶南以为“牛马”，即呼卢中名色（《方批》卷一）。

● 06 · 枭卢：古代有掷五木之博戏，程大昌《演繁露》：“五子之形，两头尖锐，中间平广，状似今之杏仁，凡子悉为两面，其一面涂黑，黑之上画牛犊以为之章，一面涂白，白之上画雉。凡投子者五者皆现黑，则其名卢。”

品·评

本诗的写作年代有明确的记载，诗云“别弟三年后”，即元和七年（812）李贺返回昌谷时。姚文燮说：“此应举失意归日也。”（《昌谷集注》卷一）方扶南说：“此当是以父名晋肃，不得举进士而归。”（《方批》卷一）均非是。李贺举进士落第还乡，前后没有超过一年。

诗人在长安任职三年，他厌恶那种“臣妾气态间”的官场生活，身体又有病，便辞官回家，一到家便写下本诗。这是一首与兄弟谈心的诗。开端四句，诉说别弟三年后，事业无成，只有眼前的醁醽酒和离别时带去的用缃帙裹好的书。前四句平平写来，而后四句情感转入激越，“病骨”二句，上言病身幸存，与《出城寄权璩杨敬之》“何事还车载病身”相应；下言人事多故，这是诗人对元和年间腐败政治的全面概括和深刻批判。长安三年，诗人用他严峻的目光，多方面注视着当时的政治舞台，他看透了、看够了人间的种种怪事，于是把自己对元和政事的观察和认识，凝聚在“人间底事无”这句精警的诗句里。最后两句，诗人以博戏为话头，表达自己极度愤激的心情，也反映出无可奈何的怅叹。叶葱奇说“末两句并不是达观，而是愤激话”（《李贺诗集注》卷一），说得很对。

这首诗的语言风格很别致，迥异于诗人平时“呕心”、“苦吟”、字字锤炼的诗句，徐渭以为本诗“平易”，似乎不像出自李贺之手，并进而论曰：“冲淡拙率，尤贺之佳处。”（《徐评》卷一）这种诗语适应“谈心”的创作需要，也体现出长吉诗歌风格的多样化。

秋凉诗寄正字十二兄[01]

闭门感秋风，幽姿任契阔。[02]
大野生素空，[03]天地旷肃杀。
露光泣残蕙，虫响连夜发。
房寒寸辉薄，[04]迎风绛纱折。[05]
披书古芸馥，[06]恨唱华容歇。[07]
百日不相知，[08]花光变凉节。[09]
弟兄谁念虑，笺翰既通达。
青袍度白马，[10]草简奏东阙。[11]

注·释

● *01* · 正字：秘书省官员，掌图书雠校，刊正文字。十二兄：长吉族兄。

● *02* · 幽姿：幽雅的风度。契阔：久不相见。

● *03* · 素空：秋空清朗明净。

● *04* · 寸辉薄：灯光昏暗。

● *05* · 绛纱：窗帷。

● *06* · 馥：香气浓郁。

● *07* · 华容歇：容貌衰老。

● *08* · 百日：指与十二兄自长安分别至今已有百余日。

● *09* · 花光：指春光明媚。凉节：秋时。这正是“百日”前后的节候。

● *10* · 青袍：唐代八九品官员服青，十二兄任正字，服青袍。度：骑乘。

● *11* · 东阙：代指朝廷。

●*12*· 覃（tán）葛：蔓延的葛藤。《诗经·周南·葛覃》："葛之覃兮。"《毛传》："覃，延也。"

梦中相聚笑，觉见半床月。

长思剧循环，乱忧抵覃葛。[12]

品·评

"正字十二兄"是谁？历来评注家未加说明。钱仲联先生《李贺年谱会笺》（载《梦苕盦专著二种》，中国社会科学出版社 1984 年版）说："《新唐书·世系表》郑王亮后裔有'正字佩'，如贺果出大郑王后，则此正字佩，未知即十二兄否？"李贺本出大郑王李亮后，今从钱氏说，知十二兄正字即李佩。诗云"百日不相知，花光变凉节"。李贺于元和七年春自长安归昌谷，正当"花光"时，隔三月余（即"百日"），正当"凉节"时，已是秋季，与"秋凉诗"题意正合，足见本诗写于元和七年（812）七月。

这是李贺家居昌谷寄给任正字京官的族兄李佩的诗。首二句，自题上"秋凉"切入，说闭门家居，已感受到秋寒，想起十二兄，好久没有见到你的幽雅风姿。"大野生素空"以下八句，是对秋天的景物描写，田野里秋光清明，天地间一派萧条景象，残蕙缀着露珠，晶莹如泪水，虫声唧唧，在秋夜里连续不断。钱澄之说："'连夜发'三字，极写虫声之急。"（《昌谷集注》卷三引）以上写外景。房中灯光暗淡，幔帐被秋风吹得翻卷起来，披书阅读，芸香馥郁，愁吟使容颜衰老，以上写闭门情事。"百日不相知"四句，说自京返乡与族兄已有百日睽违，时光易逝，已从春天变为秋节，遥应开端"感秋风"三字。你的来函已经收到，犹幸通信，兄弟互存问候，此外还有谁来念怜我呢？最后六句，转写十二兄，你穿着青袍，骑着白马，草写奏章，上奏朝廷，写兄之近况。曾益注："袍马，奏阙，言兄服官。"（《诗解》卷三）路途遥远，与兄只能在梦里相聚谈笑，梦醒后惟见半床月光。不见兄，故长思，思念之剧烈，犹如循环之不断，忧怨之纷乱，犹如蔓延不绝之葛藤。姚文燮评本诗尾联说："心焉惄如，正回转延蔓，惟环与葛之相贯耳。"（《昌谷集注》卷三）结尾用两个生动的比喻，极写思念十二兄之殷切。全诗叙兄弟之深厚情谊，真挚感人，朱自清先生《李贺年谱》："以贺与诸人（按：指诸族兄）迹甚疏，诗亦不亲切故。"反复咏味《秋凉诗》，知朱氏此评欠当。

本诗语言朴健古简，得杜甫五言古诗之神髓，刘辰翁用一个"古"字评本诗（《吴注刘评》卷三），吴汝纶《评注李长吉诗集》论本诗"长吉此等诗，皆近似杜诗"，都擷出长吉诗"雅似韩杜"的风格特征，值得重视。

勉爱行二首送小季之庐山[01]

注·释

●01·小季：小弟，唐人习惯以“季”字作“弟”字讲，如李白《送二季之江东》。之：至。

●02·俎豆：古代祭祀、设宴时用来盛放牺牲和菹醢的器皿。

●03·小雁：喻小弟。炉峰：庐山之香炉峰。

●04·楚水：指鄱阳湖。

●05·石镜：庐山东有石镜峰，山石圆平如镜，可以照见人影。

洛郊无俎豆，[02] 弊厩惭老马。
小雁过炉峰，[03] 影落楚水下。[04]
长船倚云泊， 石镜秋凉夜。[05]
岂解有乡情， 弄月聊呜哑。

别柳当马头，[01] 官槐如兔目。[02]
欲将千里别， 持此易斗粟。[03]
南云北云空脉断，
灵台经络悬春线。[04]
青轩树转月满床，[05]
下国饥儿梦中见。[06]
维尔之昆二十余，[07]
年来持镜颇有须。
辞家三载今如此，
索米王门一事无。[08]

注·释

● *01* · 当：挡住。

● *02* · 兔目：形容槐叶初生的形状。《本草纲目》卷三五："槐之生也，入季春五日而兔目，十日而鼠耳。"则李贺送别小弟时，正是季春三月。

● *03* · "持此"句：意谓兄弟千里相别，只为换取斗粟，以维持生计。

● *04* · 灵台：心。《庄子》："不可内于灵台。"郭象注："灵台，心也。"

● *05* · 青轩：老母居室。

● *06* · 下国：京城称中国，京城以外的地方都是下国，这里指江西。下国饥儿，指老母梦见去江西的小儿子。钱仲联先生《李贺年谱会笺》："乃李贺指其母所思念之小季而言。"

● *07* · 昆：兄长。

● *08* · 索米王门：在朝为官，领取俸禄。语出《汉书·东方朔传》："无令但索米长安。"

● *09* · 古水：久积之水。光如刀：水色明亮如刀之寒光。
● *10* · 拱柳：两人合抱粗大的柳树。蛴螬（qí cáo）：树木中的蛀虫。
● *11* · 悲号号：号哭悲切。

荒沟古水光如刀，[09]
庭南拱柳生蛴螬。[10]
江干幼客真可念，
郊原晚吹悲号号。[11]

品·评

元和八年（813）季春，长吉胞弟李犹离家去江西庐山谋生，诗人作《勉爱行二首送小季之庐山》以送别，抒写兄弟离别之深情。“勉爱”，勉其自爱，吴正子注曰：“勉爱乃勉旃自爱之意。”（《吴注刘评》卷二）元和七年（812）春，李贺自长安因病辞官返归昌谷，弟李犹在家，有《示弟》诗。第二年七月一日，李贺已辞家去潞州，则李犹去庐山，必在元和八年。

“洛郊无俎豆”一首，叙离别之感受。首二句极写己之贫困，在洛阳郊外祖别，无俎豆陈列以饯送，所乘之马既瘦又老，自感惭愧。“小雁过炉峰”以下六句，遥想小弟离别后的情景。先想象小弟过香炉峰时，身影落在鄱阳湖里，怀念小弟之情，蕴含在景物描写之中。黎简称赏“小雁过炉峰”二句写得好：“以此贴切小弟，真是冰雪聪明，离别之感，亦在句中。”（《黎批黄评》卷二）其次想象小弟泊舟石镜峰的景况和心绪，长船倚云而停泊，四顾凄迷，又当石镜秋凉之夜，倍感孤寂。小弟值此情境，岂能不动乡情？无处倾诉，只能对月悲啼。王琦《汇解》说："即不解有乡情者，对月不能不兴呜哑之悲，而况有乡情者哉！"真得诗人之心。

其二"别柳当马头"一首，言兄弟之情。本诗平仄交叉用韵，分成四段，四句一段，结构齐整，层次井然。首四句写"别"，送别处的柳枝，挡住马头，道边的官槐发芽如兔目，此时此地将作千里之别，犹弟"持此"以易斗粟，也就是《左传》所谓"糊口四方"的意思。刘辰翁说："此语甚悲。"(《吴注刘评》卷二）兄无力维持家庭生计，弟年幼而远行谋生，真可悲伤，所以措辞很沉痛。次四句写"母心"，叙说老母思念、牵挂二子。"南云"，喻指南下庐山的小儿李犹，"北云"，喻指已经准备北游潞州的自己。一南一北，离乡远行，故曰"脉断"。老母心里像悬挂着春线，牵挂两地。黎简评："'春线'句，言劳心牵挂也。"(《黎批黄评》卷二）老母居室的树影，随月光转移，梦里见到江西的小儿。钱仲联《李贺年谱会笺》谓："《勉爱行》中之'饥儿'，乃李贺指其母所思念之小季而言，更不能指贺之儿。"极确。再次四句写"我"。"尔之昆"，你的兄长，就是诗人自己，已经二十多岁，颇有髭须，辞家三年到京城任职，"索米王门"，却辞官而归，事业无成。最后四句写"忆"。诗承上文而来，既然"我"一事无成，所以家庭冷落，荒沟积水，水光如刀，庭前老柳，已被蛀空。诗思又由眼前景转向远方"江干"，遥忆"江干幼客"小弟，年幼独自外出，真令人忧虑挂念。这时，忽然听到野外呼呼的风声，如人悲号，更令人感到无限悲伤。结句用旁衬法，"似助人之悲切"（王琦《汇解》语），意味悠然不尽。

李贺与犹弟感情极深，屡屡吟咏兄弟情，如《示弟》《题归梦》等，而本诗则较为集中地表现这种情真意切的情思，感情真挚，情趣深永，刘辰翁评曰："非深爱，不能道此兄弟情。"(《吴注刘评》卷二）刘氏要言不烦，的中题旨，洵为高论。

后园凿井歌[01]

注·释

●01·后园凿井歌：《拂舞歌辞》中有《淮南王篇》云："后园凿井银作床，金瓶素绠汲寒浆。"长吉诗题出于此。

●02·辘轳：井架上转动汲水器绳索的圆木器具。床：安置辘轳的井架。

●03·荀奉倩：三国时人荀粲，字奉倩，娶曹洪女，与妇情至笃。冬日，妇病热，粲乃出中庭自冷，还，以身熨妇。事见《世说新语·惑溺》。

井上辘轳床上转，[02]
水声繁，弦声浅。
情若何？荀奉倩。[03]
城头日，长向城头住，
一日作千年，不须流下去。

品·评

本诗题虽出自晋《拂舞歌辞》，但诗的内容与原作完全不同，长吉已加夺换。诗的开端，以"井上辘轳"和"弦声"起兴，辘轳和井架相互依倚，喻夫妇之和谐，弦声和水声相和成音，喻夫妇之好合。诗人先以比兴发端，接着便直接抒情，"情若何"，情如荀奉倩，以一问一答的句式，叙写夫妇感情笃好和美，像晋代的荀粲一样。最后四句说，但愿城头白日长住，一日光阴像一千年，白日永不沉落，用超常反理的诗意，表达出夫妇恩爱天长地久的良好愿望。

诗里写的这对夫妇是谁？是泛咏他人呢，还是写自己？王夫之说这是“悼亡诗”(《船山唐诗评选》)。三个字，拨开迷雾，告诉我们，《后园凿井歌》写自己的夫妇生活。惟其“悼亡”，才切合荀奉倩的典故，既然妻已病死，才会生出白日长住的意愿。我们联系《始为奉礼忆昌谷山居》“鹤病悔游秦”，知道贺妻在他任奉礼郎时已有病；再看他的《题归梦》用“鱼目”之语典，知道贺妻死于他在长安任职的时段里。所以王夫之评此诗曰：“悼亡诗，托词乃于意隐者，于言必显，如此方不入魔。悲婉能下石人之泪。”(《船山唐诗评选》)因为李贺用了“托词”之法，使人不易觉察，然而他隐其悼亡之意，必显其言，“荀奉倩”即是一例，此典明言粲妻病亡，遂透出悼亡之消息。全诗并不用悲婉的字面，语言看似古朴，然而悲怆感人，就因为诗人动了“悼亡”的真情。李贺昌谷家园中有家泉、石井，他闲居昌谷时，睹物生情，触怅感发，兴起悼念亡妻的情思，悲痛地写下本诗，悲婉感人。

南园十三首

（选六）

其二

宫北田塍晓气酣，[01]

黄桑饮露窣宫帘。[02]

长腰健妇偷攀折，

将喂吴王八茧蚕。[03]

其四

三十未有二十余，

白日长饥小甲蔬。[04]

桥头长老相哀念，[05]

因遗戎韬一卷书。[06]

注·释

● *01* · 宫：指福昌宫，隋炀帝所建，故址在今河南宜阳昌谷东。塍（chéng）：田间的土埂子。酣：晓气浓重。

● *02* · 窣（sū）：拂引、触及的意思。王琦《汇解》作“窣窣声”，非是。

● *03* · 八茧蚕：我国南方天热，一年可喂养八次蚕，称为“八茧蚕”。语出《文选》左思《吴都赋》：“乡贡八蚕之绵。”李善注：“刘欣期《交州记》曰：一岁八蚕茧。”

● *04* · 甲蔬：蔬菜外层的皮。

● *05* · 长（zhǎng）老：老人。

● *06* · 遗（wèi）：赠送。戎韬：兵书。据《史记·留侯世家》载，张良在下邳北桥遇黄石公，送他一部《太公六韬》。后来张良便用此书帮助刘邦统一天下。

其五

男儿何不带吴钩，[07]
收取关山五十州。[08]
请君暂上凌烟阁，[09]
若个书生万户侯？[10]

其六

寻章摘句老雕虫，[11]
晓月当帘挂玉弓。[12]
不见年年辽海上，[13]
文章何处哭秋风。[14]

注·释

- *07*·吴钩：吴地生产的一种弯刀，后泛指锋利的刀剑。
- *08*·五十州：指元和时代被藩镇割据的山东、河南、河北一带五十余个州郡。
- *09*·凌烟阁：唐太宗表彰功臣的地方，见《大唐新语·褒赐》。
- *10*·若个：那个。
- *11*·寻章摘句：分断、离析儒家典籍中的章节句读（dòu），说见沈括《梦溪笔谈·补笔谈》卷一。老：终老。雕虫：雕虫小技，扬雄《法言》称作赋为“童子雕虫篆刻”。
- *12*·玉弓：残月弯弯如玉弓形。
- *13*·辽海：我国辽东地区临渤海，称为辽海。本诗泛指多战事的边地。
- *14*·哭秋风：写文章抒发悲秋的情感。

其九

泉沙耎卧鸳鸯暖，[15]
曲岸回篙舴艋迟。[16]
泻酒木兰椒叶盖，[17]
病容扶起种菱丝。[18]

注·释

● *15*·耎（ruǎn）：同“软”。

● *16*·舴艋：底部方平的船，利于在下有卵石的溪水中行走。

● *17*·木兰：俗称紫玉兰，皮似桂而香，可以浸酒。以木兰木制成容器，贮酒生香。椒叶：香椒树之叶，盖酒上，浥其香味。

● *18*·菱丝：菱之茎须极细，在水下荡漾如丝。

● *19*·边让：东汉陈留浚仪人，名文亿，少有才，受蔡邕赏识，将他推荐给何进，事见《后汉书·边让传》。

● *20*·裁曲：制作乐府歌曲。

其十

边让今朝忆蔡邕，[19]
无心裁曲卧春风。[20]
舍南有竹堪书字，
老去溪头作钓翁。

品·评

南园，是李贺的家园，在昌谷。杨其群《李贺咏昌谷诸诗中专名考》谓“原”与“园”二字字义相通，他家的南园，指李贺家宅南“可种谷给食”的大片土地。

《南园十三首》是诗人家居昌谷时写景抒情的一组诗，生动而全面地记录他当时的生活和思想，有的描绘了家乡的田园风光，有的表达“收取关山”的政治抱负，有的流露出他安于“卧春风”闲逸生活的情绪，真实反映出他这一时期出与处、奋进与隐退的矛盾心态，是我们了解李贺的最为直接的思想资料，所以本书多选录了几首。

叶葱奇《李贺诗集注》说：“很可能是韩愈劝他考进士失意而回后，郁闷家居时所作。”这是误解。诗人落第时，仅十九岁，不可能写出“三十未有二十余”这样的诗句来。落第后，他还积极争取入仕，这又与诗里“茂陵归卧叹清贫”的诗意不合。这组诗的写作年月，最合理的解释，应是诗人辞官东归昌谷后所写。元和七年（812）归昌谷时已是暮春，元和八年（813）七月以后又离家去潞州，因此这组诗当写于元和八年春夏间。

其二“宫北田塍晓气酣”一首，描写蚕妇们辛勤地养蚕，以应付繁重的赋税，但她们栽桑无地，只得趁着晨雾，偷折宫墙边上的桑叶，去喂养新蚕。诗篇摄取了“偷攀折”的镜头，以小见大，通过个别蚕妇的辛劳，反映出封建统治阶级对劳动人民实施残酷的经济剥削。姚文燮说：“贺深悲女丝之难继也。”“必得吴都一岁八茧之蚕，始得供其用耳。”（《昌谷集注》卷一）意谓蚕妇一定要养八茧之蚕，产丝方多，才能供其交纳赋税，阐意亦自透辟。

其四“三十未有二十余”一首，黎简评曰：“此长吉以张良自况。”（《黎批黄评》卷一）二十余岁，正是一个人有所作为的时候，可是昏庸腐败的朝廷，促使年轻有为的李贺仕途蹭蹬，穷困潦倒，退处乡里，蔬食亦不能自饱。然而，李贺并不灰心，他渴望能像张良那样得到兵书，遇到像刘邦那样的明主重用他。

其五“男儿何不带吴钩”一首，开端以豪语唱发，气概雄迈。《新唐书·李绛传》：元和七年，宪宗在延英殿听政，李绛曰：“今法令不能及者五十余州。”长吉诗语，恰恰反映出中唐时代黄河南北五十余州不服从中央王朝号令的现实，亦是本诗作于元和八年的佐证。“请君”两句，谓必欲立功异域，未有书生而封万户侯者，所以诗人会发出“收取关山五十州”的豪情来。

其六“寻章摘句老雕虫”一首，诗思承其四、其五生发，继续抒写轻文事、尚武功的思想。诗人说，那些寻章摘句死读经书的书生，那些吟风弄月的雕虫小技，都无法改变国家分裂的局面，辽海战场上连年战火连天，哪里用得着悲秋伤怀的文章呢？只有投笔从戎，平叛杀敌，才能报效国家，诗意与上两首呼应。姚佺说：“睹此一首，而带吴钩之意益明矣。”（陈弘治《校释》卷一引）在元和时代的后期，藩镇割据势力猖獗，朝廷正需用兵，诗人产生挽强从戎的思想，很自然。只可惜李贺身体瘦弱，素无武韬之略，他立功异域的臆想，不过是一种难以实现的豪语，正如鲁迅先生在《豪语的折扣》一文中所说：

> 连长了长指甲，骨瘦如柴的鬼才李长吉，也说“见买若耶溪水剑，明朝归去事猿公”起来，简直是毫不自量，想学刺客了。这应该折成零，证据是他到底并没有去。

其九“泉沙耎卧鸳鸯暖”一首，前两句写景，形容春时景色，亦自鲜丽。炼字炼得极细，泉边的沙被水浸润，故“软”，春日暖和，故鸳鸯卧沙而觉“暖”；弯曲的溪水里撑篙，迂回曲折，故曰“回”，船行很慢，故曰“迟”，很能体现出长吉锤炼语言的功夫。首句，语出杜甫《绝句二首》“沙暖睡鸳鸯”，稍事变化。李贺很注意从杜甫诗中汲取艺术营养，他从大处着眼，继承杜甫诗歌中的现实主义传统，乐府精神，锤炼语言等方面的修养，这里限于篇幅，不加发挥，本书将在相关篇目中分别谈论这些问题。后两句写自己的轻微劳作，倒酒在木兰容器里，盖上椒叶，饮用时口颊生香，他抱病种植菱角，亦一乐事。整首诗，描写自己家居生活的闲逸及其情趣，是李贺昌谷闲居时期心态平和、生活惬意的一个侧面。《南园十三首》（其三）“自课越傭能种瓜”，其诗境意趣，与本诗相仿佛。

其十“边让今朝忆蔡邕”一首，长吉以边让自喻。边让得蔡邕知遇，故忆之，李贺得韩愈、皇甫湜知遇，无奈两人远去，韩愈时任史馆修撰，皇甫湜于元和八年前后贬官去庐陵，故长吉感而忆念之。他无心写作乐府诗，安心卧于春风中。三、四句，正是“卧春风”的具体表现，舍南有竹，可以斫取书字，终老南园，可以溪头钓鱼。李贺摆脱官场羁拘，重返家园，心情舒畅，本诗便真切地反映出他当时归卧昌谷，无心用世，终老家园的思想情感。

昌谷北园新笋四首[01]（选二）

注·释

●*01*·昌谷北园：李贺昌谷山居宅北之坡地，呼为“北园”。

●*02*·箨（tuò）：笋壳。

●*03*·母笋：大笋。龙材：珍贵之材，《笋谱》：“俗闻呼笋为龙孙。”

其一

箨落长竿削玉开，[02]
君看母笋是龙材。[03]
更容一夜抽千尺，
别却池园数寸泥。

注·释

● *04* · 斫（zhuó）取：砍取。青光：青色竹皮。楚辞：哀怨之辞，指李贺自己的诗。
● *05* · 腻香：浓腻的竹香。春粉：新竹粘在竹皮上的白粉。黑离离：形容墨迹淋漓。
● *06* · 露压烟啼：竹叶上积压的露水，在迷雾中看去，很像啼泣的眼泪。

其二

斫取青光写楚辞，[04]
腻香春粉黑离离。[05]
无情有恨何人见，
露压烟啼千万枝。[06]

品·评

李贺因病辞官离长安后，即返回昌谷，开始了他的昌谷闲居生活。本诗（其四）有“茂陵归卧叹清贫”句，茂陵即司马相如，《史记·司马相如列传》：“相如既病免，家居茂陵。”归叹，正是诗人辞官归家的生活写照，也与《南园十三首》（其十）“无心裁曲卧春风”的意趣完全一致。长安归来，已是暮春，所以本诗当是回乡后第二年，即元和八年（813）写的。

《昌谷北园新笋》，是一组托物言志的诗。其一“箨落长竿削玉开”一首，写新竹生长的特征，借以自抒怀抱，表现出诗人的进取精神和奋发向上的高情远志。

龙材，扣合“王孙”的身份。写竹喻人，不即不离，不粘不脱，完全符合咏物诗的审美要求。长安归来后，诗人确实曾想“甘作藏雾豹”（《春归昌谷》），也曾想“卧春风”，但在国家多事之秋，忧国伤时的诗人，又怎能安心于这种归卧生活呢？他身在家园，心存天下，还想“更容一夜抽千尺”，因此写出这首富有生机的小诗来。

其二“斫取青光写楚辞”一首，是一篇名作，脍炙人口。前两句说刮却竹上的青皮，写上自己的诗。《南园十三首》（其十）“舍南有竹堪书字”，与此同。竹香、竹粉和着淋漓的墨迹，诗韵、书神和着愤懑的激情，将描写对象的内美和外美，将竹与人完美地融合起来。后半首诗思承着前两句继续拓开，说新竹虽然无情，而我的诗篇和《离骚》一样，却自充满着怨恨，有谁能知道呢？只落得千万枝竹叶沾着露水，像在迷漫的晨雾中悲啼。尾句比孟郊《婵娟篇》“竹婵娟，笼晓烟”的意境，更深一层。全诗总为慨叹无人相知，诚如姚文燮所言：“良材未逢，将杀青以写怨，芳姿点染，外无眷爱之情，内多沉郁之恨，然人亦何得而见之也。”（《昌谷集注》卷二）全诗措辞微婉，意蕴深远，情韵悠然，“无情有恨何人见”，卓然名句，被晚唐诗人陆龟蒙写入《白莲》诗中，各尽其妙。

七月一日晓入太行山

注·释

● *01* · 溘（kè）：依，沾濡。蒙：女萝别称。菉：草名，又名王刍。

● *02* · 云阪：有云气的山坡。

● *03* · 候虫：应时而鸣的草虫。露朴：林木间露珠凝聚。

● *04* · 洛南：昌谷在洛阳西南，此指长吉家乡。

● *05* · 越衾：越布做的被。熟：熟睡，因欲早行，故不能熟睡。

● *06* · 石气：山石间的寒气。

● *07* · 老莎：莎草，茎三棱，入药。镞：箭头。

一夕绕山秋，香露溘蒙菉。[01]
新桥倚云阪，[02]候虫嘶露朴。[03]
洛南今已远，[04]越衾谁为熟。[05]
石气何凄凄，[06]老莎如短镞。[07]

品·评

诗人辞官归家，在昌谷闲居一年以后，为了再次寻找施展政治抱负的机会，也为了谋求生计，就在元和八年（813）六月下旬的某一天，离开昌谷，出发到潞州去。他取道河阳，作《河阳歌》，进入太行山区，有《七月一日入太行山》诗记其行。经过长平（今山西晋城）古战场时，有感而作《长平箭头歌》，又经过山西高平县，写下《高平县东私路》。这些诗，清楚地勾勒了一条北游潞州的线路，又都以秋景为描写对象，与诗人入潞的节令相合，显然是同一时期所作。

这是一首纪行即景诗，用五言短古的体式写成。六月为夏，七月为秋，从六月底，经一夕而到七月初，已是绕山秋色。露水本无香，沾在草上，草散发出香味，故云"香露"。这种曲折喻意的手法，在长吉诗中是屡见的。新桥倚着云霭笼罩的山坡，树丛里发出草虫的鸣叫声。以上四句，描写了晓行山区的景况，清晨清新的物候，固然涤荡着诗人心胸的郁闷，而穿行露雾间，则道途之苦辛，羁旅之愁思，也见之于言外，为结句的"石气何凄凄"埋下伏笔。

"洛南"两句，紧承上意，由写景转入抒情，因晓行而兴起怀乡之情。家乡昌谷已愈离愈远，但急于赶路，意在早行，又岂能熟睡。陈弘治《校释》引丘象升说"言谁能熟睡"，以之诠释"谁为熟"，得诗意。最后两句，再绕回到晓行山景上，以景结情。山石间的寒气是多么凄苦，路边的老莎草劲挺如箭镞，叶葱奇说："内里还含有刺心、愁苦的意思。"（《李贺诗集注》）所言极是。这分明是写景"移情"之法，人心凄苦，才会感到石气凄凄，草如短镞，以情移景，情与景融，意蕴无穷。

酒罢张大彻索赠诗时张初效潞幕[01]

长鬣张郎三十八，[02]

天遣裁诗花作骨。[03]

往还谁是龙头人，[04]

公主遣秉鱼须笏。[05]

太行青草上白衫，[06]

匣中章奏密如蚕。[07]

金门石阁知卿有，[08]

豸角鸡香早晚含。[09]

注·释

● *01* · 张大彻：张彻，清河人，排行大，从韩愈学，愈以堂侄女妻之，元和四年（809）登进士第，八年（813）为泽潞节度从事，改幽州节度判官，召入为监察御史。后复返幽州，任殿中侍御史，长庆元年（821），幽州军乱，遇害。韩愈有《祭张给事文》《故幽州节度判官赠给事中清河张君墓志铭》，记其事迹。潞：潞州，治所在今山西长治。

● *02* · 长鬣：长须。

● *03* · 花作骨：犹锦心绣肠。

● *04* · 龙头人：才高居首位之人。《三国志·魏书·华歆传》注引《魏略》："华歆与邴原、管宁等三人，俱游学厚交，时号三人为一龙，歆为龙头，原为龙腹，宁为龙尾。"

● *05* · 秉：执持。鱼须笏：大夫所执笏，见《礼记·玉藻》。

● *06* · 太行：本作"水行"，今据宋蜀本改。太行山，山在泽潞节度使辖区内。唐代无官职之人着白衣，八、九品官员着青衣，张彻初效潞幕，故云"青草上白衫"。

● *07* · 匣中章奏：张彻在潞幕掌章奏。

● *08* · 金门：金马门，汉武帝立铜马于鲁班门外，因称金马门，汉时东方朔等人待诏于此。石阁：阁名，汉萧何造，为汉宫中藏书之处。

● *09* · 豸角：獬角冠，御史台监察御史以上官员服之。鸡香：鸡舌香，汉代尚书郎含鸡舌香奏事，其气息芬芳。

●*10*·陇西：李氏郡望。

●*11*·中区窄：心胸不舒畅。

●*12*·葛衣：布衣。赵城：指潞州，春秋时潞子国，战国时为赵地。

陇西长吉摧颓客，[10]
酒阑感觉中区窄。[11]
葛衣断碎赵城秋，[12]
吟诗一夜东方白。

品·评 诗人为什么要北游到潞州去呢？原来他是投奔张彻去的，因为张彻与李贺在长安时便结下很深的友谊。张彻是韩愈的学生，元和四年（809）登进士第。其时，李贺正在长安，经韩愈介绍，两人得以交游。按，元和六年（811），郗士美任昭义军节度使兼潞府长史，《旧唐书·宪宗纪》："（元和六年）三月乙未朔，以河南尹郗士美检校工部尚书兼潞府长史、昭义军节度使。""（元和十二年）八月戊午朔，以河南尹辛秘为潞府长史、昭义军节度使，代郗士美。"则郗士美于元和六年至十二年（811—817）任昭义军节度使，使府在潞州。张彻"初效潞幕"，在郗士美幕府里担任草拟文书、掌章奏的职务，根据李贺的行迹及诗意，当在元和八年（813）。郗士美精通经史，统军法度严明，在征讨王承宗的战役中，“威震两河”（见《新唐书·郗士美传》）。潞州又是两河重镇，战略地位十分重要，是诗人梦想投身军旅、为国出力的理想环境。李贺到潞州投奔张彻，希望得到他的引荐，实现自己的报国理想。

李贺初到潞州，张彻置酒为之洗尘，热情接待。张彻从韩愈那里早已闻知李贺的诗名，酒罢，便向长吉索诗。长吉欣然命笔，作本诗。全诗交替运用平仄韵，自然形成三层诗意。第一层四句“八”“骨”“笏”，入声六月、八黠韵通押，赞张彻，说他美髯长垂，天赋才华，裁诗明丽，在友朋中是个“龙头”，由外戚推荐入仕任职。“公主”句，王琦以为“似言外戚荐引入仕”（《汇解》卷二），后代诗论家都赞同此说，唯姚文燮《昌谷集注》把这种见解落到史实上，说：“张垍尚玄宗宁亲公主。彻，其裔也。”考张彻之父名休，祖名践，韩愈《张彻墓志》云“祖某，某官”。魏仲举本注：“或作祖践父休。”而《新唐书·宰相世系表》载张垍之子为涣、岱。姚氏说，为不根之言。

第二层四句“衫”“蚕”“含”，下平声十三覃、十五咸通押，紧承上层诗意，先说张彻当时担任秘书工作，草拟章奏，文字繁密，次则预祝他将成为皇帝的文学侍从，或则成为监察御史。连同上一层，八句诗都是赞誉张彻的，曾益说：“上八句誉彻遇。”（《诗解》卷二）一个“遇”字，与下层诗意应和，起承上启下作用。

第三层四句“客”“窄”“白”，换押入声十一陌韵，诗思由张彻转入自己，“伤己不遇”（曾益《诗解》评），说自己是个蹭蹬颓衰之人，旅途劳顿，衣衫褴褛，面对张彻，自伤形惭，酒后不禁心胸郁闷，乃借长吟以遣永夜，做完诗题上“索赠诗”的意思。全诗层次分明，前后照应，章法严明，诗思畅达，盛赞好友张彻的风采才华，预祝他日后登上侍从之任或御史之位，最后向好友描述旅途之困顿并倾诉内心之忧郁。这首抒情诗，为我们提供了诗人人生旅程和内心世界的准确信息，很重要，不可轻忽之。

送秦光禄北征

北虏胶堪折[01]，秋沙乱晓鼙[02]。
髯胡频犯塞[03]，骄气似横霓。
灞水楼船渡[04]，营门细柳开[05]。
将军驰白马[06]，豪彦骋雄材。
箭射欃枪落[07]，旗悬日月低[08]。
榆稀山易见[09]，甲重马频嘶。
天远星光没，沙平草叶齐。
风吹云路火[10]，雪污玉关泥[11]。
屡断呼韩颈[12]，曾燃董卓脐[13]。
太常犹旧宠，光禄是新阶[14]。
宝玦麒麟起，银壶狒狖啼[15]。

注·释

●*01*·胶堪折：秋天。《汉书·晁错传》："欲立威者始于折胶。"颜师古注："苏林曰：秋气至，胶可折。"

●*02*·鼙（pí）：军队中所击的小鼓。

●*03*·髯胡：指胡人，胡人大多蓄有大胡子。

●*04*·灞水：长安东面的水名。楼船：杜佑《通典》卷一百六十："楼船，船上建楼三重，列女墙战格，树幡帜，开弓窗矛穴，置抛车垒石铁汁，状如城垒。"

●*05*·细柳：细柳营，今陕西咸阳西南渭河北岸，周亚夫曾驻军于此。

●*06*·驰白马：用三国时庞德典故，《三国志·魏书·庞德传》："德常乘白马，羽军谓之白马将军，皆惮之。"

●*07*·欃（chán）枪：彗星。《尔雅·释天》："彗星为欃枪。"

●*08*·旗悬：王琦《解》："箭发而妖星可落，言弓矢所及之远。"

●*09*·"榆稀"句：《汉书·韩安国传》："累石为城，树榆为塞。"如淳注："塞上种榆也。"

●*10*·路火：烽火。

●*11*·玉关：玉门关。

●*12*·呼韩颈：呼韩，呼韩邪单于，借指当时侵犯边境的回鹘可汗。按呼韩邪单于始终都拥护汉朝，所以王琦《解》云："断呼邪颈非实事，乃借说。"

●*13*·"曾燃"句：用的汉代董卓典故。《后汉书·董卓传》："吕布持矛刺董卓，趋兵斩之。……乃尸卓于市。天时始热，卓素充肥，脂流于地，守尸吏然火置卓脐中，光明达曙，如是积日。"

●*14*·"太常"句：谓秦光禄旧为太常少卿，新升为光禄寺卿，王琦《解》以为光禄是散阶中的称号，即"光禄大夫"之名。

●*15*·"宝玦"二句：曾益《注》："宝玦，珮饰之华美。银壶，饮器之奇丽也。"

桃花连马发，　彩絮扑鞍来[16]。
呵臂悬金斗[17]，当唇注玉罍[18]。
清苏和碎蚁，　紫腻卷浮杯[19]。
虎鞹先蒙马[20]，鱼肠且断犀[21]。
趁趕西旅狗[22]，蹙额北方奚[23]。
守帐然香暮[24]，看鹰永夜栖[25]。
黄龙就别镜[26]，青冢念阳台[27]。
周处长桥役[28]，侯调短弄哀[29]。
钱唐阶凤羽[30]，正室劈鸾钗。

● *16* •“桃花”二句：桃花，指桃花马；彩絮：马鞍上的彩饰。两句意谓，马动，马上的桃花瓣亦动，故曰“连马发”。马飞驰，彩饰随风飘拂，故曰“扑鞍来”。

● *17* • 悬金斗：《世说新语 · 尤悔篇》：“周侯曰：今年杀诸贼奴，当取金印如斗大，悬肘后。”金斗，如斗大的金印。

● *18* • 玉罍（léi）：玉制酒器。

● *19* • 碎蚁：酒初开时，上有浮花，如蚁状。紫腻：美酒名。

● *20* • 虎鞹：虎皮。《左传 · 僖公二十八年》：“胥臣蒙马以虎皮。”

● *21* • 鱼肠：宝剑名。为春秋时越国战败后向吴国进献的宝剑。

● *22* • 趁趕（cān tán）：驰走的样子。西旅狗：即现在的藏獒犬。

● *23* • 蹙额：皱眉头。北方奚：唐代多用奚人为奴仆。

● *24* • 香：计时之香。

● *25* •“看鹰”句：王琦《解》：“养鹰者夜不令得睡，睡则生膘，而怠于博击，故睡则警之，所谓看鹰永夜栖也。”

● *26* • 黄龙：古地名，即龙城，在辽东。

● *27* • 青冢：指代汉代王昭君墓。阳台：出自宋玉《高唐赋》：“朝朝暮暮，阳台之下。”这里指代家乡之高台。

● *28* •“周处”句：用周处刺杀蛟龙的典故。这里指秦光禄北征，如周处在长桥下斩杀蛟龙，为民除害。

● *29* •“侯调”句：侯调，汉武帝时乐人，曾作坎侯之乐。姚文燮《注》：“缘以为国除凶，不顾《骊歌》悲怨。”

● *30* • 钱唐：今浙江杭州。凤羽：即凤毛，比喻人有风姿文采。秦光禄之子在钱唐任职，官阶低，乃随父北征。

●31・内子：妻子。攀琪树：盼征人归来。卢思道《从军行》："庭前琪树已堪攀，塞外征人殊未还。"

●32・羌儿：羌人，善吹笛。落梅：古有《落梅花曲》。姚文燮《注》："攀枝奏曲，望其凯旋，即图欢聚耳。"

●33・"今朝"二句：曾益《注》："擎剑去，应北征也。何日刺蛟回，言师旅之出归不可期，明送别之难为情，兼祝行之必捷也。"

内子攀琪树[31]，羌儿奏落梅[32]。

今朝擎剑去，何日刺蛟回[33]。

品·评

本诗作于元和八年（813），当时李贺在潞州，这一年，回鹘频频犯塞，振武军屯兵御敌。《资治通鉴》载："回鹘发兵度碛南，自柳谷西击吐蕃。壬寅，振武、天德军奏回鹘数千骑至鹏鹈泉，边军戒严。"秦光禄受命北征，途经潞州，李贺于是作此诗以充分表达保卫边塞的雄心壮志。

这首排律，诗人并没有采用平仄交替的用韵方式，而是用平声"八齐""十灰"交替换韵，分出长诗的段落层次。首四句，押"八齐"韵，描写秋日髯胡犯塞，点明"北征"的原因。次四句，押"十灰"韵，写出秦光禄军容威武，将雄士锐。接着十四句，又换"八齐"韵，纵笔描写秦光禄率军北征沿途的所见所闻。既写军容之雄壮，如"沙平草叶齐""雪污玉关泥"；也写秦光禄昔日之功绩、今日之受宠，如"曾燃董卓脐""光禄是新跻"。接下来六句，换用"十灰"韵，以示诗意之反覆，描写秦光禄驰骋之雄姿，建功之决心。又六句，再换"八齐"韵，描写秦光禄军备之齐全精良，守备之勤苦。这两层诗意，从多方面称誉秦光禄，上扣题面，遥应题旨。"黄龙就别镜"以下十句，换"十灰"韵，总写送别意，有妻子送别意，也含李贺之送别意。既然秦光禄北征是为国除害、守卫边疆，"周处长桥役"就不必顾及离歌之悲哀，"侯调短弄哀"，攀枝望回，奏曲盼归，期望着秦光禄早日凯旋。全诗在殷切期盼团聚的欢乐声中收结，别开生面。

本诗是排律格，散句特别多，李贺用灵活的笔法，写出相对事物的灵动之趣，避免呆板，如"风吹云路火，雪污玉关泥"两句，运用倒语之法，"虎鞹先蒙马，鱼肠且断犀"两句，运用借对之法。又如"宝玦麒麟起，银壶狒狖啼"两句，本写酒器上的饰物，却用"起""啼"二字将麒麟、狒狖写活了。诚如徐渭《李长吉诗集评注》云："只用'起''啼'，死物便活，啼字更妙。""守帐然香暮，看鹰永夜栖"二句，"守帐"，承上句之"狗"，"看鹰"，承上句之"奚"，语新意奇。这些都说明李贺诗的语言艺术之高超。

马诗二十三首（选十）

注·释

●*01*·龙脊：骏马的背脊,《周礼·夏官·廋人》:“马八尺以上为龙。”连钱：马脊毛的花纹如连接的铜钱。

●*02*·白踏烟：骏马飞驰，银蹄扬起团团尘土，如踏在白云上。

●*03*·韂（chàn）：也称障泥，披在马腹两侧，用来遮挡泥土。

●*04*·金鞭：精致的马鞭。

●*05*·周天子：指周穆王姬满。

●*06*·玉昆：群玉山和昆仑山。据《穆天子传》记载，周穆王曾周游天下数千里，西至昆仑山，观看黄帝宫殿，到群玉山会见西王母。昆，各本作山，与“恩”韵不叶，蒙古本作“昆”，今从改。

其一

龙脊贴连钱，[01] 银蹄白踏烟。[02]
无人织锦韂，[03] 谁为铸金鞭？[04]

其三

忽忆周天子，[05] 驱车上玉昆。[06]
鸣驺辞凤苑，赤骥最承恩。

注·释

● *07* · 房星：又名天驷，《瑞应图》谓“马为房星之精”。

● *08* · 瘦骨：骏马多瘦，其骨坚硬如铁。杜甫《房兵曹胡马》：“胡马大宛名，锋棱瘦骨成。”

● *09* · 燕山：燕然山，即今蒙古国境内之杭爱山。

● *10* · 金络脑：黄金铸成的马笼头。

其四

此马非凡马，　房星本是星。[07]
向前敲瘦骨，[08] 犹自带铜声。

其五

大漠沙如雪，　燕山月如钩。[09]
何当金络脑，[10] 快走踏清秋。

其八

赤兔无人用，[11] 当须吕布骑。[12]
吾闻果下马，[13] 羁策任蛮儿。[14]

其九

飂叔去匆匆，[15] 如今不豢龙。[16]
夜来霜压栈，[17] 骏骨折西风。

注·释

● *11*・赤兔：三国时战将吕布所骑的骏马名。

● *12*・吕布：字奉先，九原（今包头西南一带）人，封温侯，善弓马，后被曹操所杀。《三国志・吕布传》裴松之注引《曹瞒传》云："时人语曰：人中有吕布，马中有赤兔。"

● *13*・果下马：能于果树下行走的矮马，高仅三尺，常于皇宫中驾车。左思《魏都赋》："驰道周屈于果下。"刘逵注："汉厩旧有乐浪所献果下马，高三尺，以驾辇车。"

● *14*・羁策：受人驾驭驱策。蛮儿：古代对南方少数民族的污蔑性称呼。

● *15*・飂（liù）叔：帝舜时代飂国的董父，性喜养龙。

● *16*・豢（huàn）：饲养。

● *17*・栈：马栈，即马厩。

其十一

内马赐宫人，[18] 银鞯刺麒麟。[19]

午时盐坂上，[20] 蹭蹬溘风尘。[21]

其十五

不从桓公猎，[22] 何能伏虎威。[23]

一朝沟陇出，　看取拂云飞。[24]

注·释

● *18*・内马：宫廷里的马。

● *19*・鞯（jiān）：马鞍具。麒麟：刺在银鞯上的图案。

● *20*・盐坂：虞坂，在今山西平陆东北的中条山上。传说伯乐过虞坂，看到一匹千里马拖着沉重的盐车，在山坡上迎着风尘艰难地前行，事见《战国策・楚策》。

● *21*・蹭蹬：遭遇挫折。溘（kè）：依着，迎着。

● *22*・桓公：齐桓公，春秋五霸之一。

● *23*・伏虎威：《管子・小问》载：齐桓公乘马外出，老虎望见后吓得伏在地上。桓公问管仲，这是什么原因，管仲说："此驳象也，驳食虎豹，故虎疑焉。"

● *24*・拂云飞：掠云而飞驰，形容马行迅速。

注·释

● *25*• 伯乐：春秋时秦人，姓孙名阳，善相马。

● *26*•“旋毛”句：马腹下有旋毛，乃为千里马，见《尔雅·释畜》郭璞注。

● *27*• 掊（póu）：减少。白草：上等的马饲料。

● *28*• 蓦：越过。

● *29*• 烧金：古代道家的炼丹术，据说炼成金丹，服食后可以长生不老。

● *30*• 肉马：凡马，普通的马。

● *31*• 解：懂得。

其十八

伯乐向前看，[25] 旋毛在腹间。[26]
只今掊白草，[27] 何日蓦青山。[28]

其二十三

武帝爱神仙，　烧金得紫烟。[29]
厩中皆肉马，[30] 不解上青天。[31]

品·评

李贺集中写到马、借马喻人事的诗很多，如《送沈亚之歌》“掷置黄金解龙马”，以龙马喻富有才能的沈亚之。《经沙苑》：“晴嘶卧沙马，老去悲啼展。”喻写自己之困顿失意。《吕将军歌》：“西郊寒蓬叶如刺，皇天新栽养神骥。厩中高桁排蹇蹄，饱食青刍饮白水。”以神骥与蹇蹄之不同遭遇，喻写贤士和小人的不同命运。这些诗中写到的马，不过是整首诗里的个别意象，独独《马诗二十三首》这组诗，专门写马，首首写马，又首首写自己，或抒情，或议论，抒发自己的情怀和心志。长吉运用“连章蝉联”之法，分之则各首独立成章，合之则联成一篇，成为一个不可分割的整体。王琦说：“《马诗二十三首》俱是借题抒意，或美，或讥，或悲，或惜，大抵于当时所闻见中各有所比，言马也，而意初不在马矣。又，每首之中皆有不经人道语。”（《汇解》卷二）本书选入十首，从各个不同的侧面，反映不同的寓意，亦可略见整个组诗的面貌。

其一“龙脊贴连钱”一首，表现无人识良骥的主题，比喻自己虽有才能却无人赏识。前两句生动描绘奔跑如飞的骏马形象，后两句说这样的好马竟然得不到赏识，无人为它“织锦韂”“铸金鞭”。刘嗣奇评曰“感慨不遇以自喻”(《李长吉诗删注》卷上)，真得诗人之匠心。

其三“忽忆周天子”一首，借周穆王御八骏西巡的故事，比喻唐德宗避乱汉中的史实。建中四年(783)，朱泚、李希烈等藩镇叛乱，德宗仓皇逃离长安，第二年又逃往汉中，并准备到四川去。当时驾车的八匹骏马，七匹死在路上，只有一匹“望云骓”往来不停，很受德宗宠爱。乱平后回京，德宗将它养在飞龙厩里。《唐国史补》卷上云：

> 德宗幸梁洋(梁州、洋州)，唯御骓号望云骓者。驾还京，饲以一品料，暇日牵而视之，必长鸣四顾若感恩之状。

元稹以其事写入《望云骓马歌》诗中，序云：“德宗皇帝以八马幸蜀，七马道毙，唯望云骓来往不顿。”长吉正咏其事，尾句“正承恩”三字，点明题意。帮德宗逃命的“望云骓”，受到特殊的“恩宠”，而那些死于道途的其余七匹骏马，未受殊荣，默默无闻，诗人对此深为惋惜。王琦说：“以马喻人，在当时必有所指，非漫然而赋者。”(《汇解》卷二)所言极是，然不必细究何人，悟其意旨即可。

其四“此马非凡马”一首，自喻之意很明显。说此马是“天驷”下凡，喻写自己是“王孙”，本是天潢。骏马骨瘦而硬，敲之犹带铜声，自形坚贞刚毅。全诗总写“非凡”两字，自喻才质不凡，必有大用，曾益评此诗曰：“慨世不用，意寓言外。”(《诗解》)一语中的。

其五“大漠沙如雪”一首，前两句写边地景色，至第三句用“何当”转笔，转出冀望，何时能套上“金络脑”，驰骋于沙如雪的大漠，月如钩的燕山。以骏马配上马笼头为喻，来抒发自己为国驰驱、立功异域的豪情壮志，诚如方扶南所说：“苟能世用，致远不难。”(《方批》卷二)

其八“赤兔无人用”一首，诗人运用对立联想的艺术思维方式，写出两组对立的诗歌意象：赤兔马是千里骏马，必须吕布骑坐；果下马在宫里驾车，听任蛮儿驱遣，用两种不同的马作比喻，表现才大者应遇知己，才小者才任人驱使的道理。刘辰翁评曰：“有风刺，亦自峭异。”(《刘评》)所刺为谁？关键是对“蛮儿”一词如何理解？曾益认为此诗之感慨“全在‘无人用’‘当须’上”(《诗解》卷二)。姚文燮说：“宪宗以中官为监军使，白居易谏不听，贺谓强兵健卒宜付大帅，岂可视为卑微，而受小人之羁策乎！”(《昌谷集注》卷二)姚氏将“蛮儿”指言吐突承璀。吐突为少数民族，南方人，故贺诗称“蛮儿”，可知本诗所刺之人，正是吐突承璀。

其九“飂叔去匆匆”一首，变化运用飂叔养龙的典故，暗示世无识马之人，致使骏马遭受摧残，慨叹良才之遭受排挤，像自己，也像许多与自己命运相同的人。方扶南说：“此亦自喻龙种憔悴。”(《方批》卷二)诗人引用豢龙的典故，与自己的“龙种”身份暗暗扣合，匠心奇巧，用心良若。

其十一“内马赐宫人”一首，刘衍《李贺诗校笺证异》以为：“李贺之马诗，均为一诗一马，各寓一意。”《马诗二十三首》中有些诗确是这样，但以此解说本诗，便觉诗意不贯通。方扶南则认为：“此首是两半做，非串合。”(《方批》卷二）他从实际出发，抉出本诗的写作特征，很有道理。诗的前两句写一意，赐给宫人的“内马”，服饰豪华；后两句一意，写骏马在盐坂负重，蹭蹬风尘，不堪劳累。两相比照，诗旨自现，毋庸赘言。

其十五“不从桓公猎”一首，前两句运化《管子》桓公乘马伏虎的典故，以驳象之马比喻奇才异能之人，不遇明主重用，无法显其才能，说明“言弃而不用，奚以知其良”（曾益《诗解》评语）的深意。接下来两句，仍从“马”说，说有朝一日能从“沟陇”跳出，便掠云飞驰，比喻奇才异能者一旦摆脱困境，便能建功立业，实现自己“拂云飞”的凌云壮志。萧琯评本诗说：“从桓公猎，自负不小。”（《昌谷集句解定本》卷二）点明题旨，说李贺借马抒怀，愿为明主效力，抱负不凡。

其十八“伯乐向前看”一首，全是自喻，借伯乐之口说出。说腹间有旋毛，定是千里马，只是现今主人减其草料，饲养不善，食不饱，力不足，何日才能驰骋疆场呢？诗人暗自慨叹怀才而人不识，备受排挤，何日才能施展抱负呢？曾益谓：“言隐相虽存，未知何日得腾踏耳。”（《诗解》卷二）阐发诗意，得其要领。王琦说：“后二句当作伯乐口中叹息之语方得。”（《汇解》卷二）从表现手法生发，剖析入微。

其二十三“武帝爱神仙”一首，通过汉武帝听信方士，烧炼仙丹，搜求天马，结果一无所获的事实，讽刺汉武帝喜好神仙迷信的愚蠢行径。“厩中”，指汉武帝的马厩，厩中不过是一些凡马，怎能负以升天呢？全诗采用以汉说唐的传统手法，借武帝讽刺唐宪宗求仙问道、追求长生的荒唐举动，言在此而意在彼，“微婉可爱”（《于嘉刻本》无名氏批语）。

《马诗二十三首》可以说是李贺写马最为集中的一组诗，笔者很赞同台湾大学叶庆炳教授《说李贺马诗二十三首》（载《唐诗散论》，台北洪范书店 1977 年版）的见解：

> 李贺既然生于贞元六年（790），这一年是庚午，在十二肖属中为马年，原来李贺是肖马的，这就难怪他既非咏物诗人，亦非养马识马的豪士，而偏偏大咏其马了。有了这点认识，然后去读他的《马诗二十三首》，才明白名为咏马，实乃咏怀，二十三首篇篇是以马喻己，马的穷达哀乐，正是李贺的穷达哀乐。

笔者顺着叶教授的思路，提出一个写作这组马诗的年代问题。我们透过这组诗的题旨，可以探知诗人写作本诗时，阅历已广，思想深邃，很多生活感受，均亲身体识过，因此，这组诗当是他生活后期的作品。那么，哪一年写的呢？应是岁逢马年，借马抒情，最为得宜。李贺一生中，第二个马年仅十三岁，不可能写出这些诗，第三个马年是元和九年（814），时逢甲午，这一年李贺正客居潞州，他既经历遭谗落第的人生打击，又经受了牢落长安时的屈辱，抱着幻想到潞州，仍无出路，备受羁旅生活的苦辛，此时，正闲着无事，思绪猬集，时逢马年，联系自己的人生道路，浮想联翩，感慨万千，他借着马之穷达哀乐，一气呵成，一下子写下二十三首马诗，来况状自己的遭际，宣泄自身的情感，也反映了这个时代仕途穷困的文人的共同命运。

潞州张大宅病酒遇江使寄上十四兄[01]

秋至昭关后，[02] 当知赵国寒。[03]
系书随短羽，[04] 写恨破长笺。[05]
病客眠清晓， 疏桐坠绿鲜。
城鸦啼粉堞，[06] 军吹压芦烟。[07]
岸帻褰纱幌，[08] 枯塘卧折莲。
木窗银迹画，[09] 石蹬水痕钱。[10]
旅酒侵愁肺， 离歌绕懦弦。[11]
诗封两条泪。 露折一枝兰。

注·释

● 01 · 十四兄：长吉族兄，时在和州任职，名不详。

● 02 · 昭关：在和州含山，伍子胥自楚奔吴，过此关。故址在今安徽和县。

● 03 · 赵国：指潞州地，战国时潞州为赵国地。

● 04 · 短羽：羽书，题中江使当为传递羽书的人。

● 05 · 破：挥毫写字于白纸上叫“破”。

● 06 · 粉堞：女墙。

● 07 · 军吹：军中的号角声。

● 08 · 岸帻：将头巾推向头后，露出额角，表示服饰随意。褰（qiān）：撩起。

● 09 · 银迹画：蜗牛爬过木窗留下的痕迹，状居处之穷寒。

● 10 · 石磴：庭院中的石台阶。水痕钱：石上水痕渐成苔藓，形如钱。

● 11 · 懦弦：缓弹而弦弱。

●*12*• 沙鸡：莎鸡，一种昆虫，俗名纺织娘，鸣声凄切如泣。

●*13*• 松：瓦松，生瓦缝中。瓦兽：屋脊上形如鸱尾、狻猊之瓦。

●*14*• 楚溪船：楚水之船，和州于战国时为楚地，故云。李贺时在潞州，时时怀念十四兄，遂梦至其地。

●*15*• 椒桂：以椒、桂置酒中，屈原《九歌·东皇太一》："奠桂酒兮椒浆。"

●*16*• 斫：切割。玳筵：华美的筵席，语出曹植《瓜赋》："香薰玳瑁之筵。"

●*17*• 江岛：指和州。

莎老沙鸡泣，[12] 松干瓦兽残。[13]
觉骑燕地马，　梦载楚溪船。[14]
椒桂倾长席，[15] 鲈鲂斫玳筵。[16]
岂能忘旧路，　江岛滞佳年。[17]

品·评

李贺在潞州，寄居张彻家，求仕毫无消息，身体又多病，心情很不舒畅。追逢"江使"来潞州公干，诗人便托他捎信给任职和州的族兄"十四兄"，并寄上这首诗。"十四兄"，其名不可考。姚文燮以为"兄当是李益"(《昌谷集注》卷三)，不可信，李益行十（见岑仲勉《唐人行第录》)，且李益长贺四十二岁。详察本诗内容，描写李贺久客潞州，离恨乡愁兼又卧病，不像是初到潞州的景况，诗当是到达潞州第二年（即元和九年）秋天写的，因为第三年的春天，他便离开了潞州。

韩孟诗派的诗人，善用古韵写诗，李贺亦不例外。《潞州张大宅病酒遇江使寄上十四兄》通篇用下平声一先韵，独第二句“寒”字为上平声十四寒韵，古韵通押。全诗的分段，只能按诗思内容断开。前四句总起，交代寄书写恨的缘起，江使奉羽书而行，我托他寄书写恨，当他秋天回到南方和州后，便知道北方潞州已经寒冷。方扶南说：“起笔陡忽。”（《方批》卷三）指出开端的笔势，很有见地。

“病客眠清晓”以下八句，写自己客中卧病的状况。因病怕晓寒侵身，故“眠清晓”；“疏桐坠叶”，病床上所见，“城鸦”“军吹”，病床上所闻；病中不出门，褰起纱幌，观看窗外张大宅庭院景物以消遣，枯塘中的“折莲”，木窗上的“银迹画”，石磴边的“水痕钱”，满眼萧瑟，不胜惆怅。

“旅酒侵愁肺”以下八句，述江使离别之情景。并摅写自己对十四兄的怀念。客酒伤肺，点出病酒的题意，离歌声低抑，点出江使将行。临别时，将书信、诗笺封起来，顺便封进两条泪、一枝兰，寄上我的相思情和温馨的祝福。曾益说“封泪折兰，亦寄兄”（《诗解》卷三），说得还不够明确。姚文燮说：“酒泪封诗，芳馨贻赠。”（《昌谷集注》卷三）便说透诗意。“莎老”两句，通过听觉、视角形象，写眼前景物之寥落，更写出诗人心境之寥落。“觉骑”两句，是说自身虽在北方，骑着燕地马，但梦中已南游至和州，和十四兄同泛楚溪船，王琦说：“时时怀想，故遂梦至其处。”（《汇解》卷三）诗人巧妙运用对立联想，将远隔千里的兄弟联结在一起，兄弟情深，溢于言表。

最后四句，是说江南酒馔尽管美好，但是兄岂能忘家乡之旧路，久滞江岛和州呢？椒桂美酒，产于楚地，鲈鲂嘉肴，江南特产，以此扣十四兄任职之和州。曾益解此四句说：“盖欲其归以相聚。”（《诗解》卷三）确能探得长吉诗心。

全诗以四句、八句、八句、四句的诗段组成，结构齐整，诗思畅达。采用排律体式，对偶精巧，其开合纵横之法，全学杜甫。方扶南称“学杜五排”，“通集自以七言歌词为最，尽人之所知也。五律、五排、五绝亦复妙绝”（《方批》卷首）。自是的论。本诗更为重要的价值，在于诗篇传递出李贺与十四兄情意真挚深笃的信息，日后，诗人南游江南，探视十四兄，正以此为感情基础。

客游

注·释

● *01* · 南山：指昌谷之女几山。

● *02* · 承明庐：侍从官员谒见皇帝的地方。曹植《赠白马王彪》："谒帝承明庐，逝将归旧疆。"

● *03* · 平原客：战国时平原君赵胜家中的宾客，长吉作客潞州，乃旧赵地，故借以自称。

● *04* · 家庙：家祠。

● *05* · 乡国：家乡。

● *06* · 弹铗：齐人冯谖，寄食孟尝君家，乃弹铗作歌曰："长铗归来乎，食无鱼！"又曰："长铗归来乎，出无车。"事见《战国策·齐策》。铗，剑柄。

● *07* · 裂帛：裁帛写家信。古乐府《乌夜啼曲》："裂帛作还书。"

悲满千里心， 日暖南山石。[01]
不谒承明庐，[02] 老作平原客。[03]
四时别家庙，[04] 三年去乡国。[05]
旅歌屡弹铗，[06] 归问时裂帛。[07]

品·评

《客游》诗，是李贺北游潞州三年心路历程的总结，盖"失意浪游，离家久客"（姚文燮《昌谷集注》卷三），故曰"客游"。首两句，写客游无聊，思念千里之外家乡，悲愁满怀。曾益说："南山，昌谷南山，日暖言闲忆之也。"（《诗解》卷三）次两句，言不能入京求取接近帝王的官职，却久久地在潞州作客，感叹客游之无奈。"四时"两句，说三年离开家乡，四季不能祭扫家祠。最后两句，应上文作结，"旅歌"，承"老作平原客"来，明用冯谖典，写出自己失意思归的心意。"归问"，遥应开端之"悲满千里心"，又承"三年去乡国"来，表达自己三年来屡屡思乡，频频裁帛作书慰问家人。

潞州三年，诗人并没有受到尚武的郗士美的重视，未能谋得一官半职，理想不能实现，徒增乡愁而已。在"旅歌屡弹铗"的景况下，度过了三年寄人篱下的生活，心情很不舒畅。他终于在元和十年（815）春，毅然告别张彻，南下探望他正在和州任职的十四兄，继续寻求他的"枕剑梦封侯"的美梦。

公无出门

注·释

●*01*·熊虺（huǐ）：雄虺，九头毒蛇，善食人魂魄，见屈原《招魂》："雄虺九首。"

●*02*·嗾（sǒu）：嗾狗声。狺狺（yín）：犬吠声。索索：内心不安貌。

●*03*·舐（shì）掌：舔掌，熊冬蛰时常自舔其掌。佩兰客：喻品德高尚的人。

●*04*·帝：天帝。乘轩：驾四马之车。

●*05*·轭（è）：驾车时套在马颈上的弯形木头。

●*06*·历阳湖：麻湖，在和州历阳城西。据《淮南子·俶真训》载，这里原是历阳城，一夕陷落成湖。

●*07*·狻猊（suān ní）：狮子。猰貐（yà yǔ）：神话中食人的野兽。

天迷迷，地密密。

熊虺食人魂，[01] 雪霜断人骨。

嗾犬狺狺相索索，[02]

舐掌偏宜佩兰客。[03]

帝遣乘轩灾自灭，[04]

玉星点剑黄金轭。[05]

我虽跨马不得还，

历阳湖波大如山。[06]

毒虬相视振金环，

狻猊猰貐吐馋涎。[07]

- *08*・鲍焦：周代隐士，采食野果，以为廉洁，事见《韩诗外传》。
- *09*・衔啮：咬嚼。
- *10*・呵壁问天：屈原被放逐后，来到楚国先王庙，见壁画，遂作《天问》，对壁发出呵责和疑问，以发泄自己遭谗被逐的悲愤，见王逸《楚辞章句》。

鲍焦一世披草眠。[08]
颜回廿九鬓毛斑。
颜回非血衰，鲍焦不违天。
天畏遭衔啮，[09]所以致之然。
分明犹惧公不信，
公看呵壁书问天。[10]

品·评

汉乐府《相和歌辞》中有《公无渡河》，李贺稍为变易题名，别出新意，言世路多险恶，黄淳耀说："即《小招》四方上下俱不可往，故曰'公无出门'，盖有意于弃世违俗，罢干歇进也。"（《黎批黄评》卷四）

元和十年（815），李贺从潞州南行到和州，探望"十四兄"。这时，正是吴元济叛乱的第二年，朝廷调集宣武、大宁、淮南、宣歙诸道兵马平叛，但吴元济勾结成德军王承宗、淄郓节度使李师道等，对抗朝廷的军事行动，叛军气焰十分嚣张，因而淮西一带非常混乱。诗人目睹现状，义愤填膺，写下这首《公无出门》诗，将叛乱藩镇比喻为吃人的野兽，猛烈抨击中唐时代藩镇叛乱的黑暗社会现实。

李贺暗用"三、五、七言"体，先用六句长短不齐的句子，描绘了整个社会的黑暗，雄虺、狂犬、黑熊，遍地皆是，处处害人，重复排列叠字，配以仄声韵，读来急促、沉浑，为描画一幅凶兽遍地的险恶社会图景，取得了良好的音响效果。“帝遣”两句，承上文“佩兰客”而言，说只有天帝派出金车将他载乘飞天，一切灾难才会消失。以上八句，入声质、月、陌、职韵通押，为一层诗意，总述“公无出门”的缘由。

“我虽跨马”两句，换平声十五删韵，是全诗的过渡，承上启下，说我虽跨马不能北还家乡，因为和州西面的历阳湖波“大如山”，波涛汹涌，犹如叛乱藩镇凶恶的气势。“毒虬相视”以下十句，再次叙说道途危险，路上满是毒蛇猛兽，出门即是畏途。鲍焦安贫、颜回早夭，是天帝让他们这样的，免得遭受猛兽衔啮咬嚼。这层诗意，无名氏的批语，道出个中微意：“以贫夭而归功于天，是天赐以贫夭也，而保全之，苦语摧肝。”（《于嘉刻本》）说得真透彻。长吉的结语，再次点题，说鲍、颜事分明可以证明天意，你如果不信，请看看屈原向壁呵问书写《天问》的事实吧！无名氏批曰：“再证作结，苦哉！”（同上）诗人一而再，再而三地说天帝让“佩兰客”、鲍颜解脱灾难，为什么无名氏要说“苦哉”“苦语”？因为世途艰难，毒虬猛兽当道，人们随时会遭到衔啮，要想“灾自灭”，又“岂能得乎”（李裕《昌谷集辨注》评本诗语）！李贺是不信天命的人，他在诗里把脱离灾难的希望寄托在“天帝”身上，这完全是激愤语。

“我虽跨马不得还，历阳湖波大如山”，不是泛设之词，诗人不会平白无故地写到和州，按用典切地的原则，它们传递出诗人身在和州的信息。因为吴元济叛乱，淮西道途阻塞，“我虽跨马”，不得归还北方老家，于是干脆南游吴会，去领略一下旖旎的江南风光。那里迷人的景色，诗人从江南密友的嘴里听说过，早已心向往之。

追和柳恽 01

注·释

● *01* · 柳恽：字文畅，河东解（今山西永济）人，历仕宋、齐、梁三朝，梁代任长史、广州刺史，复为吴兴太守。工诗，早有美名。

● *02* ·“汀洲”句：湖州城外有白蘋洲，白居易《蘋洲五亭记》：“湖州城东南二百步抵霅溪，洲一名白蘋，梁吴兴太守柳恽于此赋诗，云‘汀洲采白蘋’，因以为名也。”

● *03* · 楂：山楂，果实圆，味酸。

● *04* · 箬（ruò）：溪水名，在湖州长兴西南，夹溪悉生箭箬。溪北岸为下箬村，当地人取下箬水酿酒，味醇美，俗称箬下酒。

● *05* · 玉轸：琴下转动弦丝的柱子，以玉为饰。虚：琴身中空。

汀洲白蘋草，[02] 柳恽乘马归。
江头楂树香，[03] 岸上蝴蝶飞。
酒杯箬叶露，[04] 玉轸蜀桐虚。[05]
朱楼通水陌，沙暖一双鱼。

品·评

反复咏读《追和柳恽》诗，很难读懂长吉的诗心。周玉凫说：“通篇写江南之乐。”（姚文燮《昌谷集注》卷一引）姚文燮说：“贺盖慕江南风景，而羡恽之抽簪早归，放怀自适，故追和之也。”方扶南说得比较干脆：“但不得追和柳恽者何义？”（《方批》卷一）究竟应该怎样解读《追和柳恽》诗呢？

笔者以为解读本诗，不能不说到李贺的江南之行。

最先提出李贺曾到过江南的是朱自清先生的《李贺年谱》（收入《朱自清古典文学论文集》，上海古籍出版社 1981 年版）。朱先生说：

> 集中咏南中风土者颇多，其中固有用乐府旧题者，然读其诗，若非曾经身历，当不能如彼之亲切眷念。

他还定江南之行在“入京之先”。只有刘瑞莲先生不同意朱先生此说（见《李贺》，中华书局 1981 年版），而大多学者都赞同此说，不过在何时去江南的问题上，却有了分歧。孙望先生《蜗叟杂稿·漫谈李贺及其与韩愈的关系》定为元和元年（806）以前，傅经顺先生《李贺传论》定为元和元年，钱仲联先生《李贺年谱会笺》定为元和二年（807）。

我是赞同李贺平生曾有江南之行一说，但不赞同李贺在元和初年短暂到达江南的说法。元和元年以前或元和元年，诗人年岁尚小，难以远行。李贺于元和三年（808），忙于应河南府试，接着入京赴举，第二年春下第返家。是年秋，再次入京，寻求出路。元和五年（810）春，通过门荫入仕途，任奉礼郎。三年后，因病辞官返家，闲居昌谷一年。元和八年（813）秋，北上潞州投奔张彻。在这段时间内，诗人是不可能南游的，南下江南只能是李贺北游潞州以后。其次，李贺在赴举和任奉礼郎时结识的几位朋友，都是江南人，如沈亚之、沈述师是吴兴人，皇甫湜是睦州新安人，陈商是宣州当涂人。他们和李贺交游时，定会夸耀与中原迥然异趣的江南风光，促成诗人游历江南的良好愿望，而南下和州探望十四兄，又成为他继续南下去江南的现实条件。

李贺南下江南，自和州渡长江，经金陵，到达吴兴、嘉兴、甬东（今浙江定海）等地，写下一些赞美江南风光、追怀前朝往事和记述诗友交会的诗篇。沈亚之于元和十年进士及第，即受辟为泾原节度使李汇的掌书记。七月，李汇病逝，沈亚之便回家省亲。沈亚之《泾原节度使李常侍墓志》：“十年春，加左散骑常侍，拜节帅泾原。……夏六月，公疾发，视政不能勤。七月十二日薨。”唐代举子本有及第后归家省亲之礼，沈亚之先出仕李汇掌书记，及李汇薨，乃归。诗人登门拜访，沈亚之喜出望外，用吴兴美酒款待他，弹瑶琴以助兴。李贺乘兴写出《追和柳恽》诗，借吴兴太守柳恽，代指“吴兴才人”沈亚之。诗中说柳恽乘马归，借指沈亚之还归吴江。一个“归”字，透露出诗人借典喻亚之的信息。“楂树香”“蝴蝶飞”，江头风物也为之高兴。诗人还见到了沈亚之夫人，因此诗的结句用“沙暖一双鱼”为喻，衷心祝愿他们夫妇幸福。黎简说：“结句不是谢寄书，乃写归后夫妇之乐。”（《黎批黄评》卷一）蒋楚珍也说：“末句言归有夫妇之乐。”（《昌谷集注》卷一附）均持此说，不过他们没有点明这对夫妇是沈亚之和他的夫人。

沈亚之很敬重李贺的诗才，称他“工为情语，有窈窕之思”（阙名《沈下贤文集序》引）。诗人要为久别重逢的老友写诗，自然不能用直白而缺乏情致的句子，他便借用南朝诗人柳恽的才华，柳恽诗的情韵，表达自己称美沈亚之，以及与之相见时的愉悦情愫，追求“窈窕之思”的审美特长，写下这首《追和柳恽》诗，才能称合沈亚之之意。

苏小小墓[01]

注·释

● *01* · 苏小小墓：宋蜀本、日本内阁文库本作《苏小小歌》。苏小小，南齐钱塘名妓，其墓在浙江嘉兴西南。

● *02* ·“无物”句：语出梁武帝《苏小小歌》：“何处结同心，西陵松柏下。”

● *03* · 茵：垫褥。

● *04* · 珮：佩带在身上的玉饰。

● *05* · 油壁车：用青油布蒙壁的车子。

● *06* · 夕：宋蜀本、金刊本、日本内阁文库本作“久”，义长。

● *07* · 冷翠烛：冷绿色的烛光，指磷火，俗称“鬼火”。

● *08* · 劳：劳乏，即微弱的意思。

● *09* · 西陵：今杭州孤山西泠桥一带。

幽兰露，　如啼眼。
无物结同心，[02]
烟花不堪剪。
草如茵，[03] 松如盖。
风为裳，　水为珮。[04]
油壁车，[05] 夕相待。[06]
冷翠烛，[07] 劳光彩。[08]
西陵下，[09] 风吹雨。

品·评

诗人南游途中，路过嘉兴苏小小墓，有感而作此诗。李绅《真娘墓》诗序曰：“嘉兴县前有吴妓人苏小小墓，风雨之夕，或闻其上有歌吹之声。”

李贺一生生活于现实与虚幻之中，他的诗也交织着真实与幻想，有些诗，真实多一些，有些诗，幻想多一些。像《苏小小墓》，则纯从幻想着笔，表现看不见、摸不着的苏小小之幽灵。诗从墓前兰花上的露水切入，说它仿佛如苏小小啼哭的眼泪。人死后，一切都消失掉，无物可以绾结同心，墓前的烟花也不堪剪下赠人。“草如茵”以下六句，就眼前所见的实物“草”“松”“风”“水”，幻想到苏小小的服用和饰物，草似她的坐垫，松似她的车盖，风吹动着她的衣裳，水如她身上佩带的玉饰。她的油壁车，久久地等待在西陵下。最后四句，以写景收结，描写油壁车待人处周边的景物，在孤山西泠桥下，磷火翠绿，幽冷微弱，阵阵凄风吹拂着飒飒冷雨，境界凄清森然，她久久地等待着昔年结同心的人，其意真切，其情痴绝。

全诗写苏小小幽灵之多情幽怨，不胜楚婉，艺术氛围多鬼气，阴森可怖，意境幽奇光怪，无限惨黯。长吉以玲珑之心窍，巧妙的手腕，摅写着鬼魂的情愫，在墓边寻求着幽冷之美，有悖常人的审美理念，真有点不可理喻，但他写成的诗却是那么动人，他笔下的艺术形象，却是那么美丽，充分表现出“鬼才”的聪明才智。无名氏用八个字评本诗，十分精当，他说：“仙才、鬼语、妙手、灵心。”(《于嘉刻本》) 难怪日本国森濑寿三先生会作出“平凡的乐府古辞被转化为李贺诗歌中最为动人的作品之一”(《李贺诗歌的道教侧面》) 的评价。

苏小小是南齐一位名妓，却受到唐代诗人的普遍关注，权德舆有《苏小小墓》、张祜有《题苏小小墓》、温庭筠有《苏小小歌》，与唐代苏州名妓“真娘”受到文士关注一样。这跟唐代文人喜与倡妓交往的时代风尚有密切关系。孙棨《北里志》载：“裴思谦状元及第后，作红笺名纸十数，诣平康里，因宿于里中。诘旦赋诗。”无为子《北里志序》：“诸妓皆居平康里，举士、新及第进士、三司幕府但未通朝籍、未值馆殿者，咸可就诣。”当时，文士胜游狎宴，夜宿平康，自是常事。从李贺集中多处描写歌女、倡优看，他也像许多文人学士一样，常常狎妓游冶。元和十年（815），他南游至嘉兴时，睹苏小小墓而忽生感忆，回忆起自己曾钟情而已夭亡的倡妓，伤悼不已，乃托诸苏小小而写下这首诗，寄托他的哀感和思念深情。

月漉漉篇

注·释

● 01 · 漉漉：犹湿淋淋。

● 02 · 芙蓉：水芙蓉，即荷花。别：离别，荷花已谢，告别江木。

● 03 · 袂罗：罗制夹衣。

● 04 · 石帆：山名，在今浙江绍兴镜湖边。

● 05 · 镜中入：绍兴有镜湖，船入湖中，如入镜中。

● 06 · 鲜红：指荷花。

● 07 · 挽菱：采菱。

● 08 · 缘刺：菱角。罥（juàn）：挂。银泥：衣裾上描画着银粉，代指衣裾。

月漉漉，[01] 波烟玉。
莎青桂花繁，芙蓉别江木。[02]
粉态袂罗寒，[03] 雁羽铺烟湿。
谁能看石帆，[04] 乘船镜中入。[05]
秋白鲜红死，[06] 水香莲子齐。
挽菱隔歌袖，[07] 缘刺罥银泥。[08]

品·评

元和十年（815），李贺南游至会稽、明州。一个长期生活在北方的文人，一旦看到烟波浩渺的镜湖和一望无际的大海，立即被它们吸引住，深深地爱上了当地的景色和风物，感发兴会，写下《月漉漉篇》《画甬东城》，将如诗如画的胜景，描绘下来，并记下自己的审美感受。

《月漉漉篇》是一首非常幽美的描写镜湖的诗，有着极为浓郁的江南风味。诗用首句命篇，承《诗经》之遗风。开端运用“通感”手法，描写月光照在镜湖的水波上，湿漉漉，状月光之晶莹，妙极。月倒映在烟波间，如水碧，又如玉镜。下面四句，描写桂花盛开，荷花已谢，雁冲雾飞行，羽毛沾湿，人穿着夹罗薄衫，已觉得寒冷。“谁能看石帆”两句，说有谁能在秋高气爽的时候，泛舟镜湖，看一看石帆的胜景？诗人不说自己“乘船镜中入”，反说有谁能泛舟入湖，以反诘句替代叙述句，比直接描写要婉曲得多。最后四句再写湖上风物，秋天湖水净洁，荷花花瓣落水，故云“水香”，莲蓬中的莲子长得很饱满，故云“齐”。湖中的采菱姑娘月夜采菱，不小心菱角挂住了衣袖。这等景物、情韵，是江南水乡所独有，诗人将为之倾倒、为之痴迷的神情，融入字里行间，形成本诗“神味隽永，思致精深”（陈本礼《协律钩玄》语）的美学特征。姚文燮说：“此贺昌谷山居秋夜泛湖作也。”（《昌谷集注》卷四）不啻是白日说梦话。

江南弄

江中绿雾起凉波，
天上叠巘红嵯峨。01
水风浦云生老竹，
渚暝蒲帆如一幅。02
鲈鱼千头酒百斛，03
酒中倒卧南山绿。04
吴歈越吟未终曲，05
江上团团贴寒玉。06

注·释

●*01*·叠巘：重叠的峰峦。

●*02*·蒲帆：编蒲草为船帆。李肇《唐国史补》卷下："舟船之盛，尽于江西，编蒲为帆，大者或数十幅。"

●*03*·鲈鱼：出吴中，状如鳜鱼，味美，魏晋以来即为人珍视。《晋书·张翰传》："秋风起，思吴中菰菜、莼羹、鲈鱼鲙。"

●*04*·酒中：中酒，酒酣。《汉书·范哙传》颜师古注："饮酒之中也，不醉不醒，故谓之中。中音竹仲反。"

●*05*·吴歈（yú）：吴地之歌，杨慎《升庵诗话》卷十二："齐歌曰讴，吴歌曰歈。"越吟：越地之歌。吴歌越吟，出左思《吴都赋》。

●*06*·贴寒玉：喻明月在水中的倒影。曾益《诗解》曰："月在水也。"

品·评

《江南弄》，乐府古题，属《清商曲辞》。《古今乐录》载，梁武帝改西曲，制《江南弄》。《乐府解题》："江南古辞，盖美芳晨丽景，嬉游得时。"李贺能汲取南朝乐府的艺术营养，一改齐梁"绮靡"诗风，运用《江南弄》古题，描写秀美的江南景色，诚如他的挚友沈亚之所说："余故友李贺善择南北朝乐府故词，其所赋不多，怨郁博艳之功，诚以盖古排今。"（《序诗送李胶秀才》）《江南弄》一诗，正合此论。

长吉于元和十年（815）、十一年（816），曾有吴、越之游，他将自己的审美体识，写入诗中，刻画江南水乡的晚景，写景如画，具有浓郁的地方色彩，周玉凫评本诗："一幅秋江采莼图。"（姚文燮《昌谷集注》卷四引）诗的前四句，写晚景，江中水汽受周边翠绿树木所映照，成为"绿雾"；天上的云彩，受夕阳余晖的映照，成为红色的"叠巘"，水上风，浦边云，仿佛从老竹中生出，暮色中舟船上的蒲帆，远望模糊，像是只有一幅而已。如此清丽妍媚的景色，实在令人神往。后四句，描写江南人的闲适情趣，他们在山明水秀的环境里，有鲈鱼莼羹，有美酒百斛，悠然醉卧于山光水色之中，耳聆吴越歌曲以自愉悦，曲未终而月浮水面，有着"江清月近人"（孟浩然《宿建德江》）之意趣。

李贺这首诗虽用古题，然而他极尽变化夺换之能事，写景措辞，得"博艳之功"，戛戛独造，异乎乐府古辞。刘辰翁评本诗"酒中倒卧南山绿"句为"奇绝"（《吴注刘评》卷四）。丘象随评"水风蒲云生老竹"句曰："此句有不即不离之妙。"（陈弘治《校释》卷四引）姚文燮说："更于月下清景，想见胜概，所谓'曲终人不见，江上数峰青'也。"（《昌谷集注》卷四）黎简称本诗的结句曰："状月是昌谷独造。"（《黎批黄评》卷四）诸论家之说，都指向了李贺的艺术创造精神，真是英雄所见略同也。

将进酒[01]

注·释

● *01*·将进酒：乐府古题，汉《鼓吹铙歌》十八曲，有《将进酒》曲。

● *02*·琥珀：松、枫树脂经久凝结而成，这里以之喻酒色。

● *03*·真珠红：红酒，滴状如真珠，唐宋时江南人多酿造红酒。

● *04*·烹龙炮凤：极言肴馔珍异。泣：烹炮时油脂发出的声响，语出曹植《七步诗》："萁在釜下然，豆在釜中泣。"

● *05*·绣幕围香风：用古乐府成句。

● *06*·龙笛：以笛声如水中龙鸣，故云。

● *07*·鼍（tuó）鼓：以鼍皮蒙在鼓上。

● *08*·红雨：形容花瓣纷落状。

琉璃钟，琥珀浓，[02]
小槽酒滴真珠红。[03]
烹龙炮凤玉脂泣，[04]
罗帏绣幕围香风。[05]
吹龙笛，[06]击鼍鼓。[07]
皓齿歌，细腰舞。
况是青春日将暮，
桃花乱落如红雨。[08]

●09・刘伶：晋人，字伯伦，与阮籍、嵇康等同为“竹林七贤”，嗜酒，其墓在光州（今河南潢川）。

劝君终日酩酊醉，

酒不到刘伶坟上土。[09]

品·评

陆游《青玉案》：“小槽红酒，晚香丹荔，记取蛮江上。”范成大《次韵子文》：“但促小槽添压石，龙头珠滴夜珊珊。”陆游是越人，范成大是吴人，他们笔下的描写，与胡仔“江南人造红酒，色味两绝”（《苕溪渔隐丛话前集》卷二一）的记载是一致的。李贺于元和十年（815）南来吴越，熟悉这种江南红酒，遂将这一名物写入诗中，这也恰恰证明本诗当作于他南游途中。

《乐府解题》谓，《将进酒》古辞“大略以饮酒放歌为言”。李贺紧紧环绕古题题意吟唱，表现及时行乐的思想。蒋楚珍说：“此劝及时行乐也。”（姚文燮《昌谷集注》卷四引）极是。全诗十三句，分两截写。前九句，先说饮酒，极写江南贵族阶级的奢侈生活，他们聚集在罗屏绣幕里饮酒，伴以歌伎、舞女，香气馥郁，吃着山珍海味，饮着盛在琉璃钟里的红酒，真珠红酒刚刚从小槽上滴出。后四句，切“放歌”之意，以“况是”将诗思推进一层，说更何况现在正是桃花乱落的时节，春日无多，奉劝人们终日醉饮，及时行乐。诗句给人以“时光易逝”的体验，在故作的达语背后，不时透出哀怨的情思。陶渊明说过：“但恨在世时，饮酒不得足。”（《拟挽歌辞》）诗人深切领悟到三百多年前陶潜诗里的真意，才写出本诗的结语。

无名氏评本诗曰：“此种，李王孙集中最佳者，人自忽之。”（《于嘉刻本》）李贺深于乐府，他假“将进酒”古题，摆脱鄙俗，融视、听、嗅、味诸种感觉于一体，用精美的诗歌语言，出奇语，吐快句，唱绝调，表现“及时行乐”这种很常见的题旨，豪情畅趣而又蕴含哀怨的情致，溢于言表，充分呈露出长吉诗“瑰诡”的审美特征。此种诗，我们自然不能轻忽之。

江楼曲

楼前流水江陵道，01
鲤鱼风起芙蓉老。02
晓钗催鬓语南风，
抽帆归来一日功。
鼍吟浦口飞梅雨，03
竿头酒旗换青苎。
萧骚浪白云差池，04
黄粉油衫寄郎主。05
新槽酒声苦无力，06
南湖一顷菱花白。07
眼前便有千里思，
小玉开屏见山色。08

注·释

● 01 · 江陵：今湖北荆州。

● 02 · 鲤鱼风：九月的风，即秋风。

● 03 · 鼍（tuó）：扬子鳄。梅雨：黄梅雨。陆佃《埤雅·释木》："江湘二浙，四五月之间，梅欲黄落，则水润土溽，础壁皆汗，蒸郁成雨，其霖如雾，谓之梅雨。"九月无黄梅雨，此乃借指多雨天气。

● 04 · 萧骚：水波扰动的样子。云差池：云势迭起。

● 05 · 黄粉油衫：雨衣。

● 06 · 新槽：新酒。

● 07 · 菱花：菱花镜。

● 08 · 小玉：侍女。

品·评

朱自清《李贺年谱》将本诗列入东南之游一类中，刘衍《李贺年谱新笺》系本诗于元和九年（814），均不妥。本诗作于元和十一年（816）九月，当时李贺才开始东游吴会，正沿长江西上，经汉水至襄阳，取道长安，再回归宜阳的昌谷。在溯江西上的旅途中，写下本诗，诗歌描写江楼女子思念远在千里之外的"郎主"，引发诗人的思乡情思。这正是李贺急于返家的情感基础。

这首诗句句用韵，用韵方式很别致。诗的前八句，两句用一韵。平仄交替，显示情景之变换。第一联的“道”“老”，为仄声韵，描写江楼水道直通江陵。当时在九月，鲤鱼风起，芙蓉已老。第二联的“风”“功”换平声韵，描写了江楼女子催促侍女梳妆、请南风带话给“郎主”，挂帆乘风，一日便能归来。诗意用了李白“千里江陵一日还”的诗意。第三联的“雨”“苎”换仄声韵，写浦口鼍吟、雨飞湿径，酒家的旗帜因季节不同而更换。第四联的“池”“主”，又换平声韵，描写水波翻腾，雨云迭起，江楼女子给“郎主”寄去雨衣，希望他能早归，诗意与第四句吻合。这里李贺误以为“主”与“之”音相近，将其与“池”相押。其实，“主”乃仄声七虞韵，与“池”不能相押。这真是大诗人之的小失误。最后两联的“力”“白”“思”“色”，又换仄声韵。着力描写江楼周边景色和江楼女子的情思。然而“苦无力”，女子饮之不能消愁。楼前南湖水色如镜，一望千里，然而侍女开屏，望见山色，却又被遮住了远望的视线，愈加增添了江楼女子的千里之思。王琦的《解》云：“侍女开屏，南湖之外又见山色周遮，江陵杳在何处？千里之思，愈不能已矣。”言之成理，本诗由江楼女子的千里之思曲折地反映出诗人李贺的思乡之情，意味深长、隽永。

秋来

注·释

●*01*·桐风：吹在桐叶上的秋风。

●*02*·衰灯：残灯，灯光暗淡。络纬：草虫，俗名纺织娘。寒素：寒冷的秋天。

●*03*·青简：竹简，古代无纸，用竹片书字，联缀编为书册。这里指李贺的诗集。

●*04*·花虫："蠹鱼"，一种蛀书的虫。

●*05*·香魂：指与李贺遭际相似的古诗人之灵魂。书客：诗人自称。

桐风惊心壮士苦，*01*
衰灯络纬啼寒素。*02*
谁看青简一编书，*03*
不遣花虫粉空蠹。*04*
思牵今夜肠应直，
雨冷香魂吊书客。*05*

● *06*・鬼：指上句之“香魂”。鲍家诗：指南北朝诗人鲍照写的《蒿里吟》诗。

● *07*・“恨血”句：《庄子・外物》篇载苌弘死于蜀，藏其血，三年而化为碧玉。本诗指含恨地下的人。

秋坟鬼唱鲍家诗，[06]

恨血千年土中碧。[07]

品・评

宋洪迈《容斋三笔》卷七："唐昭宗光化三年十二月，左补阙韦庄奏：'词人才子，时有遗贤，不沾一命于圣明，没作千年之恨骨。据臣所知，则有李贺、皇甫松（下略），俱无显遇，皆有奇才，丽句清词，遍在词人之口，衔冤抱恨，竟为冥路之尘。"韦庄编集过《又玄集》，他肯定读过李贺的《秋来》诗，才会有这样的奏议。

诗篇开端直扣“秋来”题意，秋夜，耳听萧瑟的桐风声和烦杂的秋虫声，面对惨淡的灯光，令心怀壮志的人顿感心惊，惊叹时光之流逝。三、四句说，苦吟而成的一编书，有谁来赏识，不让它搁置书堆，徒遭蠹鱼蛀空呢？“思牵”句中“今夜”两字，与开端照应，在惊秋的氛围里，诗人心情愤恨激动，连纡曲的肠子也被牵直。秋寒雨冷，书客寂寞愁苦，只有古诗人的灵魂前来相吊、慰藉。“雨冷香魂吊书客”句，直是神来之笔，天拔超忽，想落天外，叶矫然认为这等诗句，“真所谓‘咳唾落九天，随风生珠玉’者耶！”（《龙性堂诗话续集》）结尾两句，诗到情真处，鬼魂也唱起鲍照的《蒿里吟》，因为他有满腔怨愤，千载难消。诗人因鲍照有《蒿里吟》而生“鬼唱”之想，因“鬼唱”而措“秋坟”之辞，点化典故，藻饰其文，循文衍义，并非真有“鬼唱诗”事。诗的后半首，忽发奇想，写鬼魂来吊慰自己，用“险语”抒情，所以刘辰翁说：“只秋夜读书，自吊其苦，何其险语如此。”（《吴注刘评》卷一）全诗由秋来而生感慨，抒写自己抱才而无人重用的苦闷心情，并由自身遭际联想到与自己处境相同而含恨死去的人，悲愤不已，是挽人，更是挽自己，岂不悲哉！

本诗作于元和十一年（816）。李贺南游吴会后，于本年返回昌谷，经长安时，访晤挚友沈述师，授以自编之诗集四卷，托沈述师妥为保管，作《秋来》诗以赠寄。这段往事，被杜牧记于《李贺集序》中：

> 大和五年十月中半夜时，舍外有疾呼传缄书者。牧曰："必有异。"亟取火来。及发之，果集贤学士沈公子明书一通，曰："我亡友李贺，元和中义爱甚厚，日夕相与起居饮食。贺且死，尝授我平生所著歌诗，离为四编，凡二百二十三首，数年来东西南北，良为已失去。今夕醉解，不复得寐，即阅理箧帙，忽得贺诗前所授我者。……子厚于我，与我为贺集序，尽道其所来由，亦少解我意。"

"沈公子明"，即沈述师，唐代著名传奇作家沈既济第三子，字子明，曾经担任集贤校理、著作郎。

唐儿歌

注·释

● *01* · 头玉：如玉的头骨。硗硗：隆起貌。眉刷翠：眉毛翠色。

● *02* · 骨重：谓其举止稳重。神寒：谓其神态沉着。天庙器：朝廷的栋梁人才。

● *03* · 竹马：小儿骑竹为马做游戏。梢梢：竹马摩地发出的声音。

● *04* · 银鸾：小儿项饰。睒（shǎn）：眼睛开合很快，即眨眼。半臂：短袖衣。

● *05* · 娇娘：娇小的姑娘。对值：匹偶，即求婚对亲。

● *06* · 书空：用手在空中书写字的笔画。

头玉硗硗眉刷翠，*01*
杜郎生得真男子。
骨重神寒天庙器，*02*
一双瞳人剪秋水。
竹马梢梢摇绿尾，*03*
银鸾睒光踏半臂。*04*
东家娇娘求对值，*05*
浓笑书空作唐字。*06*
眼大心雄知所以，
莫忘作歌人姓李。

品·评

宋蜀本录本诗，题作《唐儿歌》“杜幽公之子”，幽字显为豳字之误。日本江户昌平坂学问所官板书《又玄集》录本诗题作《杜家唐儿歌》“豳公之子”，近是。杜豳公是谁？这个人物既关涉本诗题旨的理解，也关涉诗人之行踪、交游，必须首先弄清楚。王琦《汇解》以为杜黄裳封邠国公，邠，同“豳”，豳公即是杜黄裳。近人叶葱奇、刘衍均主其说。然此说经不起推敲。按，杜黄裳生于开元二十六年（738），代宗宝应二年（763）中进士，元和三年（808）卒，享年七十一岁。杜黄裳的女婿韦执谊于永贞元年（805）已经做了宰相，他怎么可能还有一个年幼的儿子呢？又，李贺供职长安时，杜黄裳早已不在人世，怎能贺他喜得贵子呢？史籍中无杜黄裳尚公主的记载，而叶、刘两氏谓杜黄裳尚唐朝公主，不知所据何书。姚文燮《昌谷集注》则认为杜豳公指杜悰，他说："杜豳公悰，尚宪宗岐阳公主，生儿曰唐儿，即以出自天朝之意。"姚氏此说，确凿无疑，《唐儿歌》中的"杜郎"，应是杜悰，不可能是杜黄裳。王琦以为杜悰封豳国公在唐懿宗时，离李贺逝世已经久远，因此诗题不可能附注"豳公之子"。其实，《又玄集》的附注，乃为编者韦庄所加，宋蜀本及他本之附注，为后代传抄、刊刻李贺集者所加，根本不是李贺加上去的。

李贺与杜悰的交游，始于任奉礼郎时。其时，杜悰以门荫三迁太子司议郎，官位不高，又以门荫出仕，与李贺出处相仿，故成契交。元和八年（813），尚岐阳公主。杜牧《唐故岐阳公主墓志铭》云："宪宗皇帝即位八年，出嫡女册封岐阳公主，下嫁今工部尚书判度支杜悰。"《资治通鉴》记此事为元和九年（814），今从杜牧之公主墓志。九年得子，十一年，李贺结束南北漫游返乡，路过长安时，访故友杜悰，喜爱"唐儿"，因挥毫作歌，名曰《唐儿歌》，祝贺故友喜得"真男子"。

全诗一韵到底，上声四纸、去声四寘通押，作两层叙写。前六句，先就眼前孩子的形貌、神情着笔，赞美唐儿头角微隆，眉色如翠，一双眼眸清澈如秋水，举止稳重，神态沉着，具有堪当朝廷栋梁的才能，杜郎真是生得个好男儿。五、六两句写唐儿活泼可爱，他骑着竹马摇动着绿色的竹梢，发出"梢梢"的声响，他走路时蹦蹦跳跳，项饰在短袖衣上摆动，闪闪发光。无名氏评诗人笔下的唐儿形象为"骏鹘丰神"（《于嘉刻本》），用雄鹰比拟之。姚文燮评曰："头骨神明，岐嶷秀发，嬉戏丽饰，自非凡儿。"（《昌谷集注》卷一）说唐儿是个聪慧超凡的孩童，所论均合诗人匠心。后四句，妙用侧笔，从第三者的眼中，描写唐儿。"东家娇娘"怜爱他，希望与他对亲，他含情不语，只是浓笑书空写个"唐"字。诗人从他的眼神里看出唐儿心志雄大，将来必有所作为，所以叮嘱他，不要忘掉我这个作歌人，因为我就出生于唐王朝李姓宗族中，诗意带有警策、勉励的意思。姚佺说："希其后日之不忘，其情鄙，其词俚。"（《昌谷集句解定本》引）曲解长吉之一番苦心，不足取。

李贺自己没有生育过孩子，所以特别喜欢"唐儿"，他带着爱心去描写眼前活泼天真的孩子，诗笔灵动，诗思活泼，真趣盎然，语言绚烂艳丽。诗人又通过艺术想象，做合理的推想，虚实结合，描写生动，艺术构思灵活精巧，留给我们后人一首绝妙的好诗。

公莫舞歌

公莫舞歌者，咏项伯翼蔽刘沛公也。[01] 会中壮士，[02] 灼灼于人，[03] 故无复书，且南北乐府率有歌引，[04] 贺陋诸家，[05] 今重作《公莫舞歌》云。

方花古础排九楹，[06]
刺豹淋血盛银罂。[07]
华筵鼓吹无桐竹，[08]
长刀直立割鸣筝。[09]
横楣粗锦生红纬，[10]
日炙锦嫣王未醉。[11]
腰下三看宝玦光，[12]
项庄掉鞘拦前起。[13]

注·释

● 01 · 项伯：项羽最小的叔父。翼蔽：遮蔽。刘沛公：刘邦，沛人。项羽听从谋士范增的计策，在鸿门设宴，邀刘邦赴宴，派项庄于席间舞剑，寻机刺杀刘邦。项伯亦起舞，以衣袖挡住项庄，掩护刘邦，并对项庄说“公莫”。在诸壮士的保护下，刘邦安全脱险。后人以巾象征项伯的衣袖，创为《巾舞》，即《公莫舞》。事见《史记·项羽本纪》《宋书·乐志》。

● 02 · 会：指鸿门宴。壮士：指樊哙。

● 03 · 灼灼：光彩照人。

● 04 · 率有：都有。歌引：乐府诗体裁名，即《公莫舞歌》。

● 05 · 陋：嫌诸家歌引都写得鄙陋。按，《古今乐录》《沧浪诗话》均谈及《公莫舞歌》《巾舞》古辞讹异不可解。

● 06 · 方花古础：垫在柱子下面的雕有花纹的方形础石。

● 07 · 刺豹淋血：军中屠豹饮血以为宴享。罂（yīng）：小口大肚的盛酒器。

● 08 · 鼓吹：军中乐，用鼓、钲、箫、笳、铙等乐器合奏。桐竹：管弦乐器。

● 09 · 割鸣筝：直立长刀对着鸣筝，似欲割断之。

● 10 · 生：增添。红纬：鲜红的纹路。

● 11 · 锦嫣：锦色艳美。王未醉：项羽此时尚无醉意。

● 12 ·“腰下”句：鸿门宴上，范增数次目视项王，三次举起所佩玉玦，示意立即动手谋刺刘邦，事见《史记·项羽本纪》。

● 13 · 掉鞘（qiào）：从套子中拔出剑来。鞘，同“鞘”，刀剑的套子。

材官小臣公莫舞，[14]
座上真人赤龙子。[15]
芒砀云瑞抱天回，[16]
咸阳王气清如水。[17]
铁枢铁楗重束关，[18]
大旗五丈撞双镮。[19]
汉王今日须秦印，[20]
绝膑刳肠臣不论。[21]

● *14*• 材官：骑射之官，指项庄，语出《汉书·申屠嘉列传》：“以材官蹶张（能张强弩），从高祖击项籍。”

● *15*• 真人：真命天子。赤龙子：即赤帝子，见《史记·高祖本纪》。

● *16*• 芒砀云瑞：芒砀山上的瑞气。抱天回：指云气在上空回绕不散。传说刘邦起兵前，隐于芒砀山间，上空常有云气回护，见《史记·高祖本纪》。芒砀，两山名，在今江苏与河南交界处。

● *17*• 咸阳王气：指秦政权。清如水：清淡如水。曾益《诗解》云：“咸阳，谓秦王，气如水，言天命归汉，汉兴而秦衰。”

● *18*• 枢：门户上的转轴。楗（jiàn）：门闩。重束关：指秦军坚闭城门。

● *19*• 大旗五丈：指刘邦的军旗。撞：撞开。双镮：门上铁环。镮，同“环”。

● *20*• 汉王：指刘邦。须：应当。

● *21*• 绝膑：割去膝盖骨。刳（kū）肠：剖肚挖肠。臣：樊哙自称。以上两句，谓汉王理应掌管秦朝政权，我决心捍卫汉王，死且不避。

品·评

李贺一生写过很多乐府诗，有拟古乐府，有新题乐府，有将古人事创为新题的。他的拟古乐府，不袭汉魏，不沿齐梁，有很大变化。即以《公莫舞歌》一诗而言，这本是乐府古题，据《宋书·乐志》《旧唐书·音乐志》记载，该诗以鸿门宴的历史故事为题材，但是古辞不可解，新辞又写得拙劣。《古今乐录》云：“巾舞（编者按：即《公莫舞》）古有歌辞，讹异不可解。江左以来，有歌无辞。”所以诗人在序言中说：“贺陋诸家，今重作《公莫舞歌》。”序言反映出长吉“独辟畦蹊”、勇超前人的创作思想。

陈本礼说：“玩序中一咏字，自是追咏语。”（《协律钩玄》卷二）诗的前六句，追咏鸿门宴之事。起句说厅堂之宽宏，次句说宴饮之豪华。无名氏评“刺豹”句说：“极写英雄会宴。”（《于嘉刻本》）三、四句写军中宴会上，有鼓吹而无琴、笙等乐器，只有直立长刀对着鸣筝，筝也弹不出美妙的音响，极意形容鸿门宴上充满杀气。王琦说：“总见军中一片杀伐之气。”（《汇解》卷二）所论极是。五、六句写宴会时间很长，项羽还未有醉意。以上六句，因是“追咏”，诗人充分发挥艺术想象，描绘并渲染了鸿门宴的气势和氛围。

后十句咏“公莫舞”题意。“腰下”两句，通过范增三举宝玦示意和项庄拔剑起舞的动作描写，形象地反映了项羽集团为争夺胜利成果而阴谋杀害刘邦的疯狂心态。“材官”以下四句，直叩“公莫舞”题意，诗人直接干预，用激昂的诗句，大声痛斥项庄不要张牙舞爪，座上是真龙天子，汉氏将兴，秦运已衰。刘辰翁以为这四句作“项伯口语”，与项伯暗中翼蔽的史实不合。王琦《汇解》说这四句“盖是作歌之意”。深得作诗之意。“铁枢”以下四句，借樊哙之口，歌颂刘邦破关灭秦的功绩，表达自己保卫汉王虽粉身碎骨亦所不辞的坚强决心。“绝膑刳肠”句，即杀身不悔、死且不避的意思。长吉诗意与史实有关，《史记·项羽本纪》载鸿门宴上，樊哙入帐护刘邦，“项羽曰：‘壮士复能饮乎？’樊哙曰：‘臣死且不避，卮酒安足辞。’”

这首诗，是楚汉相争时期鸿门宴斗争的艺术概括，诗人用如椽巨笔，浓墨重彩再现这一历史图卷，逼真、紧张的场面描写，激昂慷慨的直接抒情，形成全诗气概雄壮的美学特征。方扶南评曰：“形容鸿门之宴，奇壮。”（《方批》卷二）宋长白论本诗：“李长吉《公莫舞》摹写楚汉当日情景，著纸如生，鬼才而运以雄风，真杰构也。”（《柳亭诗话》卷二一）诗人热情歌颂刘邦的统一事业，感叹中唐时代分裂割据的政治局面，寄慨深远。

近代诗论家吴汝纶对本诗提出一个新的观点，见《评注李长吉诗集》卷二，文称：

> 末四句咏樊哙也，言项王军门交戟，哙撞卫士而入者，以汉王欲得秦玺，故不避死而入，与之同命也。言今日者，所以深讥汉高后日之负功臣也。长吉盖有感于时事而借汉事言之，意者为裴相发与！

虽说吴氏将此意落在裴度身上，太坐实，但他揭示出的“汉高后日负功臣”一说，也有启示作用，故录出以供参考。

梦天

老兔寒蟾泣天色，01
云楼半开壁斜白。02
玉轮轧露湿团光，03
鸾珮相逢桂香陌。04
黄尘清水三山下，05

注·释

● *01* · 老兔寒蟾：神话传说月中有玉兔和蟾蜍，后代诗人常以兔、蟾代指月亮。曾益《诗解》："兔长生曰'老'，蟾居广寒曰'寒'。"甚合诗意。泣天色：月色如水，像玉兔泣泪。

● *02* · 云楼：层云掩映的月宫楼台。

● *03* · 玉轮：喻满月，月圆如轮。轧（yà）：碾压，淡淡云雾飘过月轮，仿佛月轮转动，在碾压云雾，这是视觉的错位。

● *04* · 鸾珮：雕着鸾凤的珮玉，本诗以局部代全体，代指月里嫦娥。桂香陌：飘散桂香的小道。传说月中有桂树，故云。

● *05* · 黄尘清水：一时为黄尘，一时为清水，即沧海桑田之意，语出葛洪《神仙传》："已见东海三为桑田。"三山：传说海上有蓬莱、方丈、瀛洲三神山。

●*06*·如走马：喻时光流逝如白驹过隙。

●*07*·齐州：指中国。九点烟：中国古代分为九州，自天上向下视之，九州小如九点烟。

●*08*·杯中泻：大海如杯中之水。

更变千年如走马。[06]

遥望齐州九点烟，[07]

一泓海水杯中泻。[08]

品·评

题为“梦天”，诗分明写游月。方扶南评曰：“此变郭景纯游仙之格，并变其题，其为游仙则同。”(《方批》卷一）长吉展开奇特的艺术想象，用浪漫主义的奇幻诗句，描写自己遨游太空，飞身进入琼楼玉宇般的月宫，漫步在桂子飘香的小道上，与仙女嫦娥相逢，共同谈论古往今来沧海桑田之变。长吉自月中俯视尘寰，遥望九州，小如九点烟，大海之泓，犹如杯中水。这种诗意，与韦应物《西王母》:“上游玄极杳冥中，下看东海一杯水”的诗句相仿佛，诗句形象地反映了时空变化、大小相对的辩证思想。

李贺诗风，近乎太白，胡应麟《诗薮·内编》说：“太白幻语，为长吉之滥觞。”清人姚勉《赠行在李主人二子》:“李家自古两诗仙，太白、长吉相先后。”李贺继承屈原、李白积极浪漫主义的优秀艺术传统，写下《梦天》，句句写天，又句句写梦，想象新奇，出人意表，前无古人，胸襟阔大，眼界高远，“豪纵似太白”(吴汝纶《评注李长吉诗集》卷一)，创造出奇丽变幻的意境，具有非凡的艺术魅力。黎简甚至评曰：“论长吉每道是鬼才，而其为仙语，乃李白所不及。”(《黎批黄评》卷一）黎氏此评，虽然有点过分，但从“游月”这种奇想而言，李白还未曾道及。宋人刘克庄的《清平乐·五月十五夜玩月》:“风高浪快，万里骑蟾背。曾识姮娥真体态，素面元无粉黛。身游银阙珠宫，俯看积气濛濛。醉里偶摇桂树，人间唤作凉风。”刘氏步李贺后尘，畅写“游月”之遐想，一诗一词，成为我国文学史上脍炙人口的名篇。

天上谣

天河夜转漂回星，
银浦流云学水声。01
玉宫桂树花未落，
仙妾采香垂珮缨。02
秦妃卷帘北窗晓，03
窗前植桐青凤小。04
王子吹笙鹅管长，05
呼龙耕烟种瑶草。06
粉霞红绶藕丝裙，07
青洲步拾兰苕春。08

注·释

● *01* · 银浦：银河，全句脱胎于杜甫《登慈恩寺塔》："河汉声西流。"

● *02* · 珮：佩在身上的玉器。缨：系玉器的丝带。

● *03* · 秦妃：秦穆公之女弄玉，嫁萧史，学吹箫，后乘凤凰双双飞去，事见《列仙传》。这里借指仙女。

● *04* · 青凤：又名桐花凤，大如手指，桐树有花则至，花落即飞去。

● *05* · 王子：即王子乔，周灵王之子，好吹笙作凤凰鸣，后来成为仙人，事见《列仙传》。鹅管：指笙管。

● *06* · 耕烟：龙在云端游行，好像在烟云中耕耘。瑶草：指灵芝。

● *07* · 粉霞：粉红色。藕丝：藕白色。

● *08* · 青洲：一名青丘，是神仙游玩的地方，见《十洲记》。兰苕：泛指香花香草。

●*09*·走马：奔马，喻日行迅速。

●*10*·海尘：海中扬尘，即沧海变成桑田。

东指羲和能走马，[09]

海尘新生石山下。[10]

品·评

陈本礼评《天上谣》说："此长吉寓言，大有感于身世之寥落，而思天上之乐。"(《协律钩玄》卷一）长吉深感现实社会的黑暗丑恶，便展开奇思遐想，运用奇诡的艺术构思，通过奇幻的游仙式人物，描绘神话般的"天上乐园"，以大胆奇警的艺术夸张，奔放炽热的感情，创造出奇丽的、变幻的艺术意境，真得屈原《远游》"悲时俗之迫厄兮，愿轻举而远游"的神髓。《天上谣》便是一首颇具代表性的作品。

《天上谣》描绘了一幅天堂美景图，在那洁净明丽的仙境里，星河夜转、行云漂流，玉宫桂花、仙妾采香、秦妃卷帘、王子吹笙、呼龙种草、步拾兰苕，处处充满了和谐与宁静。诗的前四句"星""声""缨"，下平声八庚、九青韵通押，"泛言天上光景"（方扶南《方批》卷一）。这里诗人巧妙运用曲喻手法，钱锺书《谈艺录》论及李贺的曲喻时，举《天上谣》为例，说：

> "银浦流云学水声"，云可比水，皆流动故，此外无似处，而一入长吉笔下，则云如水流，亦如水之流而有声矣。

这种艺术意想，杜甫已说过，《登慈恩寺塔》"河汉声西流"，而李贺进而说"学水声"，深进一层。"天河"句，亦同用此法。由银河联想到河水，星辰在银河里，就像漂回在水里。这两句看似不经之诗，却是"妙绝千古"(《黎批黄评》黎简语），成为众人传诵的名句。次四句"晓""小""草"，换仄声韵，上声十七筿、十九皓韵通押，描写天上神仙的生活，他们悠闲自适，或晓窗卷帘，或吹笙呼龙。人说太白诗多仙语，李贺《天上谣》亦多仙语。最后四句，分两层写，"裙""春"换平声韵，十一真、十二文通押，仍写天上乐事；"马""下"，又换上声二十一马韵，转写人间岁月之流逝，"人生流光之促"（方扶南批语）。诗的结尾，以天上之悠闲愉悦与人间岁月之流逝，两相比照，预示人世间也会变得像天堂一样美好。

长吉以游仙诗的形式，用极为奇诡的艺术意想，瑰丽的语言，清虚缥缈的风神，带着满腔热情，将自己的理想编织成美丽的云锦，描绘出这幅天上美景。这个"天上乐园"虽然是虚幻的，却极为传神地表达出诗人的社会理想与审美追求。

图书在版编目（CIP）数据

李贺集 / 吴企明注评. -- 南京 : 凤凰出版社，2024.10（2025.6重印）
ISBN 978-7-5506-3631-6

Ⅰ. ①李… Ⅱ. ①吴… Ⅲ. ①李贺（790-816）—文学欣赏 Ⅳ. ①I206.2

中国国家版本馆CIP数据核字(2024)第101585号

书　　名　李贺集
注　　评　吴企明
责任编辑　张永堃　孙思贤
书籍设计　曲闵民
责任监制　程明娇
出版发行　凤凰出版社(原江苏古籍出版社)
　　　　　发行部电话025-83223462
出版社地址　江苏省南京市中央路165号，邮编：210009
照　　排　南京凯建文化发展有限公司
印　　刷　苏州市越洋印刷有限公司
　　　　　江苏省苏州市吴中区南官渡路20号，邮编：215104
开　　本　787毫米×1092毫米　1/32
印　　张　7.125
字　　数　136千字
版　　次　2024年10月第1版
印　　次　2025年6月第2次印刷
标准书号　ISBN 978-7-5506-3631-6
定　　价　48.00元
（本书凡印装错误可向承印厂调换，电话：0512-68180638）